売国のテロル
穂波了
早川書房

売国のテロル

装画／えすてぃお
装幀／世古口敦志（coil）
扉写真／芝公園公太郎

第一章

田淵量子　陸上自衛隊員

有蓋車が停まると、田淵量子は乗降扉から降りた。後に七名の部下が続く。

茜色の空の下、広大な田畑と澄んだ小川を越えて辿り着いたのはこぢんまりとした住宅街。田園風景の残暑に鳴くヒグラシの声は、化学防護服の中まで届いている。

「お待ちしておりました！」

と言った東部方面隊化学科隊員は続けて、男性隊員に説明を始めてしまう。

「認知症だった夫を妻が介護する生活の中で、二人がともに感染したようです。現在は発見者であるデイサービス介護職の男性にお話を伺って――」

部下はそこで彼の言葉を止め、量子の腕章に指を向けた。

「説明は自分ではなく、こちらの田淵量子隊長にお願いします」

量子の化学防護服に〝二尉〟の文字を確認した彼は、慌てて体の向きを変えた。背筋を正して、も、申し訳ありません！　と発した彼に、量子は首を横に振る。

「別にいいわよ、ここじゃ女性は希少生物だからね、慣れっこ」

「自分の注意不足です！　お許しください！」

地球上のどこにあっても北を指す方位磁針の本針のように、自衛官は上官の方を向かなければならない。ただ、ここは災害派遣現場、右倣えより重視すべきことがある。

「それで、ご遺体に死後硬直はあるの？」

「はっ、死後六時間以上が経っているようです！」

「了」

量子を先頭に、小隊はホットゾーンへ。

今回、災害統合任務部隊通信司令部が指定してきたのは、排気口や雨戸の隙間がビニールテープで封鎖されている一軒家だった。その二階部分に上がると、防護小隊員や衛生小隊員、消防のＮＢＣ災害対応部隊員に囲まれた老夫婦の遺体がある。

夫がベッドで横になり、妻は傍らのイスに腰かけた状態。

二人の口は血と膿の混じった吐瀉物に塗れ、夫の方は吐瀉物で窒息した形跡がある。大小の便も漏れているから、おそらく室内にはかなりの臭気が充満していると思う。

遺体の肌にはところどころにひっかき傷と丘疹、黒い瘡蓋がある。

この黒い瘡蓋は炭疽症を象徴する症状――炭疽は〝炭の瘡蓋〟という意味――であり、老夫婦が炭疽菌に感染していることを示している、ある特殊な炭疽菌に。

量子はまず室内に宣言をする。

「第四特殊小隊、田淵量子二尉、以下七名、ご遺体の回収を開始します」

「よろしくお願いします！」

量子たちは感染者遺体の回収に特化している小規模部隊——通称〝遺体回収隊〟。地震や津波などの災害派遣においては遺体は発見した隊員がそのまま運ぶこともできるけれど、こういう感染症災害派遣だとそうはいかない。遺体自体が細菌の巣窟となっているからだ。遺体を回収するための小規模部隊を用意しなければならないという化学科の判断で、それを担当する特殊小隊が普通科連隊本部管理中隊隷下に設けられている。

今朝この隊に配属された新米が臆する室内で、量子たちは遺体に手を合わせて準備にかかる。まずは布団に横たわる夫の遺体をログロールしながら、感染拡大防止のためにビニールシートでラッピング、ビニールと濾紙シートで養生した担架に遺体を乗せた。

そこで妻の方に目を向けると、二人の隊員が遺体をラッピングして担架に乗せようとしている。基本に忠実なやり方、でも彼女の遺体に対しては良くない。

量子は、ストップ、と言った。

「それじゃだめよ」

隊員たちはすぐに手を止めて量子に顔を向ける。

イスにかけたまま硬直している遺体に対して、無理な体勢で担架に乗せればその腕や足を折ってしまう危険がある。これから炭疽菌もろとも焼却される感染者遺体ではあるものの、その過程で自衛隊員が体を傷つけるなんてことがあってはならない。

遺体の搬送には細やかさが必要なのだ。

曹長、と量子は糸目の隊員、惣社左門(そうざさもん)を手招きして呼ぶ。

「奥さんの方は担架を使わないで外まで運ぶ。あなたは足を持って」

「滑りますし、ラッピングは一旦解きますか」

「そうね、途中に階段もあるから。玄関でラッピングし直すのがいいわ」

「オーケーです。やりましょう」

ビニールシートを解くと、量子が上半身側、惣社左門が下半身側に位置取った。

長い人生の終着点とは思えない黒ずんだ遺体だった。その死に顔に、今まで運んできた感染者たちの顔が脳裏を過(よぎ)るけれど、感傷的になれば足は動かなくなる。
1、2、3、と息を合わせて、硬直している遺体を二人で持ち上げた。彼女の体の大きさも重さもそれほどじゃないから量子一人でも十分持ち上げられる。しかし、傷つけないよう迅速に、ということをモットーにするのなら、やはり二人がかりで運ぶのがいい。
「新米、ご遺体のどこを手で支えるかよく見ておきなさい」

「はっ」

と彼は快活に応じたけれど顔色は依然、青。

新米・小谷武史(こたにたけし)は今年二十四歳の三曹で、線が細く、身長も172cmの量子と同じくらい。その年齢だと死というものを身近に感じたこともないはずなので、遺体に対する免疫がなくても仕方ない。ただ今のままだと戦力にならないから、遺体に慣れさせるために今日のところは見学に回るよう言ってある。その代わり一日で手順を覚えるように、と。

階級の高い者が率先して行動、やるべきことを示すは自衛隊の不文律。

まず量子と惣社左門が妻の遺体を抱えて階段を降り、その後で他の隊員たちが担架に乗せた夫の遺体を一階に運んでいく。玄関に到着すると、量子は惣社左門と再び息を合わせて遺体を床に降ろし、ビニールシートでラッピングし直してから屋外に出た。

入り口にいた隊員たちが声をかけ合って先導してくれる。道を開けろ！ ご遺体が通るぞ！ 皆注目！ 注目だ！ 器具をぶつけるなよ！ 作業を一旦中止しろ！

機敏な自衛隊員や消防隊員が開いた道を通り、量子たちは遺体を冷蔵庫のように冷えた輸送用有蓋車の養生されたシェルターに収容、担架ごと遺体を固定していく。

「ゆっくり。自分の祖父母と思って、お送りするのよ」

遺体の車内搬入を終えると、量子たちもシェルターに乗り込んだ。ベンチシートに腰を下ろすと、その段になってヒグラシの合唱が再び聞こえるようになった。

「全員乗った？」

量子が声をかけると、隊員の一人が応じる。

「はい、あ、いえ、新米がまだです」

別の隊員が舌打ちをした。

「何やってるんだ、あいつ。また吐いてるんじゃないか？」

「もう出る物なんて何もないでしょ」

「逃げたんじゃないですか」

確かにね、と惣社左門が肩をすくめる。

「彼、今日一日、ドブみたいな顔色してましたし」

量子は溜息を吐いた。

「誰か連れ戻して来て」

応じた教育係の隊員が乗降扉から出ようとしたとき、小谷武史が走り寄ってくる。教育係はスイッチが入ったように、何をしている貴様！　と怒声を飛ばした。

「部隊の規律を乱すな！　現場での任務を終えた隊はすぐに撤収しなければならない！　でなければ他の隊の迷惑になるだろう！　そんなこともわからんのか！」

小谷武史は両足を揃えて敬礼してから、

「す、すいません！　でも、これを」

と大事そうに抱えていた写真立てを遺体の傍に置いた。老夫婦が子供と孫と一緒に笑っている写真で、どうやら家の中にあった物を持ち出してきたようだ。

「これを同乗させてくださ――」

「馬鹿野郎！　何を勝手に！　さっさと戻してこい！」

教育係の手に押され、小谷武史はその場に尻餅をついた。防護服に縛着(ばくちゃく)してあった予備のゴーグルが外れて地面をくるくる滑っていく。正しいのは教育係の方。部隊行動としては叱られて当然だ、けれど、あまり搾りすぎても教育上良くない。

量子は車から降りて彼を助け起こし、写真立てを取って首を横に振る。

「この車に乗せても一緒に燃やされるだけよ」

彼の目を見据えて写真立てを手渡し、量子は続ける。

「これを渡すならご遺族よ。お二人の子供や孫はもう二度とご遺体に触れることはできないし、炭疽菌が飛散しているこの家に入ることもできない」

感染遺体は遺族との面会の機会も与えられずに焼却される。量子は感染症で知人を失ったことはないけれど、最後の言葉もかけられないのはとても辛いことだろう。

「だからせめて、思い出を渡すの」

「思い出を……そうですよね、お別れも言えないんですもんね……」

「これが遺族にとってどれほど大切な物かわかったわね？」

「はい、焼くわけにはいきません」

量子はうなずいてから、さあ、と言ってその肩を軽く叩いた。

「衛生隊員に渡してきなさい、念入りに消毒してから遺族に渡すよう伝えて」

「はっ！」

写真立て片手に老夫婦の家へ戻る小谷武史を、量子は見送る。

この後は自衛隊・消防隊の生物偵察車や特殊災害対策車も数が減っていって、代わりに殺胞子剤を噴霧するための粉末散布車や液体散布車が集まってくる。

アフリカから世界に広がった輸入感染症とされているこの炭疽菌の潜伏期間は、およそ二日から二週間。その後、高熱で意識が朦朧とした状態になって嘔吐や咳、下痢、痒（かゆ）みを伴う丘疹などの症状を発症し、数時間から三日程度で死に至る――という症状は通常の炭疽症とほとんど変わらないけれど、新型の炭疽菌は強力な多剤耐性を持っている。

従来の抗生物質や成分ワクチンが、まるで効かないのだ。


時刻は一八四二（ヒトハチヨンフタ）。

千葉県内の炭疽症対応病院の陰圧室に遺体を運び込み、合計八人の搬送をこなした本日の任務は終了。他の遺体回収隊に引き継いで、明朝まで休憩を取ることができる。

量子たちの乗る輸送用有蓋車は、古びたパチンコ店へと帰還した。

災派当初は部隊用防護装置という天幕を公園に並べて寝泊まりし、食事も風呂もままならずにじりじり消耗していく状況だった。それを見かねた市が、取り壊し前のパチンコ店を隊舎として貸してくれたのだ（しかも事前に近隣住人が掃除をしてくれていた）。

大きく〝いつもありがとう〟と書かれたのぼりが立てられた入り口からパチンコ店に入り、その駐車場で量子たちは有蓋車から降りる。除染所である化学科部隊のテントが並ぶ駐車場でそのまま防護服の殺菌を受けた後、衛生隊の手を借りて防護服を脱いだ。

店内に入ると、会議室として使っているスタッフルームに向かう。

「さあ、今日のミーティングよ」

任務終了のためには、任務解除ミーティングを行わなければならない。

言わば、惨事ストレス対処。遺体回収隊員は毎日、炭疽症で亡くなった何人もの遺体や、その遺体を見て涙を流す遺族に接し続ける。いつまで続ければいいかもわからない中、強烈なストレスで皆が心を病まないためにこの任務解除ミーティングは必要になる。

一人ずつ、今日の遺体搬送の中で感じたことを包み隠さず話していくのだ。

配属当初は口をつぐんでいた隊員もミーティングを続けることで次第に思いを語るようになり、中には、亡くなった方の無念や遺族の悲しみを思って涙を流す者もいる。

「たまには隊長も」

と勧められることもままある。

ただ、量子が任務中に感じた自分の思いを口にすることはない。部下たちを鼓舞するために、ときには賛同し、ときには叱咤するけれど、終始聞き役に徹している。

遺体回収隊員のみで共有する時間が終わると、量子たちは揃って一階食堂に赴く。フロア全体がエアコンによって陽圧になっているここには通常は野外で使う炊具が備え付けられていて、自衛隊員はもちろん住人も食費を節約することができるようになっている。

もちろん、炭疽菌が飛散しているこの磯巻(いそまき)市では不要不急の外出の自粛が求められているので、遠方からの来舎は避けてもらっている。必然、やってくるのは近隣住人。今も、ラジオから洋楽が流れているフロアには、この近くに住んでいる母子がいるだけ。

後方支援部隊員から糧食を受け取って、食卓に着く。ただテーブルが並べられているだけでも、階級順に上座から座っていくのは駐屯地でも災派地でも変わらない。

「いただきます」

量子が両手を合わせて言った後、隊員たちが、いただきます、と声を合わせる。

金曜の糧食はカレーと唐揚げ・煮物が載ったプレート、おかわり自由。補給物資のデポがここから近いこともあって、糧食が割と潤沢にあるのは災派ではとても心強い。

隊員たちの表情は、任務解除ミーティングと食事を経て普通の若者へ戻るのだ。

が……戻らない者もいる。いや、戻れない、か。カレーをすくっては溜息と共に断念、を繰り返している新米・小谷武史に量子は声をかける。

「無理にでも食べておきなさい」

「は、はい……でも、胸が詰まってしまって」

「何もしていないあなたがそんなことでどうするの？　あなたが助けようとしているこの街の人たちは、あなたよりずっと辛い状況にあるのよ」

ですが自分は、と彼は何かを言いかけ、首を横に振った。

「申し訳ありません」

「災派は自分との勝負よ」

初日だから仕方がない部分もある。けれど今日焚きつけておくことで明日以降の食事に対する意識が変わってくることはあると思う。それに、災派の部隊はどこも顔見知りのいない混成部隊だけれど、同じ釜の飯を食べることで仲間意識が芽生えていくもの。

そんな小谷武史とは対照的に惣社左門は、うまいうまい、とカレーを頬張っている。彼に関しては初日からこんな調子で、この任務に対するストレスがまったくない様子。感情の切り替えが上手なのだろう。その食べっぷりは見る者の食欲まで刺激する。

「小谷ちゃん、食べないなら唐揚げちょうだい！」

「あっ……」

「なに、食べるの？　じゃあ、はい」

惣社左門は小谷武史の口に唐揚げをぐりぐりと突っ込む。

常に笑っているように見える糸目の隊員。任務に関しても優秀な惣社左門が、ムードメーカーまでこなしてくれているのは、小隊長を務める身としてはとても助かる。こういう者がいないと、皆が任務・食事・睡眠を繰り返すだけの機械のようになっていく。

遺体回収任務をこなす裏で、普通でいられる強靭性を養うことも大切。

実際問題、任務でかかる強烈なストレスを払拭できずに毎日のように隊員を交代している部隊もある中、第四特殊小隊はまだ二人しか交代を出していない。

そのとき、食事を終えた母子が席を立つのが見えた。

目が合ったので一礼すると、なぜか女の子が近づいてくる。いつも大仏のような顔で隊員たちを眺めている女の子は、量子の前で止まって品定めのように視線を上下させた。

「はい、あげる」

言って女の子は小さな封筒を量子に差し向けた。

「……私？」

「うん」

量子の手には炭疽菌は付着していない。ただ、それでも念のために女の子の手には触らないようにして、笑顔で封筒を受け取った。災害派遣に対する感謝の手紙だろう。こうした住人からの手紙は日頃から届けられていて、隊員たちの励みになっている。

「どうもありがとう。大切にするわ」

うなずいた女の子は母親の元にパタパタと走って戻り、二人は防疫のためのマスクと水泳用ゴーグルを着けてパチンコ店から出て行った。

花のシールを破らないように剝がして手紙を取り出すと、クレヨンで描かれた花やうさぎなどの中央に〝いつもまちを守ってくれてありがとうございます。とてもかっこいいと思います。わたしは大きくなったら、あなたとけっこんします〟と書かれている。

封筒からは、ビーズで造られた可愛らしい指輪まで出てきた。

「何これ……私、女なんだけど」

食事を中断した隊員たちが周りに集まってきた。

「見せてください！」

と惣社左門が手紙を取る。それを読んだ皆の顔に笑みが浮かんだ。

「良かったですね隊長、フィアンセが決まって、ぷっくく」

腹を抱えた惣社左門の手から手紙を取り返すと、でも、と彼は続ける。

「隊長って目つききつめですけど、美人ですよね」

というフォローに他の隊員たちも続く。

「そうですよ、化粧とかちゃんとしないんですか」

「髪おろして紅くらい引いちゃどうですかね」

「女優っぽくなるかもしれないすよ」

量子がうつむいて、う、と言うと、惣社左門が首をかしげる。

「う？」

「……うるさい」

「あれ、隊長、照れてるんですか？」

隊員たちに笑いが起こっている、新米の小谷武史も肩を震わせている。二十代の部下たちに笑われるのは三十一歳の上官としてはどうかと思うけれど、量子も苦笑して頭を掻いた。今日に限っては任務解除ミーティングは必要なかったかもしれない。

食事を終えた量子がプレートを持って席を立つと、隊員もそれに倣う。ラジオから流れる洋楽がエアロスミスの〝I don't Want to Miss A Thing〟に変わったところで、惣社左門が、そう言えば、とテレビのリモコンを取った。

「皆さん知ってます？　今、日本人が宇宙に行ってるんですよ。宇宙飛行士になる前は陸自の第一ヘリコプター団で、チヌークとかブラックホークとか飛ばしてた人です」

別の一人が思い出した顔で、ああ、と言った。

「聞いたことあるな、ISSと補給船の衝突事故を調べるとか何とかだっけ」

「そです」

「暢気なもんだ、大金使って壊れたISSの見学ツアーなんて。今更お空のことなんてどうでもいいっての、俺たちゃ地上の炭疽菌で手がいっぱいなんだよ」

「まあそう言わずに。チャンネル替えてもいいですか」

「別にいいんじゃないか。誰も見てないしな」

「ありがとうございます。気になってたんですよ、僕、昔は宇宙に憧れてたんで」

惣社左門がリモコンを操作してチャンネルをニュースに替えた。画面にはソユーズという宇宙船がロケットで打ち上げられたときの映像が繰り返し流れている。

風呂に向かって歩きながら、そう言えば、と量子は思う。

もうずいぶん距離は離れてしまったけれど、矢代相太は無事かな。

矢代相太　宇宙飛行士

『隔壁を開くぞ。二人とも、十分に気をつけて調査に当たってくれ』

『了解、ヒューストン』

　矢代相太とエドガー・クロフォードの応答が重なる。

　壁に当てたグローブを震わせる振動、隔壁が開いていく。前方のアメリカモジュール（デスティニー）は闇に飲まれ、ところどころに赤い警告灯の光が見えるばかり。その警告灯と共に警報も鳴っているのかもしれないが、今は空気が無くなっているので音は伝播しない。

　ここは高度400kmの地球低軌道上（宇宙空間）を周回飛行している国際宇宙ステーション（ISS）。静寂に満ちたその船内で、相太たちは船外活動ユニットという宇宙服を着て調査を行う。

　隣にいるエドガーの通信音声がヘッドセットに入る。

『ソウタ、テザー（命綱）は繫いだな？』

　ああ、と応じたとき、無重力中をふわふわと流れてくる物が視界に入った。

　アロハシャツ姿のアメリカ人宇宙飛行士の――遺体。

　無酸素・0気圧となったISSで体内の水分がすべて抜けてしまっている。皮膚はつやを失い、五十年も年を取ったかのような皺が刻まれ、ミイラ状になっている。

　そこでエドガーが相太のヘルメットの前で手を振って注意を引き、遺体調査は後だ、まずは船体を確認しよう、とスケジュールに沿った言葉をかけてきた。

彼は続けて管制室に宣言する。

『ヒューストン、これより補給船との衝突事故の現場〝爪痕〟に向かう』

『いつでもいいぞ。カメラを通して見ている』

赤い目のような警告灯が光るモジュールの中、浮遊する実験器具やら断熱材の破片やらを避けながら慎重に飛行する。片手にマグライトを持つ余裕があるエドガーに対し、無重力に慣れていない相太はシャクトリムシの歩み。左手で手すりを摑んだまま右手を先に伸ばして左手を引き寄せるという具合に、頭部ライトで手元を確認しながら進んでいく。

『見ろ』

エドガーが前方をマグライトの光で照らす。

シャクトリムシを止めて目を向けると、壁が大きく迫り出して塵が舞っている。滞在飛行士用の四つの個室からは寝袋やパソコンが漂い出し、その周囲の空間も歪んでいる。モジュール間のドッキングが外れて、船外（宇宙）と一続きになっているのだ。

船体を割った亀裂の向こうから、地球大気層の青白い光を感じる。

くそ、というエドガーのつぶやき。

『人類の宇宙の家がこんな……』

相太は自分の手が震えていることに気が付いた。この景色には肝が冷える。

巨大な竜の爪に切り裂かれたような亀裂は、まさに爪痕と言える。

これが宇宙空間で起こった衝突事故の結末。

今年の八月、物資を搭載して17t程になった補給船を、ISSのロボットアームでキャプチャ（把持）する任務の最中、アーム操作を担当した飛行士が突如、意識を失った。

当然、管制室がすぐにそのことを察知したけれど、秒速8㎞で飛行する空間では一瞬のラグでも命取り。意識喪失間際に行ったロボットアーム誤操作で強引に引き寄せられた補給船がISSに接近するという事態を止める術はなかった。

補給船はアームに摑まれたまま、アメリカモジュールの外壁に突っ込んだ。

衝撃でモジュール間のドッキングが外れ、その亀裂からISS内の酸素は即座に宇宙空間に流出。アメリカモジュールではシステムがメイン・サブ共にダウンした。

今は船内の酸素はすでに流出し切っているので、その亀裂に体が吸い込まれることはないものの、事故当初はここから滞在飛行士の一人がポロシャツ姿のまま宇宙に投げ出されている。遺体は今も行方不明、おそらく大気圏に突入して燃え尽きてしまっただろう。

『ソウタ、あそこ』

エドガーがライトを向けている存在に、相太も気づいていた。事故で亡くなった最後の一人、日本人の柿崎健太郎（かきざきけんたろう）飛行士のミイラ状遺体が亀裂の傍に引っかかっている。

亀裂ができたときの気密漏れに対応しようとしたらしく、彼のズボンのベルトは亀裂付近の手すりに繋がれている。とっさに括り付けたのだろう。しかし息の保つ一分程度で対処できるはずもなく、彼は酸欠の苦しみに喉を掻きむしるような姿で命を失った。

柿崎さん、と相太は日本語でつぶやいて、先輩飛行士に祈りを捧げる。

今となっては事故時の宇宙飛行士たちの体験を想像することしかできないけれど、どの人も遺族に伝えることがためらわれるほど凄惨な状況だったと思う。

『日本モジュール(きぼう)はこの先だ。ソウタ、一人で行けるか』

『ああ』

『爪痕には近づくな、地球に落ちるぞ』

高度4kmからのスカイダイビングでは真っ逆さまに地上に落ちていくが、高度400kmでは手すりから手を離しても地球の方向に真っ逆さまなんてことはない。ただ、変わり果てたISSを見て、エドガーが〝地球に落ちる〟と警戒を促した気持ちもわかる。

相太はゆっくりと亀裂を迂回して越える。

まるで綱渡りだ。

亀裂の向こう、遥か400km下にぼんやりと光る地球が見える。太陽光を反射している部分は銀色に輝き、見ていると吸い込まれそうな気がしてくる。

……とても美しい光景だろう、こんな状況じゃなければ。

慎重に手すりを伝って結合部のワークエリアを抜け、左折して日本モジュールに入っていく。白を基調にしたISS最大の実験棟内は、幸いにも歪んでいたり穴が空いていたりすることはないけれど、明かりが落ちているだけでまったく異質な空間に感じる。

ここが持ち場だ。

相太は深呼吸をして飲料水バッグから水分を補給し、暗いモジュールを頭部ライトで照らす。この日本モジュールは内径4・2m、長さ11・2mの円筒型。それほど広くはないものの、壁中に収納されている器材を調べるとなると、かなりの時間が必要になる。

そこで回線が切り替わって、矢代相太飛行士、と日本語で呼びかけられた。

ＪＡＸＡフライトディレクターを務める女性の声だ。

『ここからは私たちＪＡＸＡ管制チームが、通信を担当させていただきます』

『よろしくお願いします』

『まずはメルフィを捕集器で調べてください』

宇宙服の腰に装備している捕集器は、空気中の異物を採取してその濃度を調べる物で、無酸素の宇宙空間でも使えるよう改修されている。モニターに異物の濃度レベルが５段階で表示されるようになっていて、壁面などに付着した異物の採取にも使用できる。

相太はメルフィという実験用冷蔵・冷凍庫を引き出し、密閉された内部で捕集器を使ってみた。モニターに表示されている濃度レベルは、０となっている。

『はい、ありがとうございます』

カメラを通して捕集器のモニターを見たフライトの声が聞こえてくる。

『次は多目的実験ラックの一号機をお願いします』

了解、と応じた相太は、ＪＡＸＡ管制チームと協力して様々な実験設備、多目的実験ラック二号機の中の静電浮遊炉、流体実験ラック、小動物飼育ケージ（何も飼われていなかったのでケージのみ）などを捕集器で調べていくけれど、どれも濃度は低レベル。

『では次は換気口とエアロックですね。お願いします』

捕集器のカートリッジを交換した相太は、換気口のフィルターから調べる。

『ん？』

捕集器に3という数値が表示された。ＩＳＳに到着してから調べた中で最も高い濃度レベルが表示されたモニターを頭部カメラに映すと、フライトが唸る声が聞こえてきた。

『うーん、きぼう内の空気が集まる場所とは言え、ずいぶん高いですね』

『エドガーはデスティニーの方の換気口調査を終えていますか』

『はい、デスティニーの換気口はレベル2だったようです』

『だとすると……レベル3というのはやはり高い』

まさか、と言葉の先を飲み込んだフライトに、相太は声をかける。

『調査を進めましょう。次はエアロックでしたね』

『え、ええ』

『操作指示をお願いします』

日本モジュールには、物体（人間以外）を宇宙空間に放出できるエアロックがある。そのハッチを指示通りに開いて、相太は内部に収納されたスライドテーブルを引き出した。その上には２０㎝四方程の黒いコンテナが合計七個、整然と並べられている。

相太はそのコンテナに捕集器を使い、思わず眉を寄せた。

『フライト、聞こえますか』

『はい、どうでした？』

相太は拳を握り、七個のコンテナを睨みつける。

『濃度レベル5――どうやらこれが炭疽菌の感染源のようです』

自分で発した言葉が、自分の身体に静かに浸透していく。

炭疽菌災禍、最初の発覚はアフリカの小さな漁村だった。

村の漁師三人がほぼ同時期に四十度を超える高熱を出して倒れ、嘔吐、下痢をするようになり、三人とも数日後に死亡したのだ。同様の高熱・嘔吐症状は村中で次々と起こり、たった一日の間に同じ症状での死亡者が三十人を越えるという事態になった。

この脅威に対して、アメリカ疾病管理予防センター(CDC)が調査団を結成して村を調べ、根源が炭疽症であることを突き止めた。しかも遺体から検出された炭疽菌は多剤耐性を持つ新型。世界保健機構(WHO)は緊急対策として、漁村をロックダウンするよう国に指示を出した。

そもそも炭疽菌は、人から人へはうつらない。被害も局所的になる傾向がある。

にもかかわらず感染拡大は防げなかった。

漁村から海を隔てた都市でも何人もが高熱・嘔吐症状によって数日で死亡、発症者から検出されたのは漁村と同じ炭疽菌だった。そしてその都市から２０km離れた農村で発症者が出たことを皮切りに、世界各地に飛び火するように感染が広がっていったのだ。

ただ、不可解な〝謎〟が生じていた。

炭疽症発覚の前後において、アフリカの漁村から都市や農村へ渡った者はいなかったのだ。漁村から海を隔てた都市や農村への船での渡航は海流の関係で極めて困難、空港から空路で行くしかないけれど、当時、漁村から出て空港を使った者は一人もいなかった。

「感染源はアフリカの漁村じゃない」

各部門の専門家を集結させて行われた世界会議で、そんな声が上がった。その推測が公表されることはなかったが、この感染経路についての調査が開始された。

解決のとっかかりは、件（くだん）の漁村、都市、農村がほぼ直線状に位置していたこと。

海を隔てて一直線に並んでいる三地域で感染が発覚したのなら、推測できる感染経路は〝空〟。つまり、その三地域上空を飛行した軍用機や輸送用ヘリコプターなどから細菌がふりまかれた可能性である。ということで各国が自国航空機の運航ルート・スケジュールを確認したのだが、感染症発覚以前にその三地域を結ぶような空路は存在しなかった。

そこで指摘されたのが更に上のルート——宇宙。

各国宇宙機関が地球軌道を周回している衛星や観測可能なデブリ（宇宙ゴミ）などの飛行ルートを調査していったところ、一機だけ該当する機体が発見された。

国際宇宙ステーション（ISS）だ。

補給船との衝突事故によって船体に穴を空けたまま軌道上を周回しているＩＳＳの通過地点で感染症被害が起こっていることから、恐るべき仮説が立てられる。

多剤耐性を持つ新型の炭疽菌は元々ＩＳＳの中にあったもの。それが衝突事故でできた亀裂から宇宙空間に放出され、重力に引かれるまま大気層に混入していった。そして、約九十分というスピードで地球を一周しているＩＳＳ同様、そこから放出された炭疽菌も九十分で地球を一周しながら、空気に混じって大地に降り注いでいるんじゃないか、と。

ただ、細菌が宇宙空間から地上に降ることは可能なのか——

研究者たちの判断は、可。炭疽菌のような有芽胞菌ならば、芽胞の極めて高い耐久性によって地球低軌道（宇宙空間）の過酷な環境にも耐えられる。大気層に守られていない微生物は総じて紫外線に弱いが、長期間浴びるわけではないから芽胞で凌げる可能性が高いとのこと。

そこで、ＩＳＳを運用する十五か国の宇宙機関に対して極秘の審問が行われた。

……生物兵器となりうる炭疽菌がどうしてＩＳＳの中にあるのか。

……国を越えた交流の場でもあるＩＳＳでいったい何が行われていたのか。

しかし、宇宙機関も答えを持っていない。地上から取得できる内部記録を世界会議で公開した上で精査しても、炭疽菌に関する手がかりは見つけられなかった。

各国軍部の高官が集った会議の席では、ＩＳＳをミサイルで撃墜して感染源を潰してはどうかという過激な提案も出たという。ただ、炭疽菌はすでに船外に放出されて大気中に溶け込んでしまっているため、今更ＩＳＳ自体を破壊したところでどうにもならない、低軌道上に大量のデブリを撒き散らすだけ、とのことで合意には至らなかった。

解明の糸口すら摑めないまま炭疽菌の被害者だけが増加していく。

人から人へは感染しないにもかかわらず感染者が増え続けているのは、大気層を浮遊し、雨などと共に高々度から地上に降ってきている炭疽菌の芽胞が存在するから。

一年先まで世界中で感染者の数が増え続けることが確実視されている。

そこで事態の真相究明のため、ＩＳＳに向かう調査隊が作られることになった。候補となるのは次期ＩＳＳ長期滞在予定だった宇宙飛行士の三人。

その一人が、相太だった。

当然、未知の危険も多分に伴う。断る、という選択肢もある。

八月初めの爪痕事故の後、ロシア・星の街での訓練を中断して日本に帰国していた相太はしかし、このオファーに一も二もなく応じた。即時ロシアに発って契約を結び、ソユーズの打ち上げが行われるカザフスタン・バイコヌール宇宙基地に飛んだ。

日本にいる相太の妻が新型炭疽菌に感染したからだ。

小谷武史　陸上自衛隊員

今日の遺体回収任務を終えて隊舎であるパチンコ店に戻った普通科連隊本部管理中隊・第四特殊小隊は、任務解除ミーティングと食事の後で風呂に向かう。

店内のシャワールームは壊れて使えないから、需品教導隊の入浴支援を受けて、天幕の中に浴室と脱衣所を設置した入浴セットを三階に展開している。初めは満足に風呂も入れなくてストレスが溜まる一方だったけれど、この入浴セットによって緩和された。

小谷は男湯の脱衣所で手早く服を脱いでいく。今は第四特殊小隊に割り当てられた入浴時間で、これから朝まで夜間の任務から戻った隊員たちが交代でやってくる。

下着を籠に入れて浴室に入ろうとしたとき、

「失礼」

と入り口から女性の声が聞こえて、小谷ははっと振り返った。

暖簾をくぐって入ってきたのは、第四特殊小隊・隊長の田淵量子二尉。

小谷は慌ててシャツで前を隠し、ピンと背筋を伸ばす。緊急事態が発生したのかと思ったものの、田淵量子二尉は何を伝えるでもなくそのまま男湯脱衣所に踏み込んできた。

そして男性隊員に交じって服を脱ぎ始めたのだ。

「ななな何ですか、たた隊長！」

震える小谷の声に、田淵量子二尉はさらりと応じる。

「女湯が清掃中みたいだから、こっちを使わせてもらうわ」

「えぇっ？」

信じがたい言葉に目を白黒させる小谷の前で、彼女の脱衣が進む。

「仕方ないでしょ。後で別部隊の入浴時間に女湯を借りるのは面倒だし、何より汗を早く洗い流したいの。気にしないで、あなたたちの裸に興味はないから」

「し、しかし隊長ぉっ」

声を上げた小谷の戸惑いを無視して、田淵量子二尉がシャツとズボンを脱ぎ捨てると、にやにやした顔で傍に寄ってきていた惣社左門曹長がヒュ～と口笛を吹いた。

「すごい体ですねぇ、隊長」

確かに、田淵量子二尉の体は隅々まで鍛え上げられている。六つに割れた腹筋やら筋張った太腿なんて、そこそこ鍛えている小谷のそれより明らかに堅そうだ。

ただ、その筋肉のあちこちに大小の傷跡がある――

と、じっと見てしまっていた小谷の前で、田淵量子二尉は躊躇いも恥じらいもなく下着を脱いで全裸になった。小谷は慌てて視線を逸らすも脳裏に焼き付いた。

女性の裸を生で見たのは初めて。心臓がバクバク鳴っている。

タオル片手にその場に立ち尽くす小谷の横を抜けて、田淵量子二尉は隠しもしないで浴室に入っていく。男性隊員たちの視線の中で、彼女はシャワーで体を流し始める。

「ん？　男湯の方がシャンプーの種類が少ないのね。残念」

小谷はもう今日は風呂は諦めようかとも思ったけれど、一日着ていた防護服の中で体は汗だくになっている。湯舟に浸からなくても汗だけは流しておいた方がいい。

隠密行動のように音を立てずに浴室に忍び込む。

田淵量子二尉に背を向けて極力小さな動きで脇や股間を洗っていると、後ろで彼女が湯舟に向かっていく気配を感じた。目は向けなくても意識は完全に彼女にいっているから、湯舟のどこに座っているのかもわかる。丁度、小谷の横、見られている気がする。耐え難い。から、素早く全身を流して脱衣所へ戻る——

「小谷三曹」

六階級上の隊長の声に呼び止められた。

振り返ると、湯舟に座って腕組みをしている彼女と目が合う。

「シャワーだけじゃ汗は流せても疲れは取れない。湯舟に浸かりなさい」

上官命令に対し、はっ、と発した小谷はタオルで前を隠して湯舟に向かう。

「失礼します！」

タオルを湯舟に入れることは厳禁なのでそれを外し、鉄骨とブルーシートで作られた囲いをまたいだ。３９℃のぬるめに設定された湯船に入ると、空いている田淵量子二尉の右隣に腰を下ろす。失礼な物が丸見えだっただろうけれど、お咎めはなかった。

天井を向いて座っている隊員が田淵量子二尉に、野郎の中に女性一人で恥ずかしくはないんですか、と核心を衝く質問をした。彼女は腕組みをしたまま答える。

「まあ、あまりね。自衛隊の生活はそれが当たり前だから」

「うへぇ、自分の羞恥心レベルじゃ一人で女湯に突撃なんてできません」

その言葉に、別の隊員が突っ込みを入れる。

「もし突撃したら、羞恥心どうのこうのより犯罪すけどね」

「私も別に銭湯とか一般時間の男湯には入らないわよ。でも今は部隊だから」

「部隊だと羞恥心が消えるんすか？」

「消えるわね。こんなことでいちいち恥ずかしがっていたら、山間で行うレンジャー課程での部隊行動なんてこなせないから」

「隊長、レンジャー資格持ってんすか！　すっげぇ！」

レンジャー資格というのは、敵地襲撃に必要な遊撃やサバイバルの技術を獲得するための教育課程を経て得られる資格だ。三ヶ月かけて体力と戦闘力を鍛え上げ、山間での任務や武装水泳にも対応できるエキスパートを作り出す。あまりの過酷さに脱落する者も多いらしい。小谷もそのダイヤの徽章が欲しくて監査部に申請を出している。

「４０㎞の登行進ではトイレも男性隊員と一緒にしてたわ」

衝撃の告白に、浴槽のあちこちで低い悲鳴が上がる。

「教官には絶対服従なんですよね。そ、そんなことまで強要されるんですか」

「教官にもバディにも強要されたわけじゃないわ。ただ、山岳戦でのパフォーマンスを上げるには、自分一人のトイレのために部隊の足を止めさせることはできないの。プライバシーを優先して単独行動なんてしたら、そこを敵に狙われるかもしれないし」

「俺、レンジャー無理だ。男の前でも大できる自信ないわ」

「お前はそれ以前に腹がぷよぷよ過ぎんだろ」

でも、と隊員の一人が言った。

「部隊だと羞恥心が消える、と言う隊長のルーツがわかった気がします」

そこで田淵量子二尉が、来たときと同じように突然ざばっと湯舟から出た。

「長風呂はだめよ。疲れが取れたら、あなたたちもすぐに上がりなさい」

お言葉ですが！　と隊員の一人が声を張る。

「隊長がいるから、我々は出られないのであります！」

「何、こんな場でも上官に遠慮しているの？　当然、無礼講よ」

いえ、と言って彼は湯舟の中の股間を指す。

田淵量子二尉は、あー、と納得いった顔で肩をすくめた。

「男はもっと柔らかい女を好むものでしょ。自衛隊の深刻な女性不足問題を垣間見た気がする。……そうだ、後学のためにちょっとお湯の中を覗いていい？」

「かっ、勘弁して下さい！」

「冗談よ。じゃあ私は行くから、落ち着いたらさっさと上がるのよ」

「了！」

と男湯で声が揃った。

引き締まったお尻が歩いていくのを見ながら、小谷はほっと息を吐く。

……いったいどういう女性なんだろう。彼氏とかいるのか？

という、ふとした疑問が過った頭を振った。田渕量子二尉は直属の上官であるだけじゃなく、小谷家の恩人でもある。そんな女性に対する失礼極まりない詮索を戒める。

事に臨んでは危険を顧みず、身をもって——自衛官任官時に宣誓したことだけれど、手が震えて遺体に触ることすらできない自分に、果たしてそんなことができるのか。

小谷武史は磯巻市に入ったときから、ずっとそう考えている。

昔の自衛隊は貧しい家の子供か変わった子供が行き着く場所だったんだぜ、と年配の小隊陸曹は言っていたけれど、今は災害派遣やＰＫＯ活動での自衛官の活躍めざましく、それらに加わりたい子供が意思を持って向かう場所になった。

ただ、小谷はどちらかと言うなら前者のパターンだった。

高校卒業後、進学や就職をするクラスメイトの傍ら、そのどちらも選択しないでモラトリアム期を過ごしていた小谷は、街の片隅でガタイの良い中年に声をかけられた。中学のときに剣道で県三位、という古い情報を嗅ぎつけた陸自・地方連絡部（地連）の手配師だった。

そのまま家に押し掛けてきた彼に説き伏せられる形で、小谷はとりあえず新隊員教育を経て任期制隊員である陸士になった。陸曹昇任試験を受けて三曹になった頃にはそれなりに自衛官意識も出てきたものの、この感染症災派に臨んで自分の覚悟の甘さを知った。

遺体回収隊。

災害統合任務部隊(JTF)によって編成される他の部隊と違って、遺体回収隊は完全志願制になっている。この部隊では炭疽菌に汚染された場所に入る以上、自分の感染リスクが高くなるのは当然だし、一日の大半を感染遺体と一緒に過ごすことになる。必然、過去に災派や海外派遣に参加して遺体に接した経験がある自衛官たちが志願している。

しかし小谷はそんな経験もなく、田淵量子二尉への恩義だけでこの部隊に志願した。

……今は少し、後悔しているけど。

「ふー」

脱衣所で扇風機に当たっていた小谷は、火照った体に服を着せて暖簾をくぐる。

無意識に田淵量子二尉を探すけれど、ラジオからOneRepublicの〝Counting Stars〟が流れる休憩所(たまり場)にはいないのでテレビの方に向かう。

長い一日の中のほんの短い憩いの時間。周囲には、上半身裸でくつろいでいる者や腕立て伏せや腹筋で競っている者、飲み物を賭けてのポーカーや花札での〝おいちょかぶ〟に興じている者、小さな台に向かい合っての腕相撲に熱中している連中もいる。

入浴セットから出てきた惣社左門曹長が右腕を回しながら、僕もやりますよ〜、と腕相撲組に参戦するのを横目に、牛乳を飲んでいると、突如、声が上がった。

「おい、みんな来てくれ！」

かじりつくようにテレビを見ていた一曹だった。

ニュースで流れているのは、どうやら海外会見の様子。無事の帰還を果たした宇宙飛行士によるISS調査の結果が、NASAから発表されたらしい。

一曹がテレビの音量を上げると、同時通訳の日本語音声が流れてくる。

『──ということで、今回のＩＳＳ調査任務では補給船との衝突事故を調べると共に、地上の炭疽菌災害の原因を突き止めるという目的がありました。そして私たちの考えが間違っていなかったことが証明されました。テストストリップスによってＩＳＳの壁面に炭疽菌が付着していることが早い段階で確認されました。その後、宇宙飛行士たちが専用の捕集器材を使って各モジュールにおける異物濃度レベルを調査していきました。その結果、キボウのエアロック内にセットされていたキューブサット用コンテナからとても濃い反応が出ました。私たちはこのキューブサットに炭疽菌が封入されていたと考え──』

テレビに集まった自衛官たちが声を上げる。

「キューブサット？　何だキューブサットって！」

「それよりキボウって言ったぞ！　新型炭疽に日本が関係してんのか！」

「訳しただけだろ、本当はホープとかじゃないのか？」

「いや、ＩＳＳには〝きぼう〟って日本の実験棟があるんだ！」

「誰か詳しい奴いないのか、説明してくれ！」

有意義だった入浴後に聞く話題としては最悪だった。

小谷の口から、そんな、というつぶやきが漏れる。テレビから流れた情報の半分も理解できなかったけれど、日本がこの炭疽菌災害に関係していることはわかった。

皆の声が次々に飛ぶ。日本が生物兵器でテロを起こしたってのか！　まだテロと決めつけるのは早い！　俺たちは、自衛隊は、日本人が起こした災害のケツを拭いているんですか！　おい、言葉に気をつけろ！　けど、そんなのやってらんないっすよ！

悲鳴のような声があった後、誰かがぽつりと言った。

「亡くなった柿崎健太郎って飛行士は確か陸自出身だ」

それを皮切りに、防衛医科大学校を出て衛生科の医官になった柿崎健太郎飛行士についての情報が行き交う。会ったことがある、診察をしてもらった、と声が上がっている。

「ああ、俺はテレビでしか見たことないけど、温和な雰囲気だった」

「あの人がこんなテロに関わっていたはずありません」

「医官としても飛行士としても人格者で通っていた人だぞ」

「今回のＩＳＳ調査任務の宇宙飛行士も確か日本人だったよな」

「矢代相太飛行士、あの人も元自衛官だ」

「何で自衛官ばっかり」

「宇宙飛行士になるにはジェット機を操縦できなきゃいけないからだろ」

「そんなことどうでもいい、矢代相太ってやつも関わってたんじゃないか！」

「おい皆、口を慎め！　災派隊員がそんなことでどうする！　矢代相太飛行士も柿崎健太郎飛行士も防衛大や防衛医大出身の幹部自衛官だぞ！」

「元、だろ。もう上官じゃねぇ」

小谷は無言でイスに座った。牛乳を飲む気にはもうならなかった。

……日本が大変なことになる。

矢代相太　宇宙飛行士

最悪の結果が出たＩＳＳ調査任務を終えて地上に帰還した矢代相太たち宇宙飛行士は、ロシアのノヴォシビルスク州・コルトソボにある国立研究所で二日間の軟禁を受けている。この軟禁は予め決められていたもので、炭疽菌の検疫をはじめ各種の検査を受けると共に、世界の政府や宇宙機関の会議に参加して調査結果を報告することになっていた。

調査隊のスケジュール表と実際の調査時間、使用された機器、補給船衝突事故の被害状況、各備品の異物（生物剤）濃度レベル表などについて説明し、ＩＳＳ内で亡くなっていた柿崎健太郎飛行士たちの遺体が炭疽菌に感染していたことも報告した。

追及は厳しい。

特に、帰還後に宇宙飛行士三人に対して行われたインタビューはどれも核心を衝くものばかりで、中でもアメリカ人キャスターから向けられた質問はきついものだった。

彼は三人に順に聞いていった。

『あなたは何のためにＩＳＳに行ったのですか？』

他の二人は、人類のためです、炭疽菌に苦しむすべての人々のためです、と即答した。

相太も同じようなことを言おうと言葉を用意していた。

ところがキャスターは相太に対しては質問を変えたのだ。

『あなたは妻と人類のどちらのために、ＩＳＳに行ったのですか？』

聡美(さとみ)が炭疽菌に感染していることを調べた上での質問。同席した宇宙機関の職員が、答えなくていい、と遮ったが、相太は敢えてマイクを取った。

『妻のためです』

その発言が世界的にどう受け止められたかはわからない。世界状況に鑑みて、宇宙飛行士に求められている答えじゃないことはもちろんわかっている。

しかし、嘘を言うことはできなかった。


まとまった食事や睡眠の時間はスケジュールには載っていない。一時間〜三十分おきに来る会議の合間に個室で休むよう言われているけれど、食欲も睡眠欲もない。

相太は灰色の壁を見る。ロシア政府にあてがわれたこの部屋はコンクリート打ちっぱなしで極めて無機質、外にはロシア兵が待機していて、廊下に出るにもいちいち許可を得なければならない。日本の番組が映るテレビを用意してくれたことには感謝しているが。

まさかこんなことになるとは思いもしなかった。そもそも、当初、この新型炭疽菌の原因はＩＳＳのアメリカモジュールかロシアモジュールにあると疑われていたのだ。

もちろんそれぞれ理由がある。

アメリカに関しては、国防総省に属する国防高等研究計画局ＤＡＲＰＡ(ダーパ)が、国営・民間問わず生物剤の研究施設に多額の出資をしていることが槍玉に上がっていた。そのことについて予(かね)てから問題となっているのが、研究・開発の過程で〝偶然〟にも強力な生物兵器が生み出されてしまうこと。例えば、効率的な治療薬を開発するためにある細菌を研究するうちに、多剤耐性を獲得した細菌や毒性が高まった細菌が生み出されてしまうかもしれない。そしてそれは軍部にとってはとても〝良い〟兵器になりうるかもしれない。

ロシアに関しては、やはり冷戦期に生物兵器開発を行っていた旧ソビエト連邦のことが人々の不安の種になっていた。ソ連はかつて医療微生物学産業省に属する政府組織バイオプレパラトをはじめ国防省や化学工業省などのいくつもの組織で生物兵器を開発していて、その研究施設ではペスト菌や炭疽菌の兵器利用はもちろん、それらの遺伝子組み換えや、ウィルスの遺伝子を細菌に組み込む研究も行われていた。実際に研究施設の一つから炭疽菌が街に漏出、空気感染で数百人もの死者を出すという事件が起こっている。

そして両国ともISS運営に対して莫大な出資をしていて、ISSを二分する程の大きなモジュールを持っていることも世界の疑念の根底にはあったはず。

しかしそれらは有らぬ疑いだった。

最も高い異物濃度レベル数値が出たのは、昨日のNASAの会見でも発表されたように日本モジュール・エアロック内にセットされていたキューブサット。

『キューブサットというのは立方体のサテライト、つまり衛星です』

付けっぱなしにしている日本のニュース番組で、元JAXA職員という有識者の男性がキューブサットについて説明をしている。超小型の物だと一辺10㎝、100g程度で、周回軌道上から海洋や大気などの地球観測を行います、と彼は続けて言った。

『そんな小さい物なんですか？』

キャスターが尋ねると、有識者はうなずく。

『ええ、最近の物はスラスター（推進装置）が搭載されていて、軌道調整や大気圏に落として処分することも可能です。これを小型衛星放出機構――きぼう・エアロックのスライドテーブルにセットして船外に搬出し、コンテナのスプリングで宇宙空間に打ち出すわけです』

『そういったことはよくあるのでしょうか？』

『衛星の放出は、きぼうで行う他の実験同様、ＪＡＸＡの最も大切な仕事の一つで、これまでに何度も行われています。ピギーバック方式――ロケットに相乗りして打ち上げる方法ですが、それよりも条件が緩く、一機当たり数百万～二千万円と低コストです』

そう、ＪＡＸＡは２０１８年に、小型衛星放出枠の七割を民営化している。

『いやはや二千万円でも低コストなんですね』

『宇宙事業は高額ですから』

『どのような人が衛星放出を依頼するのですか？』

『主に各国の大学や研究機関ですね』

『各国の、ということは日本製の衛星じゃない可能性もあると』

有識者が重々しく首を横に振って、いいえ、と言った。

『今回放出する予定だった七機の小型衛星は、すべて日本が製造を手掛けた物だったはずです。国立東都大学と都立東条工業大学の物がそれぞれ一機ずつ、小型衛星放出枠民営化に伴って、三友重工の物が三機、同じく民間企業の住菱製作所の物が二機ですね』

『それらは、今回のＩＳＳ調査で地上に持ち帰ったのでしょうか？』

『持ち帰って分解できれば、そのどれに炭疽菌が入っていたのかもわかったかもしれませんが、積載重量の関係で持ち帰れたのは三機のみだったそうですね』

NASAの会見から一日経った現在は〝七機あった日本製キューブサットのいずれかに封入されていた炭疽菌が漏れ出し、無重力空間に飛散したのではないか〟と考えられている。長期滞在中の飛行士たちがそれに感染し、その発症——高熱による意識混濁・意識喪失が運悪く補給船キャプチャ時に起こってしまったことが爪痕事故の原因だ、と。

しかし、とキャスターがまとめに入る。

『それらの衛星放出を許可したのはJAXAでしょうし、事故当時に長期滞在任務に就いていたのは日本の柿崎健太郎飛行士なので、現時点では問題の根源がどこにあるかは特定できません。少数グループレベルか、組織レベルか、はたまた国家レベルなのか』

この一日で、キューブサットを開発した国立東都大学と都立東条工業大学は公式に炭疽菌への関与を否定し、民間企業の三友重工と住菱製作所は関係部署を調査中としている。小型衛星放出を請け負ったJAXAは今のところ無言を貫いている。関係者が多くなるほど内検は難しくなり、また事が事なだけに簡単には無関係と発表ができないのだ。

『とは言え、状況的には日本が関与していることは間違いなさそうです』

そこで英語の声が言った。

「ロシア連邦保安庁はソウタを拘束して、情報を引き出したがってるぞ」

いつの間にかエドガーが個室入り口に立っている。日本語の番組を聞いていたかのようなタイミングだが、彼が理解するのは英語、ロシア語、アラビア語なので偶然か。

だろうな、と相太が応じるとエドガーは続ける。

「KGBの流れを汲む彼らの尋問はきつそうだが、こっちには契約があるからな」

「ああ」

地上帰還後の拘束などはできない契約——相太たちは〝ISS調査任務終了後にそれぞれの母国・家族の元に確実に帰れる〟ことを条件に任務参加を了承した経緯があり、これは仮にISS内で炭疽菌に感染したとしても果たされなければならない。

もっとも相太をいくら絞ろうとも、ロシア政府が望むような情報は出せないが。

「さあソウタ、そろそろ次の会議だ。行こう」

「エドガーは先に行っていてくれ。俺は電話してから行くから」

「また愛する奥さんにか？」

「いや、今回は自衛隊時代からの友人だ」

「ロシア人は遅刻に厳しいから、早くしろよ」

「わかってる」

エドガーが手をひらひらさせてドアを閉めると、相太は日本で自衛官をしている田淵量子に電話をかける。時差を考えると向こうは昼、食後の休憩を捕まえられるはず。

いつものようにすぐに、はい、という声が聞こえてきた。

『量子、ISSから帰還した。今、コルトソボだ』

『……こるとそぼ？』

『シベリアの町、いいとこだよ』

量子とは、かつて相太が陸自・第一ヘリコプター団で隊員輸送用大型ヘリコプターを飛ばしていたときからの付き合い。当時は習志野駐屯地で落下傘による降下訓練を合同で行うこともあって、食堂などで話をするようになった。相太が宇宙飛行士に転向した後は会う機会も減ったものの、帰国の際には自宅に招いてお互いの近況を語り合う。女性でありながら自衛隊（男社会）の中で一歩も引かずに戦う彼女の姿はりりしく、尊敬している。

『そ。おかえり』

『そっけないな。お前、俺にだけ淡白だよな』

『あなたたちの宇宙調査のおかげでそれどころじゃないからよ』

『ニュースで見たよ。国内が大混乱らしいな』

『ねぇ相太、世界の意向は？　宇宙飛行士が故意に、って考えてるの？』

『今はまだわからない。ただ、爪痕事故で亡くなった柿崎健太郎飛行士は疑われている。炭疽菌が入ったキューブサットを宇宙に放出するタスク（仕事）を担っていたのが柿崎飛行士だったからな。彼が元陸自医官だったことで、自衛隊にも内検が入ったんだろ？』

『よく知っているわね。災派の隊舎でも今朝の朝礼の後で聴取が行われたわ。皆、彼との関係性は薄いと判断されたみたいで、都内に連れていかれる者は出なかったけど』

『現時点だと、彼を含めた飛行士六名全員のＩＳＳ長期滞在中のスケジュールや船内カメラに映った行動に不審な点はなかった。彼らは誰も炭疽菌関連のデータを持ってなかったしな。だから俺は日本に帰った後、事の真相を調べる活動をしようと思っている』

『真相……』

『ああ。どうしてこんなことになったのか、その真相がＩＳＳ船内にないなら日本国内にあるはずだろ。俺はそれを何としても公に暴き出したい。妻は、聡美は、日本のせいで炭疽菌に感染したかもしれないんだ。だから量子、その活動を手伝ってくれないか』

そのことを早めに打診しておきたくて、このタイミングで電話をした。国家公務員の幹部職にある彼女の手が借りられるのは、相太としてはとても心強い。

けれど返ってきたのは、無理ね、という言葉だった。

『力にはなれない』

そうか、と相太は言った。量子なら応じてくれると思ったが。

『仕方ないな、活動って言っても量子は災害派遣の地域からは離れられないか。確か二尉に上がったんだったよな。なら小隊を任されているのか？』

『まあ』

『わかった。そっちはそっちでがんばれ』

『相太も、無事で』

『え？』

……無事で？

通話は切れている。何だ今の。

田淵量子　陸上自衛隊員

矢代相太が懸念していた通り、日本は混乱に陥っている。

関東圏内が不要不急の外出自粛中にもかかわらず、マスク・ゴーグルをした報道陣は総理官邸を取り囲み、サラリーマンを中心とした抗議者は東京駅に集まってデモ行進、若者は渋谷のスクランブル交差点を占拠してお祭り騒ぎ状態で、それぞれ警官隊が鎮めようとしている。この先、便乗した者たちが各地で暴動を起こしかねない。

この磯巻市の市庁舎にも抗議者が押し入ったらしい。

内閣府はすでに、警察庁長官をトップに据えた第三者委員会である炭疽菌災害調査委員会を結成している。警察官や弁護士に加え、ISS関係者、宇宙飛行士関係者、衛星関係者、細菌関係者、生物兵器関係者など多岐にわたる専門家を委員とし、JAXAを中心に今回キューブサットを開発した大学・民間企業、その関係各社の調査を開始した。磯巻市のパチンコ店（隊舎）に、柿崎飛行士との関係性調査に来たのもその委員会だったようだ。

そんな自衛隊に凶報が突如もたらされたのは、その日の夜のこと。

雑居ビルの換気口に入り込んだ炭疽菌による集団感染で入院していた大勢が同時に亡くなったことで遺体回収隊もフル稼働で、パチンコ店に戻ったときには辺りはすっかり暗くなっていた。殺菌と任務解除ミーティングを行い、夕食を食べているときだった。

一人の隊員が慌てた様子で食堂に転がり込んできた。

「大変です！　大変です！」

もしも非常呼集なら仕事終わりでも即応しなければならない。どうした、出動要請か、と席に着いている皆が出動に備えて立ち上がる中、彼は告げる。

「り、陸上総隊の司令官・黒沢(くろさわ)陸将が自殺しました！」

何だって！　と誰かが声を上げた。

田淵量子もシチューを食べていた手を止め、彼の方に目を向ける。

「自宅で首を吊っていたのが先ほど発見されたようです！」

「あの黒沢陸将が自殺……」

とつぶやいた教育係の隊員に、新米・小谷武史が尋ねる。

「有名な方なんですか」

「馬鹿、知らんのか、陸自じゃ最も有名な将官だ」

「はっ、勉強不足ですいません」

「ったく、これだから今の若い奴は」

別の隊員が小谷武史に声をかける。

「〝無抵抗の隊長〟って聞いたことないか？」

「無抵抗の……？」

「あれは確か中東のＰＫＯ活動だったよなぁ。そのとき小谷はまだ小学生くらいか、知らなくても無理ないな。アメリカを中心とした有志連合軍がテロ撲滅に乗り出す傍ら、日本も〝ブーツ・オン・ザ・グラウンド〟の指示の元で現地入りした。我々陸自の役割は人道復興支援。その先遣隊の長として選ばれたのが、当時一佐だった黒沢陸将だ」

「あ、そのPKO活動のことは社会科の教科書で見ました」

「教科書には一行くらいで書かれてるんだろうな。けど実際はそんな簡単にはいかなかった。地元住人は日本との交流を拒み、一切の支援を受けない姿勢だったんだ」

「それは……書かれていませんでしたね」

「地元住人の拒絶に対して、黒沢一佐は自衛の武器も持たずに何度も紛争地域に赴いて、彼らとの話し合いに努めた。そんな六ヶ月の交流の結果、地元住人は自衛隊を快く彼らの地に通し、支援を受け入れてくれたんだ。今でも日本との友好関係は続いている」

「え、じゃあ陸自の英雄じゃないですか。そんな人が、どうして自殺なんて……」

「俺にわかるわけもないが、嫌なタイミングだな」

惣社左門が言葉を引き継ぐ。

「炭疽菌に日本が関わっていることが明らかになって、調査委員会が自衛隊を調べ始めたタイミングですね。黒沢陸将への聴取も行われているはずですから――」

カチャン、という音が言葉を遮る。

量子が手に持っていたスプーンがプレートに落ちた音。急いで拾った。

隊員たちが心配そうに顔を覗き込んでくる。

「大丈夫ですか、顔が真っ青ですよ」

「確かにショッキングなニュースですけど、自分らとはあまり関係ないですよね」

そうね、と量子はつぶやく。そう、何でもない。

黒沢陸将の死を悼むような、その自殺の意味を考えるような、静寂の中で食事の時間は過ぎていった。パンはスポンジ、米粒は虫の卵に感じられる時間だった。

それから約五時間後、〇三〇〇（マルサンマルマル）。約束の電話がある。

災害統合任務部隊（JTF）で中隊長や小隊長を務める尉官用の相部屋（陸士たちはパチンコ台があった広大なフロアで雑魚寝なのに対して、幹部はスタッフルームだった部屋を使っている）で横になって目を閉じていた量子は、携帯電話が振動した瞬間に目を開いた。

音を消してスタッフルームを出てから電話に応じる。

相手の確認は必要ない。

『はい』

『コード・レッド』

レッドは医療関係者の隠語で〝病院内で火災などが発生して緊急避難が必要な事態〟を示す。このコードで量子が取らなければならない行動は一つ……ただ気がかりが。

『しかし黒沢陸将のことは――』

『案ずるな。代わりに、我々は〝都市を滅ぼす力〟を得た』

『と、都市を滅ぼす……とは？』

『急げ』

という指示に疑問が遮断されて通話が切れた。量子は奥歯を嚙んで携帯電話を強く握りしめる。状況は多くは語られなかった、それでも従わなければならない。すぐに室内に戻って荷物を取り、帰舎してくる隊員たちを避けて裏口からパチンコ店を出た。

仮初（かりそ）めの災害派遣が終わった。

空はいやに暗く、月の光も電球のようにちゃちな夜。量子はマスクとゴーグルをして、世話になった隊舎から早足で離れる。

ここから最寄り駅までは歩いて二十分程度、ただし駅の近くにある公民館も自衛隊の隊舎として使われている。更にそこでは警察や消防との部隊調整会議なども頻繁に行われているので、深夜三時を過ぎているとはいえ避けておいた方がいい。外出自粛の影響でタクシーの数が減っているけれど、隣駅まで歩く道すがらで何とか捕まえられないか――

などと考えているときだった。

「隊長！　田淵隊長！」

背後から呼びかけられ、はっと振り返った。街灯に照らし出された相手の顔を見て量子は思わず眉根を寄せる。マスクもしていない小谷武史が駆け寄ってくる。

「どこに行くんですか？　こんな夜中に」

「あなたこそどうしたの？」

「トイレに起きたとき、隊舎から出ていく隊長の姿が見えて。顔つきが普通じゃなかったから追ってきたんです。黒沢陸将の自殺を聞いたときもおかしかったですし」

「ああ、黒沢陸将の自殺のことで急遽、市ヶ谷から呼び出しを受けたの。私は黒沢陸将直属の部下だったことがあるから。ＪＴＦの連絡幹部にもすでに伝わっているわ。あなたたちには朝礼後に通達される。明日から別の遺体回収隊の元に出向することに――」

小谷武史が、そんなの、と割り込んでくる。

「嘘、ですよね」

明滅していた街灯がパチンと弾けて消えた。

「嘘？　どうしてそう思うの？」

「第四特殊小隊で同行した日数は短いですけど、ずっと隊長の行動を参考にしていたからわかります。これでもけっこう観察力はあるんです。隊長、何があったんですか」

六階級上の直属の上官を前にしているというのに、彼はずけずけと質問をしてくる。教育を間違えたのか、女だからか。もし後者なら、考えを改めた方がいい。

量子は頭を掻いて、予備のマスクとゴーグルを渡す。

「まずはこれを着けなさい。災派の自衛官がそんな無防備でどうするの」

「あ、はい、すいません」

彼がそれらを装着するのを待ってから、量子は言う。

「私がこれから何をするのか――それを聞けば、あなたも災害派遣から離れて市ヶ谷に行かなければならなくなる。そこでは遺体回収より辛い任務が待っている」

「構いません、望むところです、自分も連れて行ってください」

「あなた、自分が何を言っているのかわかっているの」

「わかっています、自分は田淵隊長と働きたくて第四特殊小隊に来たんです」

「私と……？」

意味がわからず眉根を寄せると、小谷武史は語り始める。

「磯巻市に住んでいた祖父が炭疽菌に感染して亡くなり、その遺体を運んだのが第四特殊小隊だったんです。先日の老夫婦のときもそうでしたけど、隊長や惣社曹長の運び方はとても優しくて、自分も両親もとても感謝しました」

搬送した人たちのことは全員覚えている。確かに、親族に自衛官がいる老人もいた。

「そのときに思ったんです、遺体の運び方ひとつで遺族の苦痛を少しでも和らげられるのなら、自分もそうしたいと。自衛隊での居場所が、意義が、自分にも見つけられるかもしれないと思ったんです。そのとき自分は磯巻市の家々を回って炭疽菌に対する注意喚起を行う任務に就いていたんですが、第四特殊小隊に欠員が出たことを知って異動させてもらったんです。気構えがまるでできていなくて、ご迷惑をおかけしましたけど」

「ならばなおさらここに残り、災害派遣に励みなさい」

「できません」

「なぜ。遺族の苦痛を和らげることがあなたの望みなんでしょう？」

「そう思っていました、けど……田淵隊長は今、辛そうな顔をしています。何か苦しんでいることがあるなら、今度は自分が隊長の力になれればと思います」

「私が、辛そうな顔を？」

「はい」

そんなはずがない。だいたいマスクとゴーグルで顔の大半を隠しているのに何がわかるの、とは思ったけれど言わなかった。彼は意志を曲げそうにない。ここで問答をしている時間が惜しい。量子はやれやれという表情で溜息を吐いて、わかった、と言った。

「来なさい。市ヶ谷の方には私から説明しておくから」

……やむを得ない。

「あ、ありがとうございます！」

「歩きながら事情を話すわ。急いで」

量子が背を向けて歩き始めると、小谷武史が後を追ってくる。

「田淵隊長は黒沢陸将の自殺の理由に見当が付いているんですか。さっきおっしゃっていた、隊長が黒沢陸将の部下だったことがあるっていうのが本当なら――」

足音がすぐ後ろまで来た。

量子は即座に体を反転させ、小谷武史に拳を刺した。

当たったのは二の腕。鳩尾(みぞおち)を狙ったけれど、打ち込む瞬間、何かにつまずいて重心がズレたのか。運がいい――いや、悪いのか。

拳に弾かれた彼は後ずさりしながら目を白黒させている。目の前で起きたことが理解できない様子ではあるものの、量子の動作を警戒して構える姿勢を見せる。

「た、田淵隊長……？」

量子は大胆に歩いて近づいていく。

対して小谷武史は、じりじりと下がる。

「どういう、ことですか、隊長が、何で、こんな」

呼吸が荒い。混乱している証拠だ。

おそらく、動きに緩急をつければ近接戦闘(CQB)に対応はできないはず。

「嘘、なんですか、市ヶ谷の話も。隊長は、いったい……」

応じない、ことがより混乱を誘えるだろう。

歩いて近づいていくと、小谷武史は口を開いて言葉を発する。

「待って、田淵た――」

今。

言葉に意識がいったその瞬間を狙って、一気に距離を詰めた。

懐に潜り、初撃を受けた彼の二の腕に薙(な)ぐようなフックを入れる。

それで崩れたガードの隙間に、右拳を叩き込む。

抉(えぐ)ったのは腹。

続けざまに左足を払った。その場に膝をつかせて動きを止め(シャットダウン)、素早くその背後に回り込む。顎下に巻き付けた右腕で彼の喉をロックし、力を入れて絞め上げていく。

「なん、で――」

と言った数秒後に、彼の筋肉の強ばりが、ふっと消えた。

相手の呼吸を一時的に止める首絞めと違い、脳への血液供給を止める喉絞めは少しでも時間を誤ると死に至る危険な技術で、自衛隊でもこの技術が使えるのは極一部である。

量子は小谷武史の気絶を手早く確認してから、その体を引きずって近くの雑居ビルの階段室に横たえた。すぐに目覚めるはずだけれど、もし覚めなくともこの周辺は早朝から粉末散布車による殺菌が予定されているから、その事前調査段階で発見される。

風が強くなってきた。量子は急いでその場を離れる。

時間の猶予はない。自衛隊の追っ手がかかる前に合流地点に行く。

矢代相太　宇宙飛行士

とてつもなく長く感じた二日間の軟禁が解けると、矢代相太はすぐにロシアのトルマチョーヴォ空港に行った。俺もアメリカからサトミを想おう、と言ってくれたエドガーとはロビーで固い握手を交わして別れ、政府チャーター機に乗った。

機内検疫をクリアして、羽田空港に到着したのは日本時間の午後五時過ぎ。

いつもの帰国とはまったく違う状況だった。感染症への出入国対策の影響で構内はガラガラ、スタッフも皆マスクとゴーグルをしている。普段ならＪＡＸＡの管制員が笑顔で迎えに来てくれるけれど、今来ているのは四角い顔をした厚生労働省の職員だった。彼の短い自己紹介に短い挨拶を返して、予定通り厚労省管轄の炭疽菌対応病院に向かう。

焦っている。この六年間、どんな状況にも冷静に対処できるよう訓練をしてきたのに、抑えられない焦燥感から未だに宇宙酔いにかかっている感覚が消えない。

相太は車窓に流れる景色を後部座席から眺める。

陰りゆく街の灯りを見ていると、なぜか幼い日のドライブを思い出す。父が運転し、母が助手席に座り、相太がその間に顔を出す。英語教師をしていた母が英語の歌をうたい、相太はそれを空耳で真似て歌う。父はただハンドルを握って車を進行させる。父さんも歌えば、歌えば、と何度言っても父は前を見たまま少し笑うだけで決して歌わない。

今の相太は歌う側じゃなく、家族のハンドルを握る側だ。

……しかし、それは存外に難しい。

ほどなく病院に到着する。都内の一等地にあっても緑に覆われた、過ごしやすそうな病院だ――と〝良い面〟を探そうとするのは、聡美に良い環境にいて欲しいからか。

「スケジュールが押しているので、お時間はあまりありません」

厚労省職員に釘を刺されたので無言でうなずく。彼の言葉は厚労省の言葉だ。聡美を看てくれている政府サイドの意向を突っぱねるわけにはいかない。

車を降りると、連絡を入れておいた母が慶太(けいた)を抱えてやってくる。

「母さん」

「相太、おかえり」

と言ったその顔に笑みはない。宇宙から無事に帰ってきた息子を迎える母親の態度ではないけれど、母が相太よりも聡美のことを気遣っていてくれることが今は嬉しい。

相太は歩きながら、眠っている一歳の我が子の顔を覗き込む。

「慶太はどうだった、泣いたりしなかった?」

「いい子だったよ」

父は宇宙に行き、母は感染症という事態に対して、相太と聡美の両親が交互に面倒を見てくれている。両家の協力が無ければ相太もＩＳＳ調査任務を受けられなかった。

「慶太君さっき眠ったばかりだけど起こす？」

「いや、今はいい」

今は顔を覗き込むだけにしておく。任務は大変だったが、子供が恋しくなるほど長期間離れていたわけじゃないし、慶太との時間は落ち着いたらいくらでも取れる。

「そうね、慶太君のことは任せて聡美さんのところに行ってあげて」

と背中を押してくれた母に感謝をする。〝グリーン〟にゾーニングされている待合室で二人とは別れ、相太は化学防護服姿の看護師について院内を進んだ。

まずは陽圧の準備室に入り、今まで何度も行った殺菌消毒の後、宇宙服よりも遥かに動きやすい化学防護服を着る。炭疽菌は人から人へは感染しないけれど現時点で治療法が存在しないので、患者との面会に際しては化学防護服の着用が義務付けられている。

と、そこで部屋の隅に転がっている物が目に入った。

脱皮した蛇の抜け殻のように、くちゃくちゃに脱ぎ捨てられた防護服。それが気になって手に取り広げてみた。サイズがかなり小さい、子供用の物だった。

看護師の女性が隣にそっとやって来る。

「ここには子供用の防護服もあるんです」

相太が無言でうなずくと、彼女は続けて言った。

「慶太君もお母さんと触れ合えてますよ、ガラス越しじゃなく」

その言葉に相太は小さな防護服を握りしめる。心底安心すると共に厚労省の配慮に深く感謝した。母親が子供を抱きしめられないのは、とても辛いはずだから。

相太は目に浮かんだ涙を拭ってからマスクを被った。

防護服の点検を受けた後、レッドゾーンへの立ち入りを許可される。３０５号室です、と言った看護師の案内でエレベーターで三階へ上り、病室のプレートを見ながら歩く。清潔感に満ちた通路は聡美の出産時を想起させる……あのときは希望、今はその逆。３０５の数字が見えた瞬間、相太の足は速くなり、聡美！　と声をかけてドアを開けた。

イスに座っていた聡美がひょいと顔を上げた。ベッドにいる中年女性とトランプをしていたようだ。化学防護服に覆われた相太の顔をじっと見ながら口を開く。

「あら、相太君？」

相太は呼吸を整え、顔が見えるように傍に寄る。

前に電話をしたのはロシアを発つ前、病状が突然悪化していたらどうしようかと緊張していたけれど、思いの外、平気そうだ。聡美はトランプをひらひらとさせながら、

「相太君も一緒にやる？　わたし超強いよ、エスパーの素質あるのかも」

と言ってきた。あっけらかんとしたその様子に、相太は安堵の息を吐いた。

「まずはおかえり、だろ」

「ランディング（宇宙船の着陸）の後の電話で言ったでしょ。聞いてなかった？」

ソフト・ランディングとは名ばかりの地面との激突。その衝撃のせいか、あるいは衝撃的なＩＳＳでの体験のせいか、地上帰還直後にかけた電話の内容は覚えていない。

「今度は、帰国に対してのおかえりだよ」

聡美は駄々をこねる子供を見るような目になる。

「はいはい、言ってほしいのね、おかえりなさいませ、旦那様」

「ただいま。大丈夫なのか、寝てなくて」

「うん、全然」

そこで、微笑んでいた中年女性がトランプを置いてベッドから降りた。

「それじゃわたし、ちょっと出てますね」

「あ、いいんです」

と相太と聡美は同時に言ったけれど、女性はドアに向かっていく。

「ううん、わたしもトイレに行きたかったの」

彼女が病室から出ると相太は聡美と顔を見合わせた。気を遣わせちゃったね、と苦笑しながら聡美がイスから立ち上がろうとしたから、相太は、ああ、と言って傍に寄り添う。補助は必要なさそうだったけど、隣を歩きながら窓際のベッドに向かった。

「同じ時期に入ったの。政治家さんの奥さんらしいよ」

へー、と相太は返す。病院が病院だし、厚労省関係だろうか。

聡美がベッドに入るのを手伝ってから相太は尋ねる。

「個室だって言ってなかった?」

「退屈だから移動させてもらったの」

「そんなこと自由にできるのか」

「ふふん、わたしの旦那様が宇宙飛行士だから特別扱いなのよ。丁度、個室に入りたいっていう人も入院してきたタイミングだったし」

「そうなんだ。相部屋だと症状の進行が進んだりしない？」

「それは関係ないみたいよ」

炭疽菌は芽胞状態だと空気感染するようだけど、人から人へは伝染しないから感染者も個室じゃなくても大丈夫なのか。この個室内も陽圧になっているみたいだし。

と、聡美がじっと相太の顔を見ていることに気がついた。

昔から聡美がよくする行動（と言うか観察）で、相太もそうして聡美に見られることが好きだった。この人のお傍は居心地がいいかな、と測っている猫のようだと思う。

そう言えば、相太が宇宙飛行士になってからはほとんど海外にいるし、たまに日本に帰ってきても付き合いで出かけることが多く、こういう二人の時間を取ることも少なくなっていた。もっと聡美の傍にいれば良かった、とはロシアで何度思ったことか。

相太は顔を近づける。しかし、防護服の壁が二人の距離を阻んだ。

額をコツンとマスクにぶつけ、微笑んだ聡美の口が開く。

「インタビュー、見たよ。妻のためです、っていうの」

アメリカ人キャスターに、妻と人類のどちらのためにＩＳＳに行ったのか、と質問されたあのインタビュー。聡美もこの病室で見ていたのか。

「宇宙飛行士としてはどうかと思うけど、嬉しかった」

「ごめん、あれは別に聡美のために言ったわけじゃないんだ。ただ、妻と人類のどちらのために、なんて質問に嘘が言えなかっただけ」

「うん、わかってる。だから、嬉しいの」

……わかってる、か。聡美が〝わかってる〟ことを知っているから、相太は世界に注目されているインタビューの場で、嘘をつかないことができるのかもしれない。

マスクに額を付けたまま聡美の口が、それで、と言った。

「ＩＳＳはどうだった？」

帰還後の二日間の軟禁時にＩＳＳでの話はすでに電話でもしているけど（もちろん会話内容は厳重にチェックされるので極秘事項は伏せて）、あのときは聡美の病状が気になって相太から質問を向けるばかりで、宇宙関係のことはあまり語らなかった。

「ああ、なかなかすさまじい状態だった」

「念願叶ってやっと行けたのにね。やっぱり普通のＩＳＳの方がよかった？」

そりゃあな、と言った。ＩＳＳが補給船と衝突せず、炭疽菌が地球に降ってこず、聡美が感染することもなく、亀裂のないＩＳＳに長期滞在できれば、それがよかったに決まっている。と考え、雰囲気が暗くなりそうだったから相太は慌てて付け加える。

「でも、船内で船外活動に近いことはできたしね」

日本人宇宙飛行士には通常、船外活動の機会はほとんど回ってこないから、船外活動服を着て無重力空間を飛び回ったことは貴重な経験ではあった。

「ふーん、地球は見た？」

「見たよ」

「きれいだった？」

ああ、すごく、と答えた言葉に偽りはない。ただ、爪痕と名づけられたあの亀裂から見た地球の姿は美しいからこそ吸い込まれそうな恐ろしさがあったし、そもそも炭疽菌のことが気がかりで絶景を堪能するような余裕なんてなかった。

けれど、そんなことは目を輝かせている聡美に説明する必要はない。

「そうだ、お土産があるんだ」

「え、ホント?」

うなずいた相太は、施設内持ち込み用のバッグから葉書セットを取り出す。

「ほら、ISSの展望室から見た地球の写真が載ってるのもあるよ」

「なんだ、空港とかにもあるでしょ。ISSにあった物じゃないの? ロシア人宇宙飛行士が船内にコテージチーズをため込んでるって言ってたじゃん」

「トヴァロークをロシアモジュールから盗んでこいって? 食い意地の権化かよ」

「権化だよ」

「宇宙飛行士からもらうなら、宇宙写真の葉書も格別なんだよ」

「はいはい、格別格別。じゃあもらっといたげる」

その後もタイムスケジュールぎりぎりまで病室で聡美と他愛もない話をして、ちょっと行ってくる、と言って病室から出ると、そこに防護服を着た医師が待機していた。

和やかな雰囲気が一転、深刻な表情をした医者が一瞬、死神に見えた。

互いに挨拶をしてから、相太はおずおず尋ねる。

「聡美は……妻は、本当に炭疽菌に感染しているんですか。とても元気で、感染しているとは思えないんですが。ひょっとして治ってるんじゃないですか？」

医師は深刻な表情を変えず、首を横に振る。

「検査は毎日しています。残念ながら細菌は聡美さんの体内から消えていません」

「だ、だったら何で、あんなに……」

普通でいられるのか、という言葉を飲み込んだ。

聞くまでもない、それがこの炭疽菌の特徴だからだ。無症状の状態が二週間程度続いた後、意識が朦朧とするくらいの高熱を発症し、容態が急激に変化する。増殖のスピードこそ遅いけれど、少量の細菌が体内に入っただけでも９０％の者を死に至らしめる。

知っているはずだった、けど実際に元気そうにしている聡美の姿を見ると、事実をねじ曲げてでもその無事を信じたくなる。今現在も世界中で苦しみ、死んでいっている人がいることはわかっている。しかしこの世でただ一人、聡美だけは大丈夫だと思いたい。聡美だけは他の感染者と違うはずだと、聡美だけには奇跡が起こっているはずだと。

医師は淡々とした声で説明をする。

「細菌の増殖スピードが遅いことは、つまり、検査で細菌が検出されにくいということです。なので感染が発覚した段階で症状が進行してしまっていることが多いのですが、聡美さんの場合は偶然にも早期に細菌が検出されています。そこでできる限り症状の進行を遅らせようと試みてはいますが、菌を完全に消滅させることは現状できていません」

前にも聞いた説明だった。相太は意を決して医師に聞く。

「あと、どれくらい……なんですか」

何が、かは口にできなかったけれど、死神は察している。

「十日ほどと考えています」

その宣告に言葉を失った。今までの感染死亡者のことを考えれば聡美の死期も予想できていたことだが、実際にそれを叩きつけられると頭の中が空っぽになる。

十日――

重い言葉を頭に張り付かせたまま準備室で防護服を脱ぎ、イエローゾーンで念のためにシャワーを浴びてから、グリーンゾーンの待合室へ向かう。

結婚してからぱったりと無くなったけれど、結婚する前、違う人生を歩んできたお互いの考え方を照らし合わせるかのように聡美といろいろなことを話した時期があった。その会話の一つ、確か〝どういう人生が送りたいのか〟という話題のときだった。

答えが決まっていたのか、聡美はすぐにこう言った。

ある日テレビを見ていたらスポーツ選手たちがみんな年下だって気づいて、ある日授業参観に行ったら先生たちがみんな年下だって気づいて、ある日投票に行ったら政治家たちがみんな年下だって気づいて、ある日みんなに看取られるの。そんな人生を送りたい。

何だそれ、つまらない人生だな、と笑った過去の自分を殴り倒したい。当時は宇宙に行く人生こそが真の人生だと考えていた。今は聡美の望みがどれほど尊いものかわかる。

待合室内に入ると、眠っている慶太を抱えた母がやって来た。

「聡美さん、どうだった？」

「あ、ああ、平気そうにしてた」

「そうなのよ、本当に元気そうなの。なのに……」

と母はその先の言葉を言わなかった、おそらく母もあの〝十日〟という言葉を聞いているのだろう。相太もどう応じていいかわからずイスに座ったけど、直後に厚労省の職員が待合室に入ってきたからすぐに立ち上がらなければならなかった。

「相太、どこかに行くの？」

まずは霞が関に行って、厚労大臣を本部長とする炭疽菌災害対策推進本部会議でISS調査任務での活動内容を報告。その後、各省庁に設置されている炭疽菌災害対策室の会議や有識者会議に出席する。各方面のレク（レクチャー）で使用される書類も作らなければならない。

「母さん、俺はいろいろ回ってくるから慶太をもう少し頼むよ」

と言って慶太のふっくらとした頬を指で撫でる。

「それはいいんだけど……ねぇ、帰国したばっかりだし、ゆっくりできないの。こんなときなんだし、何とか時間を作って聡美さんの傍にいてあげてよ」

――逆だ。

世界中に災いをもたらしている炭疽菌の感染源が、ISSの日本モジュールにあった。その事実が公にされ、日本への非難の声が嵐のように沸き起こっている。

世界中のテレビ放送で特番が組まれ、ネットではあることないことが飛び交っている。日本に対する〝罰〟を求める声が高まっていて、JAXAはもちろんのこと、NASAやロスコスモス、欧州のESA、カナダのCSAまでもがその対応に追われている。

そんな中で日本政府が聡美と面会する時間をくれたことこそが得難いのだ。

それに、この炭疽菌対応病院の医療レベルを知れたことも大きい。

炭疽菌治療に秀でた厚労省の病院が聡美を手厚く看てくれるのは、あくまで相太が政府の手の内にあるからだ。この病院にも監視がついているので、ともすれば人質を取られているような気分ではあるけれど、日本人である以上、日本政府の手の中から出ることは決してできないし、相太としても最先端の炭疽菌対応病院から聡美を出したくない——

「あー」

声が聞こえて見ると、慶太が目を覚ましていた。

どんぐりのような瞳を相太に向け、紅葉のような手で指を摑んでいるから、あー、とまず挨拶をしてから言う。

「慶太、ごめんな。パパはすぐに行かなきゃいけないんだ」

「う？」

「もう少しママのことを護っていてくれ」

と言って慶太の紅葉から離れた。慶太は腕を伸ばしたけれど、それに応じることは今はできない。これ以上温もりに触れていると、戦えなくなってしまうから。

相太は慶太の顔を目に焼き付けてからその場から離れ、入り口で待つ車の後部座席に乗り込んだ。すると、隣に座った厚労省職員が青い顔で口を開く。

「矢代飛行士、大変なことが、起こりました」

「大変なこと……」

聞けばそれはアメリカ疾病管理予防センター（CDC）が開いた緊急会見のことだった。そこで多剤耐性炭疽菌が、人為的に組み替えられたゲノム構造を持つ、と発表されたのだ。

　つまり、人の手によって造られた炭疽菌である可能性がある、と。

　世界に衝撃を与えたこの会見以降、検索数が爆発的に伸びたのが〝合成生物学〟。生物のゲノムを工学として設計する研究分野で、解析を終えている生物のゲノムをコンピューター上で改変して人類に有用な生物として合成し直したり、まったく新しい生物のゲノムデータを基に実際にＤＮＡを合成して生物を生み出したりする、という。

　相太も調べてみたけれど、２００３年、アメリカの研究者グループが全ゲノム構造が解明されていたウィルス（非生物）の合成に成功し、その五年後には極小細菌（生物）の合成に成功している。更に２０１６年にはミニマル・セルと呼ばれる、コンピューター上で設計された極小の新生命体を生み出し、それによって合成生物学は多方面で認知されるようになった。

　日本も同様の計画に十八億円近い予算を投じた過去があった。

　そして今回、世界中での感染症勃発の原因となった炭疽菌も、ミニマル・セル同様、人の手によって生み出された、自然界には存在しない細菌、合成生物学の研究によって誕生した――いや、誕生させられた合成炭疽菌である可能性が高い、という話だった。

「嘘だろ……」

　日本は、生物兵器禁止条約に弓を引いたのか？

田淵量子　脱柵者

自衛官が基地や駐屯地から逃げることを〝脱柵〟と言う。
それは動物が檻から逃げることを意味する。

田淵量子は市街地用戦闘服の上に装着している装備ベルトの位置を直した。

運送会社のトラックに擬態させてある車両内は部隊特有の静寂に満ち、無駄口を叩く者は一人もいない。後ろから付いてきているもう一台も同じく無音だろう。

量子は今の状況を、過去のPKO活動に重ねていた。

2016年、南スーダン、首都ジュバ。かねてから対立状態にあった大統領派の政府軍と副大統領派の反政府軍が衝突して、軍人・市民併せておよそ六十人の死者が出る内戦が起こった。偵察部隊として市街地に潜伏していた量子は、実弾が飛び交い硝煙が立ち込める街を進んで、日本大使館に到達。その職員たちを連れてジュバを脱出したのだ。

——ただ、立ち位置はあのときとは逆。

コード・レッドによる招集を受け、脱柵した自衛官は全部で十八人。ベンチシートが設置されている二台のトラックに、九人ずつ乗っている。陸自で使われていたこのトラックの通信機器や発信装置は外されているらしく、レーダーで追跡される心配はない。

更に、指揮官がどんな手を使ったかは定かじゃないけれど、部隊用の武器も用意してあった。それらは種類も年代もバラバラで、自衛隊が採用しているSIG社の拳銃P220や89式5・56mm小銃もあれば、AKファミリーのアサルトライフル、米軍が使っているM590ショットガンやM240マシンガンまである。スナイパーライフルも一丁あり、それは旧ソ連が制式採用していた狙撃銃ドラグノフをカスタムした物だった。

現在、合成炭疽菌による被害は世界中で起こり、感染者は増え続けている。被害地域が局所的であるにもかかわらず死者は世界ですでに一万人に届こうとしている。

こんなはずじゃなかった、という思いは黒沢陸将にもあったろう。

かつて彼は言っていた。

「日本は自衛はするが、反撃できない国家。ただ守るだけで元凶を潰すことができない。最近では敵性組織や敵性国家の軍事力も上がり、その自衛すら難しくなっている。都心でさえ、二十四時間ミサイルの脅威に晒されているのだ。仮に五発撃たれたとすれば、四発は潰せる防衛力はある。が、一発でも漏らしてしまったら意味がない。だから我々は隠密性の高い抑止力を得る計画を進めている。この計画に、君も志願してくれないか」

当時二十代だった量子は特殊作戦群に入りたてで、〝隠密性の高い抑止力〟というものが何を指すのかはわからなかったし、その考えにすべて賛同したわけでもなかった。

ただ、こう応じた。

「志願などと言わないでください。命令に従います」

自衛隊唯一のテロ対策特殊部隊〝特殊作戦群〟には、他の部隊にはない一つの特性がある。その活動内容はすべて、国防に関する極秘事項として公にしないのだ（式典や撮影時はマスクで顔を隠すことが義務づけられている）。黒沢陸将はその特性を隠れ蓑に計画を進め、量子も五年間、一個の自衛官として疑念を挟まず上官命令を実行した。

それでも完全には信用されなかったのか、計画の全貌はおろか人的規模がどれほどかすら教えられないまま、三年前、量子は特殊作戦群から普通科連隊に転属した。

……そもそも多剤耐性を持った炭疽菌というのは、対特殊武器衛生隊の生物兵器対策チームが研究していた細菌だったはず。そんなものがどうして、高度４００㎞の宇宙を飛行するＩＳＳなんて場所にあるの？　理由はまったくわからない。

しかし、無知だろうと、どんな言い訳を並べ立てようと、そんなものが通用する状況じゃない。ミイラ取りがミイラになったように、テロ対策部隊がテロリストになったと考えられるだけ。この事態を引き起こした者の首を得なければ、世界の遺族が納得しない。感染源の動物が殺処分されるのと同様、捕まれば、処刑。

それなら、逃げるしかない。

情報が政府に漏れることは覚悟の上で、武力によって逃げ延びることを第一にした十八人の部隊が編成された。だから量子を含めてほとんどがレンジャー過程を終えている。家族を人質に取られる危険性が高いので親や配偶者、子供がある者は省かれた。量子も母子家庭で育ち、その母親にしても量子が自衛隊に入った頃に病気で亡くなっている。

この部隊に選ばれなかった者ももちろんいるけれど、全員を連れては部隊が重くなりすぎる。トラック何台もでぞろぞろと移動していたら、すぐに見つかっておしまい。

だからこの部隊だけ、十八人だけ。

量子は日の丸と剣、トビ、桜星、榊から成る徽章を出し、左胸のポケットに留めた。トラックに同乗している部下たちも同じ物を付ける。特殊作戦徽章――レンジャー徽章よりも更に珍しく、機密保持のため在籍時は付けることが許されなかった徽章だった。

そんな徽章の元、部隊により一体感が出る。

部隊をまとめる予定の黒沢陸将が自ら命を絶ったことは予想外だった。彼の自殺により階級的にも年功序列的にもナンバー2は量子となった。この十八人の中には特殊作戦群時代に部下だった者もいるから、当時同様、若い隊員たちに指示を出すことになる。

驚いたのは、災害派遣で一緒だった曹長〝惣社左門〟がいること。

量子が普通科連隊に転属した後、入れ替わりで特殊作戦群に所属した彼は、量子の抜けた穴を埋めていた後継者と言える。ただ、災派時にはお互いそのことは知らず、コード・レッドの連絡も別々に受け、別々に隊舎から抜け出し、別々に集合場所に行った。

「まさか隊長と会うなんて思いませんでした。心強いなあ」

あっけらかんと言って糸目を更に細くしていた彼に対し、量子はとても笑う気になれない。逃げたとてどこに繋がっているとも知れない。崖か山でも道があればいいけれど。

武闘派の男性隊員の中にあると、女性の自分の体は一際小さい。けれど、彼らに決して引けを取らないと自負しているし、実際、引けを取ったことはない。その正当な評価の結果として二尉という階級を与えられ、脱柵部隊の長を任されていると考えている。

「指揮官」

静寂に満ちた車内で量子はそう呼びかけた。

「そろそろお聞かせ願えないでしょうか、今後について」

皆の視線が、車内最前列でタバコを吹かしている禿頭の男に向く。

須藤浩三。五十二歳。防衛大学校から陸上自衛隊に入って陸将補まで昇り、防衛省の大臣政務官になった。そんな、エリート街道を突き進んでいるという経歴には合わない、並外れた巨体の持ち主。体が重くなるので不要な筋肉をつけない特殊部隊隊員に対して、彼はジムで鍛えに鍛えた肉付きをしている。近くにいるだけで息苦しくなる程。

トラックや武器はこの須藤政務官と黒沢陸将が手配した。今回の事態以降に用意した物じゃなさそうだから、有事に備えて隠してあった防衛省の秘密道具かもしれない。

須藤政務官はタバコの煙と共に、ああ、と言ったので、量子は質問をする。

「この部隊の最終目標は何ですか？」

逃走ということしか知らされていない皆が気になっていることでも、指揮官に質問ができるのは隊長・副隊長のみ。ブリーフィングがあれば皆も安心する。

太い首の上に乗った親指のような頭が、量子を見た。

「貴様、未だに自分が自衛官だとでも思っているのか」

「いえ」

そういうつもりで言ったわけじゃない。

「この逃走に最終目標なんてものはない。コード・レッドは苦肉の策。貴様らの訓練と違って、便所の時間まできっちり決まっているわけじゃないんだ」

こんな状況だから計画が万全じゃないことは承知している。でも情報が欲しい。

「では、当面の目的を教えていただけますか」

いやに小さく見えるタバコを彼は床に捨てて、靴のつま先で踏みつぶした。灰皿(煙缶)はないので、金属製の床には彼の下だけにいくつものシケモクが転がっている。

「ある組織と接触する」

「組織……」

「我々を助ける組織だ」

助ける――曖昧な言い方だった。この部隊にとって〝助かる〟とは、いったいどういう状態を指すのか、指揮官である須藤政務官はそれをどう捉えているのか。

「我々の身の安全を保障してくれる者がいるということですか」

と尋ねると、彼は面倒くさそうに、ああ、と応じた。けれど今の状況でこの脱柵部隊の安全を保証するなんてことができるとは思えない。罠じゃないのか。

「それはどこの組織でしょうか」

「今は言えん。が、呼び名は決めておくか。貴様、何がいい？」

突然の質問に、量子は首を横に振った。

「は、いえ……自分には思いつきません」

「なら、そうだな、友好関係にあるわけだから〝フレンズ〟としようか」

フレンズ？　アナグラムじゃないのか、と癖で疑ってしまう。

「そのフレンズ……とはどこで接触することになっているんですか」

「それもまだ言えんな」

ただ、今このトラックが走っているのは福井県の山沿いの寂れた国道だから、合流地点から西へ西へ進んでいるのは間違いない。運転手を任されている隊員はもちろん今日進むルートの指示は受けているだろうけれど、最終目的地は知らされてはいないはず。

量子は更に質問する。

「フレンズの目的は何ですか。我々を無償で助けようというのではないですよね」

「無償なら、逆に信用できんだろう」

「では……」

「彼らはここにいる七穂君を欲している」

と須藤政務官は一人の女性隊員の名前を出した。

一方、名指しされた新谷七穂は眉根を寄せている。伏し目がちの気弱な衛生兵。コード・レッド後の合流時には、対特殊武器衛生隊に所属していたと紹介されていた。今の反応を見る限り、彼女自身ここで自分の名前が挙がるなんて思っていなかったらしい。

「どうして、彼女を？」

「この七穂君が、炭疽菌治療薬の開発者だからだ」

「治療薬の開発者……」

須藤政務官は口の端を歪めて付け加える、しかも世界で唯一のな、と。

量子と隊員たちは、俯いている新谷七穂に視線を向ける。現状、須藤政務官の言葉をすべて信じていいわけでもないけれど……

須藤政務官は皆を見回し、おそらく、と言った。

「貴様らには知らされていないはずだが、多剤耐性を持つ合成炭疽菌は対特殊武器衛生隊の生物兵器対策チームの研究中に偶然生まれた細菌だ。そして、その時点でチームは即刻解体され、強力な炭疽菌の存在も秘匿されることとなったという経緯がある」

彼は、しかし、と続ける。

「生物兵器対策チームの一員であって、最も優秀な研究者であった七穂君は、たった一人でその炭疽菌に挑むよう命令を受けた。彼女は治療薬を一年がかりで完成させたのだが、そのデータは何一つとして残されていない。残すことを禁じられていたからな。ただし、常人離れした記憶力を持つ彼女は頭の中にそのすべてを記憶しているという」

「つまり、合成炭疽菌と治療薬の研究データを渡す、ということですか」

「それと、七穂君が持っている治療薬の現物もだ」

治療薬……やはり完成していたのか。対特殊武器衛生隊の生物兵器対策チームでは、炭疽菌と共にその治療薬をも研究している、とは聞いたことがあった。

「数日前にできたばかりの試作段階の物で、七個しかないがな。これらすべてを渡さなければフレンズは納得しない、彼らも相応の危険を冒して我々を助けるわけだしな」

それのどこが〝友好関係〟?

顔が引きつる。まさかフレンズの正体は過激派組織なんじゃないか。世界に対して爆弾テロをしかけるような組織の名前でも浮かんだのか、皆の表情が暗くなっている。

そんな隊員たちの感情を量子が代弁する。

「新谷七穂と薬だけが取られ、我々は見捨てられる可能性はありますか」

――その可能性と言うか危険性は、十分にあり得る。そもそもフレンズとの戦闘を考慮した上でこの大量の武器が用意されたとも考えられるから。

ただ須藤政務官の分厚い唇から出てきたのは、それはあり得ない、という言葉。

「なぜ、でしょうか」

彼はもったいぶった間を作った後で答える。

「我々には〝都市を滅ぼす力〟がある。相手のいいようにはさせせん」

コード・レッドの連絡時も出していたその言葉と、須藤政務官が見せている不気味な笑みに、嫌な予感が膨らんでいく。やはりこの逃走の果てに道は続いていないのか。

そこで――

「待ってください！」

俯いていた新谷七穂が声を上げた。

「わたしはそんな、過激派組織の言いなりになるようなことはできません！」

須藤政務官は、量子に対するのとは打って変わった猫なで声で応じる。

「早とちりだねぇ、七穂君。過激派組織なんて私は言ってないよ？」

筋肉の塊の中から出てくる高音に、背筋が寒くなる。

「……証拠は？」

「証拠ときたか。今はないが、実際に彼らを見ればわかってもらえ――」

「なら信じられません！　薬を量産できる場所に行くんじゃなかったんですか！」

「その通り、量産できる所に行くんだ。君は何も心配しなくていいよ。この先、合成炭疽菌研究はもちろん、他の生物剤研究についても研究室長クラスのポストと十分な設備や人員が用意される。さぞ研究者冥利に尽きる環境だろうねぇ。金もたんまりだぞぉ」

「そんなのいりません！　研究の成果がテロに使われるに決まってる！」

「まさか。フレンズは防衛のための研究と明言しているよ」

「嘘です！　そもそも、合成炭疽菌がどうしてＩＳＳにあるんですか！」

新谷七穂も計画の全貌を知らなかったの……？

須藤政務官は答えず、けどねぇ、と首を横に振った。

「君はここにいるのが一番いい。たとえ命令で炭疽菌の研究をしていたとしても、裁判にかけられれば死刑になってしまう。生きるためにはフレンズの協力が必要なんだ。ここにいればそのフレンズの元に行ける、何かあったとしてもこの者たちが肉壁となる」

「肉壁って何、そんなの望んでない。わたしは車から降ります」

「おっと、降りてどうするのかな？」

「警察に行きます。そしてわたしが知っている情報、合成炭疽菌の研究データと、完成した治療薬の製造法を政府に渡します。そうすれば政府が治療薬を量産できるから」

須藤政務官のこめかみに筋が入る。

「いい加減にしなさい。君が何をしようと、死刑は免れられんのだ」

「構いません」

「構わない、だと？　政府の恐ろしさも知らんくせに……」

「車を止めてください」

「止めん」

「あなたたちだけでどこへでも行けばいいじゃない！　わたしを降ろして！」

「口を閉じろ、お前は私の今後に不可欠なん――」

そのとき、背中に手を回した新谷七穂が一丁の拳銃を取り出した。

――違う、信号拳銃。

彼女はその銃口を床に向けた。

ガィン！　という衝突音と共に光が弾けた。射出された信号弾が床を滑りながら煙を噴出させる。密閉された空間は一瞬で白い煙で覆われる。

信号弾の効果は数秒、しかし、車内の煙はすぐには消えない。

皆がむせ返る中で、後部扉に向かう人影を量子は目の端に捉えた。

新谷七穂が逃げる――

量子は即座にその場に立った。

新谷七穂が扉を開放した瞬間、その腕を摑んで力任せに車内に引き戻した。

彼女の口から、ぎゃ！　という短い呻き声が漏れる。

咳き込みながら寄ってきた須藤政務官が量子に、

「さすがは女性初の特殊作戦群。優秀な女だ。……そして」

と言って新谷七穂の頰を手の甲で打つ。

「お前は馬鹿な女だ」

彼は新谷七穂の戦闘服の襟元を力任せに開き、巨大蜘蛛のような手で服をまさぐり始めた。その内ポケットから錠剤が入った小瓶を取り出し、それを自分の懐に収める。

「初めからこうしていればよかったのだねぇ、七穂君」

そして手錠を出して新谷七穂の両手にかけた。こういう事態も想定済みだったようだ。

一転して無気力になった新谷七穂は強制的に量子の隣に座らされた。

「田淵二尉、貴様がこの女を見張れ」

「はっ」

麻木秀雄　財務大臣

門に群がるマスコミ勢からカメラのフラッシュを浴びながら、車は東京都千代田区の総理官邸に入っていく。曇天の下、半旗に掲げられた日の丸が風にはためいている。

予てから炭疽菌への感染が報じられていた国土交通大臣・農林水産大臣・防衛大臣がこの三日間で立て続けに症状が悪化して亡くなり、今朝未明に内閣総理大臣もICUでの処置も空しく息を引き取った。政府トップ陣の感染死によって日本は今後、更なる窮地に立たされることは間違いない。

国を揺るがす慌ただしさの中、財務大臣を兼任している副総理格大臣の麻木秀雄（あさぎひでお）が総理大臣臨時代理に任命され、国土交通省・農林水産省・防衛省でもそれぞれ副大臣が繰り上がる。政府は頭がすげ変わった異例の新体制でこの炭疽菌災害に臨むことになる。

麻木は秘書から渡された喪章を左胸にピン留めしてつぶやく。

「いやーな感じだねぇ……」

車は消防やら警察やらの特殊災害対策車が並ぶ中をゆっくりと進み、漂白剤噴霧やら紫外線放射やらを浴びてからロータリーに入っていった。降車を許可された後は総理官邸入り口で医務官による体温測定を受けてから手指消毒し、マスクをかけて官邸内へ。

歩くうちにくっついてくる派閥の面々をぞろぞろと伴い、四階大会議室の絨毯を踏む。長テーブルには、見慣れた仏頂面と見慣れない仏頂面が並んでいる。

麻木が席に着くと同時に会議が開始された。

まず日本各地の被害状況について厚労省や国交省から説明がある。

爪痕事故後およそ九十分の間にＩＳＳが世界一周をしたライン――高度４００㎞から放出された合成炭疽菌を最も浴びたと予想されるライン――は、今や〝感染ベルト〟なんて呼ばれていて、日本の関東圏もそのベルトの範囲内に含まれている。

そんな日本国内の感染者数は１３７５人、死者数は２３１人。

外出自粛が効果を上げているのか感染者を出していない地域もあるけれど、何しろ治療法がない高致死率感染症。二週間後には感染者数が死亡者数の方に加算され、更に新たな感染者が出る。大気層に炭疽菌の芽胞が存在する限り、感染者は増え続ける。

内閣府に設置した感染者支援対策本部の電話はこのところ鳴りっぱなし。国民の不安・

不満は怒りになって広がり、昨日から今日にかけて抗議者の活動は激化している。

炭疽菌濃度レベルの高い地域から低い地域に人（感染者含む）が流れて、炭疽菌に対応できない地方の病院が悲鳴を上げる。関東人の流入を拒否する地方都市も出ていて、高濃度地域で採られた作物を食べた者が感染したなんていう風評被害ももう始まっている。マスクや水泳用ゴーグルの買い占めによる価格高騰も看過できないところまできている。

麻木は老眼鏡を外して、顔をタオルで拭う。

いずれも政府が対応しなければならない問題ではあるけれど、この会議のメインテーマはそれらじゃない。事実確認もほどほどに進行役の官房長官が流れを引き取った。

『皆さん、お手元のモバイル端末のページをめくって下さい。ＩＳＳ関連の議題、特に日本モジュールのキューブサットについて、説明をＪＡＸＡからお願いします』

はい、と応じた女性フライトディレクターがマイクに声を発する。

『私は、故・柿崎健太郎飛行士のＩＳＳ長期滞在任務、そして先日の矢代相太飛行士のＩＳＳ調査任務を担当させていただいたフライトディレクターです。すでに皆さんご存じかと思いますが、小型衛星について私から簡単に説明させていただきます』

小型衛星は軌道上からの地球観測などのために使う。日本モジュールのエアロックから低コストで宇宙空間に放出することができ、ＪＡＸＡはこの小型衛星放出枠の七割を民営化している。今回放出予定だったキューブサット七機はそれぞれ国立東都大学、都立東条工業大学、三友重工、住菱製作所の物であったことが女性フライトから語られた。

『今回の七機はすべて、観測機能にはまったく問題がない物でした』

『それはＩＳＳに持ち込む前に分解して確認したのか』

と子鹿を襲うチーターの如くすぐに声が飛んできた。

『いえ、精密機械ですので直前に分解などをして調べたりしたわけではありませんが、それぞれ、開発段階から運用試験に参加してその機能を確認させてもらっています』

『つまり実際に使用可能な観測衛星の中に合成炭疽菌が仕込まれたということか』

子鹿は視線を下げる。

『そう……なりますね、持ち帰った三機には仕込まれていなかったようですけど』

一拍の後、それで、とハイエナから追及がある。

『七機のキューブサットは故・柿崎健太郎飛行士によってエアロックから放出される予定があった――つまり〝合成炭疽菌の入ったキューブサットが我が国の宇宙飛行士によって我が国のモジュール内から放出される予定があった〟ということは確かなんですね？』

『はい……八月十三日のタスク（仕事）としてアサインされていました』

『であるなら、仮に補給船との衝突事故が起こらなかったとしても、スケジュール通り八月十三日にキューブサットはエアロックから放出されていたことになる、と』

『はい、小型衛星放出機構のセッティングも終えている段階でした』

『もしキューブサットが宇宙に放出されていたらどうなりますか？』

ハイエナのゆるゆるとした質問に、子鹿は首を横に振る。

『どうともなりません。ＩＳＳ同様、地球を周回飛行するだけです』

『キューブサットの中にある合成炭疽菌も周回飛行する、ということですか』

『はい』

『ではそのキューブサットが周回飛行中に壊れたら？』

『おそらく現状と同じです。合成炭疽菌が地球に降り注ぎます』

『でしたら補給船との衝突が起ころうが起こらなかろうが、故・柿崎健太郎飛行士はいずれ合成炭疽菌を地球に撒き散らそうとしていた、ということになるんじゃないですか』

『そう結論付けるのは早すぎる、と思います』

『故・柿崎健太郎飛行士が七機について把握していなかった可能性は？』

『わかりません。宇宙飛行士がやるべきことは小型衛星が入ったコンテナをエアロック内にセットして船外に放出することだけなので、彼が七機について把握していなかった可能性――スケジュール通りにタスクをこなしただけだった可能性は十分にあります』

獣の唸り声がして、トラが密林から姿を現した。

『君たちの認識が甘かったんじゃないかね。衛星は機能確認だけで分解して調査することもせず、飛行士が仕事内容をどこまで把握しているのかもわからないんじゃあな』

『しかし小型衛星放出はこれまで問題もなく成功していたので――』

『問題がなかった、とどうして言える？』

トラの牙は鋭い。

『え？』

『これまでに放出してきた小型衛星の中にCBRNE（シーバーン）（化学剤・生物剤・放射性物質・核・爆発物）兵器が封入されていなかった、とどうして言える？　我々が気付いていないだけで、凶悪な兵器を内包した衛星が地球の周りをまわっているかもしれんのだぞ』

『なっ、あり得ません』

当然だ、ともう一匹のトラが森から姿を現した。

『もし〝きぼう〟が絶望を放出するパンドラの箱になっていたなら日本は終わりだ。たとえ戦時中であってもそんなことは許されない、とジュネーブ議定書にもある。つまり、この件に関してＪＡＸＡははっきりとＮＯと言わなければならない。そうだろう?』

『は、はい』

『では、これは何か』

トラは爪も鋭い。爪に引っかけた用紙を、子鹿に向けた。

『ここには今回の小型衛星放出に関して、ＪＡＸＡ側が受け取った対価の費用が記載されている。通常ならば一機当たり数百万〜二千万円のようだが、ここにある数字はそれより高いように見える。これはつまるところ〝干渉無用の対価〟じゃあないのかね?』

『ち、違います。通常規格より大きかったから費用が高くなったと聞いています』

子鹿は慌てて言ったけれど、コスト問題は管制員の管轄じゃないだろうに。

鹿の群れのボスがマイクに声を発する。

『その件に関しましては現在調査中、近日中に発表します』

『全国民が納得できる答えを頼むよ』

『はい』

そこまで話を進めさせてから麻木は、まあまあ、と声を出す。

『ＪＡＸＡが白だってことは調査で確定してるんだよね？　僕自身、ＪＡＸＡに問題があったとは思っていないよ。不要な話は今はやめておこう。次いって』

わかりました、と進行役のライオンがうなずく。

『では次は柿崎健太郎飛行士についてです。引き続きＪＡＸＡからお願いします』

それに応じた小鹿が、柿崎健太郎飛行士が自衛隊の医官から宇宙飛行士になった経緯やらどうして宇宙飛行士を志すようになったのかやらを話した。そして炭疽菌災害調査委員会のポメラニアンが後を継いで、自衛隊員らに対して行われた聴取内容を語った。

『――ということで柿崎健太郎氏は医官としての人望はあったようです』

うなずいた麻木は、ＪＡＸＡ、と言って尋ねる。

『一番近くで柿崎健太郎飛行士を見てた君らは、どんな印象を持ってるの？』

ＪＡＸＡ席に座る城森（しろもり）という通信士（牡鹿）がこれに応じる。

『私は友人として連絡を取り合っていましたが、とても信用できる人物です。宇宙を楽しんでいた彼がこんな異常な事柄に関わっていたとは私にはとても考えられません』

『うん』

麻木が言うと牡鹿は、第一、と続ける。

『先日のＩＳＳ調査任務時に確認されましたが、船内には至る所に炭疽菌が付着し、柿崎健太郎飛行士自身も感染しておりました。彼がこの件に関わり、キューブサットに生物剤が封入されていると知っていたなら、自分が感染してしまったのはおかしいかと』

うん、と応じて促そうとしたとき、先に野蛮なサルが声を上げた。

『キューブサットに漏れがあったのは、彼にとっても不測のことだったんじゃ？』

『……にしても、おかしいです』

『何が、ですか？』

『この合成炭疽菌による炭疽症は無症状の潜伏期間が長いのですが、中には、味覚が無くなるという初期症状が出る人もいます。実際、ＩＳＳ長期滞在中の柿崎健太郎飛行士を含めた二人が事故前に、ドライフードの味を感じないと訴えていたんです。これは風邪の症状としてままあることですが、通常ＩＳＳ内に細菌やウィルスは存在しません。健康体で打ち上げられる飛行士から伝染することもないので、ＩＳＳで飛行士が風邪をひくことはありません。このときも疲労やストレスのせいだろうと考えられていたようです』

『だから？』

『もしこのとき柿崎健太郎飛行士が炭疽菌の存在を知っていたら、キューブサットの密封が破れたのではないかと推測するはず。しかし衝突事故以前の船内カメラ映像を確認しても、彼はキューブサットをコンテナから出して調べるような行動はしていません』

ボスザルの号令でもあったのか、サルらが一斉に襲い掛かる。そんなのはただの推測に過ぎん！　そうだ、今回の件を日本の無差別テロと見る動きも各国で出てるんだぞ！　命を賭しての行為だったのかもしれんだろう！　キーキー、キーキー。

……これじゃ、いつもの国会答弁と変わらないじゃない。

大会議室のドアが突然開けられたのは、そのときだった。

そこにいるのは眉を寄せた一人の官邸職員。一礼の後、サバンナに入場してくる。獣らが顔をしかめる中、職員は麻木の元へやってきて報告する。

先日の〝無抵抗の隊長〟黒沢陸将の自殺報道の後で、関東圏の東部方面隊で炭疽菌感染症災害派遣に当たっていた複数名の自衛官らが姿を消した、との一報だった。ある者は隊舎や天幕から抜け出し、ある者は駐屯地から逃げて、姿をくらませたらしい。

しかもそのほとんどが陸自〝特殊作戦群〟の現役隊員という——

麻木に続いてその報告を聞いたライオンは、マイクに向かって早口で言う。

『とっ、突然ですが、会議はここで一時中断させていただきます！　お集まりの皆様には申し訳ありませんが、続きは後日！　後日、改めてとさせていただきます！』

獣の鳴き声渦巻くサバンナの中心で麻木はつぶやく。

「後手後手だよねぇ、こうなっちゃうと」

田淵量子　脱柵者

トラックでの移動は基本一七〇〇（ヒトナナマルマル）〜〇八〇〇（マルハチマルマル）まで、それ以外の時間（日中）はあえて移動はせずに休憩に当てる、というサイクルが須藤政務官によって決められている。

今日はうまく都市部や大通りを避けて、明るくなる前には県境の人里離れた山林中に入ることができた。休憩ポイントもあらかじめ決められているらしい。

下車を許可されて、一人ずつ外に出る。

高く伸びた木々の向こうに見える空は、今にも泣き出しそうな曇天。時折、枝葉の間を風が通り抜けるザザザという音が鳴り、地面に散った木の葉が舞い上がる。森のざわめきは人間が立てる物音を消す。逃走にはもってこいの状況と言える。

炭疽菌が浮遊しているかもしれないと思いながらも田淵量子は思い切り深呼吸をした。木々が生み出す新鮮な空気を吸うと五感が鋭さを増す。レンジャー訓練のときのように身体が野生に還る。他の隊員たちも同じなのか、顔の肌つやが良くなっている。

「クリアリング、開始」

四チーム十六人が二時間かけて周囲に住居などがないことを見て回った後、防衛に適していると判断した川沿いにハーフテントを組み立てて野営をする。運送業者の作業服を着た見張りは三人で三時間交代、他の者は夜間の移動に備えて休息を取る。休めるときに休む、というレンジャーの鉄則が身についている彼らはすぐに眠るだろう。

一方、手錠をかけられた新谷七穂はトラックの中、同車内で量子が監視をする。

彼女は量子を恐れているらしく、目も合わせようとしない。今は女性専用車両なのだから横になって休めばいいものを、床の隅っこにはまり込んで膝の間に顔をうずめている。たまに鼻をすする音が聞こえてくるけれど、涙は流していないように見える。

この新谷七穂もある意味、被害者と言える。

彼女は偶然生まれた合成炭疽菌に対する治療薬の研究をしただけ。完成した治療薬に本当に効果があるなら、彼女は今の世界に最も求められている人間となる。合成炭疽菌の存在を知りながら秘匿していた罪はもちろん、決して許されることじゃないけれど。

移動開始まであと一時間というところで、新谷七穂が顔を俯けたまま近づいてきた。

小さく口を開く。

「トイレに、行かせてください」

無言でベンチから立った量子は後部扉から先に外に出た。コキ、コキと肩のコリを解(ほぐ)していると、運送業者姿の見張り隊員がすぐに寄ってきて量子に一礼した。

「お疲れ様です。どうしました」

「彼女がトイレに行きたいって」

「FUDDもあったはずですが」

FUDDというのは女性用尿路変更器具――要は女性が〝立ちション〟できるようになる器具で、それを使って袋の中に排尿させればいいのでは、と提案しているのだ。

ただ――

「知ってる？　あれなかなか難しいのよ。下半身丸出しでの練習がいるの。トラック内をびちゃびちゃにされても掃除なんてしている時間ないから、その辺でさせてくる」

「わかりました。では、お気を付けください」

――逃げられないよう、ということだろう。

実際、新谷七穂はトイレで油断させて逃げる算段をしているはず。特殊作戦群に属する隊員ならともかく、研究畑の新谷七穂に隙を突かれることもないけれど。

車内から出てきた彼女に先を歩かせると、左右を見回しながら木々の密度が濃い方に歩いていく。昼間でも薄暗い森の中を、更に暗い方、暗い方へ進む。道端に群生している彼岸花に少し目を奪われただけで、来た道がわからなくなってしまいそうになる。

「どこまで行く気？　もうここでいいでしょ」

新谷七穂は、え、え、と慌て、倒木がある辺りに指を向けた。

「あ、あの茂みのところにいるので、ここで後ろを向いていてください」

何と陳腐な計画。

そんなものが通ると本気で思っているのか。監視ならば、女性のトイレだろうとすぐ傍で見張るのが基本。対象に背を見せることなんて、まずあり得ない。

けれど、量子は彼女の言葉にうなずいて言った。

「行きなさい」

「え？」

彼女もまさか要求が通るとは思っていなかったらしく、目を丸くしている。疑問の答えを待つようにその場で足を止めているから、量子はその肩を押すように更に言う。

「手錠は外せないけど、何とか人がいるとこまで逃げるの」

その言葉に、新谷七穂は目をパチパチとさせる。

「でも、どうして……」

言いたいことはわかる。前のときはすぐに自分を拘束したあなたが、どうして今度は逃がすのか。罠かもしれない、という警戒も当然あるだろう。

罠じゃない。

あの状況ではああするしかなかった、というだけのこと。

特殊作戦群の現役隊員たちに囲まれていた状況下、自爆覚悟でスタングレネードでも使うならまだしもチャンスはあっただろうに、信号拳銃の信号弾くらいで逃げ果せるはずがない。量子が彼女を捕らえなくとも、必ず他の誰かが即応していた。

万一、後部扉から出られたとして、動く車から飛び降りて無傷で走り去れるとでも思っているのか。血だらけになって転がり、また車内に連れ戻されるに決まっている。そんなに無謀では困る、合成炭疽菌治療薬に関するデータを握っている大切な体なのだ。

研究者としては優秀な新谷七穂も、策略家としてはまるでダメ。そのせいで量子がこうして自分の身を切らなければならなくなってしまった。

それでも、彼女はここで逃がす。

須藤政務官からこの部隊についての詳細な説明が事前にあったわけじゃない。量子はあの南スーダン同様〝生きるために逃げる〟目的だと想定していた。その逃走に生物兵器対策チームの研究者が加わっているなんて考えもしなかった。けれど合成炭疽菌の研究データや治療薬の製造法を持つ者がいるのなら、この逃走の意味は大きく変わる。

一刻も早く新谷七穂を政府に渡さなければいけない。

不測の事態で世界中にばらまかれてしまった合成炭疽菌を滅ぼす方法があるなら――日本国民を含む世界中の人々の苦しみを取り除く方法があるなら、すぐにでもそれを実行しなければならない。新谷七穂を得体の知れないフレンズに渡すなんて、言語道断。

幸い、新谷七穂も自分の持つデータを政府に渡すつもりがあるようで助かった。もし彼女がフレンズとの接触に傾倒していたら、政府に引き渡すのは至難だっただろう。

一陣の風が新谷七穂の髪を揺らしたとき、彼女の口が開いた。

「い、一緒に来てください」

「何?」

「あなたも……私と一緒に逃げて下さい」

その甘い考えに苛立ちながら量子は首を横に振った。

「無理」

「で、でも――」

口を閉じなさい、と彼女の言葉を遮断する。

「あと一言でも続けたら車に連れ戻す。チャンスは二度と来ない。さあ、行って」

新谷七穂は口を閉じ、一礼をして森の中に消えていった。

量子も彼女に背を向けてトラックへの道を戻る。森は深く、獣道すらない。遭難の危険性もあるにはあるけれど、新谷七穂には何とか麓まで辿り着いてもらうしかない。

一緒に行ければ、どんなに楽か、と思った。

しかし行けない。目的がある。

量子はこの計画の規模や人員は把握していなかったものの、その目的は承知していた。たとえ〝抑止力〟のためだろうと、たとえ陸将直々の要請だろうと、国内で兵器となり得る生物剤を所持することがどれほど危険かを理解した上で、計画に荷担していた。

……でも若い隊員たちはそうじゃない。

彼らは旧日本軍の兵士のように目的も知らされないまま、守秘義務の元で上官命令に従っていた。量子自身、ここにいる何人かに〝国防に関する極秘作戦〟なんて訳のわからないことを言って命令を下していた。中身を知らせず生物剤の搬送を命じたこともある。若い隊員たちは無知。貴様らが知る必要はない、と言われ、聞き返すこともできずに命令を受けていた部下たちに、テロリストとして処刑されるような罪はあるか。

——ない、と量子は考えた。少なくとも自分や黒沢陸将、須藤政務官とは違う。

だから彼らを生かしたい。

この部隊の逃走先が過激派組織かもしれないことは大いに疑問ではあるけれど、たとえそうだとしても若い隊員たちが生き残る道を繋げなければならない。

そしてできるなら、須藤政務官が持つ治療薬を一つ手に入れたい。

矢代相太の妻・聡美のために。

量子が関わった計画が事故で破綻し、その結果、聡美が炭疽菌に感染してしまった。量子が胸の奥に秘め続けた想いを、明かせなかった想いを、相太は知らないけれど、彼が愛した女性を自分のせいで死なせるわけにはいかない。そこまで堕ちたくない。

だから治療薬を一つ手に入れて相太に送る。

ただ問題なのは、新谷七穂と治療薬一つを欠いた状態でフレンズが取引に応じるかということ。普通は、契約違反、話が違う、として取引をつっぱねるだろう。

部下たちの行く末か、聡美の命か。

そのどちらかを選ばなければならなくなったら、どうすればいいのか——

そのときだった。背後から声が追ってきた。

「待ってくださいよ〜、隊長〜」

はっとして振り返ると、彼岸花の群生地に新谷七穂の姿が。

そしてその後ろに、影のように寄り添う者。

「そ、惣社曹長」

災害派遣で遺体回収を共にしたあの惣社左門だ。

怯えきっている新谷七穂の頭に拳銃を向けながら、惣社左門は笑顔で口を開く。

「だめじゃないですか、おトイレだろうとちゃんと見張ってないと。連帯責任ですよ。ここで七穂ちゃんに逃げられたら僕たちはどこにもいけないんですよ」

という言葉とは裏腹に〝状況〟を把握している顔をしている。

——見張られていたのだ。

量子は苦い顔で、惣社曹長、と声をかける。

「彼女を行かせなさい。フレンズとの取引は治療薬のみで行えるわ」

「たった七個しかない治療薬だけで？　無理ですよ〜。七穂ちゃんが記憶してる治療薬製造法が政府の手に渡れば、薬は大量に量産されちゃいます。それじゃあフレンズも納得しないでしょう。この世に唯一のデータ、ってとこに価値があるわけですから」

正確に読まれている。

「新谷七穂が過激派組織に渡れば世界は今以上の大混乱になるわ。合成炭疽菌によるバイオテロで大勢の人が死ぬことになる。そんなことをあなたは望んでいるの？」

「望み？　兵士に望みは不要でしょ」

惣社左門が楽しそうに糸目を細めると、彼岸花も風で楽しそうに揺れる。

量子はホルスターから素早く拳銃を抜いて、部下に向けた。

惣社左門は右手で新谷七穂を摑み、左手に持った拳銃を彼女に当てている。こういう場合、通常は利き手に銃を持つけれど、ホルスターも左太股の方に巻いている。

左利き……しかし、災派時は普通に右手で箸を持って食事をしていた。

どうも構え方が不自然、にもかかわらず隙はない。

「分析、お手伝いしましょうか？　隊長」

「何？」

「ナチュラルボーンの類い希なる身体能力があるとしても、武闘派の隊員たちと張り合うには女性じゃちょい厳しいでしょう。そんな隊長が今の地位にあるのは、抜きんでている分析力のおかげのはずです。今もあれやこれや考えてるんじゃないですか？」

「……だから？」

「その分析を手伝います。まずお互いの共通認識として七穂ちゃんは撃てません」

量子は何も反応を返さない。この男がどういうつもりかはわからないけれど、今の言葉はその通り。新谷七穂は傷つけられない、それは両者の暗黙の了解と言える。

なので、と彼は続ける。

「僕が七穂ちゃんに向けてるこの銃は、まったく意味を成さないことになりますね。加えて隊長はこの密林を利用して隠れることができますが、僕は七穂ちゃんを連れては身軽には動けません。なので一見すると僕が有利なんですけど、実はそうでもないんですよ」

自分の不利を打ち明けるなんて、何を考えている？

確かに量子が惣社左門の脳天を一発で撃ち抜けるなら、新谷七穂は無事に逃げられる。特殊作戦群の訓練ではグリーンベレーやスペッツナズのように、隊員の頭に載せた的を撃ち抜いたり、動く的をこちらも動きながら撃ったりもしていた。ただし、その訓練自体は惣社左門もしているはずなので対策をしてくる可能性があるということと、その銃声で駆けつけて来るであろう他の隊員たちにどう言い訳をするのかという問題がある。

不穏な空気の中で、惣社左門は続けて言う。

「特殊作戦群隊員の腕なら僕はただの的でしょうね。ただ、そんな状況でも僕がずっと隊長じゃなくて七穂ちゃんの方に銃口を向けている理由、わかりますか？」

そう言って惣社左門は、新谷七穂の頭に銃口をぐりぐりと押しつけた。ひぃっ、ぁふ、ぁふ、と短い悲鳴を上げた彼女は涙を流して震えている。あれじゃ銃を向けていなくともまともに歩くこともできない。それでも惣社左門は銃口を量子には向けないのか。

……決して殺せない新谷七穂に銃を向ける理由が何かある？

惣社左門は本当は彼女の命なんてどうでもいいと思っている、とか。彼女を殺されたら量子の望みもこの部隊の目的も世界の希望も泡となって消えるけれど、この男が纏っている異様な雰囲気を考慮するなら考えられる。危険な賭けに出るわけにはいかない。

量子は銃を捨てざるを得なかった。

地面に落ちた拳銃を見た惣社左門はにっこりと笑う。

「ああ、よかった。やっぱり隊長は冷静さを失わない人ですね」

屈辱……部下に言葉だけで武装を解除させられるなんて。

災派時、遺体を回収し続ける任務をあっけらかんとこなす惣社左門を、気持ちの切り替えが上手いんだろうと思っていた。皆の手本にすべきだと。

しかし、違った。この男は何かがおかしい。

「あなたは、何なの。目的は？」

「目的なんてありませんよ。上官に従って戦闘訓練を受け、上官の命令通りに任務をこなしていたら、あれよあれよという間にこの場に流れ着いていたわけですから」

「……恨みはないの？」

「恨み？」

「何も知らせず合成炭疽菌計画に関わらせた上官への」

「ああ、それはないですね。駐屯地での訓練より、こういう方が楽しいです」

「楽しい、って、命がかかっているのよ」

「だからこそ、ですね」

とても危険な思想、武器という力を持つ人間が持ってはいけない類の。この部隊の者たちは生きるために逃げるのだ。こんな思想を持つ者には、命は預けられない。

「隊長の方こそ、目的は何なんですか？」

「逃げること、よ」

それは嘘ですね、という言葉に何も返さないでいると、惣社左門は続ける。

「たぶん何か別の目的があってこの部隊に付いてきてるんでしょ？　じゃあ、質問を変えます。七穂ちゃんみたいにこの部隊から離れるつもりはあるんですか？」

銃口でうりうりと新谷七穂をつつく惣社左門に、量子は言う。

「ないわ。私はここに残る」

「ほんとに？」

「残らなければならない理由があるから」

その言葉に惣社左門はまたにっこりと笑ってうなずいた。

「それを聞いて安心しました。であるなら、今回の件は須藤政務官には報告しないことにします。もちろん、これから七穂ちゃんの見張りは僕がすることにしますけどね」

「……なぜ？　それはこの部隊に対する裏切りよ」

「隊長が残ってくれるなら正味問題ないからです。この件を須藤政務官に報告して隊長をここで切り捨てていく必要はありません。隊長の力をここで失うのは僕たち小さな部隊には痛いですからね。この先どんな戦いが待ち受けているかもわかりませんし」

部隊の規律より戦力を取る……精神の平衡を失っているの？

「フレンズが過激派組織だろうとそうじゃなかろうと、僕たちはおそらく全員死にます。生きられる確率なんて極僅かでしょう。ただ、どうせ死ぬなら死刑より戦死です」

と言った彼は片腕をすっと立てた。

「戦うための訓練をしてきた者として、そう思いません？」

立てた片腕をくるりと回す――ハンドシグナル。

〝集合〟。

瞬間、後方の木陰から三つの人影が現れた。

中央にいるのはこの部隊唯一の狙撃手である女性、佐藤杏子（さとうあんこ）。ロシア人の英雄的女性スナイパーであるリュドミラに憧れる彼女の手にはドラグノフがある。彼女の左右には、大柄な自衛隊員たちの中にあっても巨軀を誇る藤堂諭吉（とうどうゆきち）と、斥候を担っていた貞島春馬（さだしまはるま）がそれぞれ89式小銃を構えて立っている。彼ら全員が特殊作戦群の隊員だ。

そういうこと、と量子はつぶやく。

惣社左門が新谷七穂に銃口を向けていた理由、量子に銃口を向けなかった理由。

――役割分担だ。惣社左門は新谷七穂が暴れたりしないようにする役で、量子を狙う役は別にいたということ。初めから一対四の勝負だったのだ。到底、勝ち目はない。

三人の一人、斥候・貞島春馬が口を開いた。

「曹長、俺は納得できません。田淵量子はここに拘束して置いていった方がいいです。また裏切られて、今度は七個の治療薬を盗まれたら大変なことになります」

「そうですかね？」

「はい。裏切りの芽があるなら、俺はここで摘んでいった方がいいかと」

佐藤杏子が静かに提案をする。

「それでは今回の罰も兼ねて、爪を剝がす、というのはいかがでしょう」

惣社左門は指をパチンと鳴らした。

「採用」

佐藤杏子は胸に手を当てて丁寧に一礼をしてから、そそと木陰まで下がる。

惣社左門は続けて、こうしましょう、と言った。

「一つだけ爪を剝いで、もし隊長が声を上げなかったら今回の件はなかったことにして、声を上げたらバイバイです。貞島さんもその案でいいですか？」

「……それならその爪剝ぎ役、俺にやらせてください」

「射撃の邪魔にならないように左手の小指の爪でお願いします。——ということで田淵隊長、罪は罪、罰を与えます。戦場なら処刑される事案なので、優しい罰です」

言って惣社左門はハンドシグナル〝前進〟を出した。

応じた貞島春馬と、その後ろから藤堂諭吉が近づいてくる。佐藤杏子は狙撃手の習性か体を木陰に隠したまま、こちらをドラグノフで狙っている。

新谷七穂ががたがた震えながらつぶやく声が聞こえる。待って、やめて、そんなこと、私ももう逃げないから、お願い、やめてよ、量子さんが死んじゃう——

大げさな。爪くらいで死にはしない、けれど声を上げないというのは難しい。特殊作戦群では敵に捕まって監禁された状況を想定した拷問耐久訓練も行ったけれど、心を無にして痛みに備えていても、無意識に呻き声が出てしまうことはあるだろう。

ただ、部隊に残るために必要なら、刑は甘んじて受ける。

量子は抵抗せずに藤堂諭吉に右手と左肩を押さえつけられる。左手を貞島春馬の方に向けて伸ばすと、手袋が外されて捨てられた。貞島春馬に左手を摑まれる。

「隊長、さすがですね。これから爪が剝がされることが決まっているというのに、手の震えが微塵もない。拷問訓練の成績もさぞ良かったんでしょうね。俺はあれ嫌いでしたよ、顔を水中に入れられて溺れる寸前まで耐えなきゃいけない訓練では――」

「あなた、そんなに私を排除したいの？」

「え？」

「恐怖心を煽るつもりなら無駄。いいから早くやりなさい」

腰のナイフを抜いた貞島春馬は、小指の爪の隙間にその刃先を当てる。

「では、いきます」

言って貞島春馬がナイフに力を込めた。

来る。

量子が小指に意識を集中させた瞬間、彼は摑んでいた小指から手を離して代わりに薬指を摑んだ。その爪の隙間に素早くナイフを突き刺し、弾くように爪を剝いだ。

神経に響くベリという音と共に爪が飛んでいく――

「いやぁぁ！」

と悲鳴を上げたのは、新谷七穂だった。

量子の口から声は出ていない。声を飲み込んだ。薬指は燃えているけれど耐えられる。

大丈夫、最初のショックさえ凌げば、呻き声はもう絶対に出さない。勝った。

チッ、という貞島春馬の舌打ちを、惣社左門の拍手が消した。

「隊長、おめでとうございます。残留、決定です」

「用が済んだのなら、さっさと行きなさい。もうすぐ出発の時間よ」

惣社左門はふざけているのか敬礼する。

「はっ、隊長もお早くお戻り下さい」

彼らは新谷七穂を連れ、彼岸花を踏みつぶしてトラックに戻っていった。

遠くでギャリギャリと雷鳴が轟く音が聞こえ、ぽつりぽつりと雨が降り始める。

量子は地面に捨てた拳銃を拾い上げて、普段通りに構えてみる。左手薬指に激痛はあるけれど、さほど邪魔にはならなそうだ。拳銃を顔の前で握りしめる。ここで新谷七穂を逃がすことができないのであれば、量子も新しい覚悟を決めなければならない。

新谷七穂を、殺す覚悟を。

これから接触する相手が過激派組織だと確定し、新谷七穂の身柄が彼らに渡るようなことがある場合、その前に彼女をこの手で殺さなければならない。

世界にとって大きな損失となるけれど、それでも過激派組織に渡るよりはいい。

第二章

麻木秀雄　財務大臣

前回同様、総理大臣臨時代理の麻木秀雄が入室すると同時に会議が始まる。

『まずは先日自殺した黒沢陸将について。情報提供をよろしくお願いします』

という官房長官の言葉に、陸上幕僚長が、はっ、と短く声を出す。

『私の二期後輩である黒沢君は、防衛大学校出身で学生長を務め、かつては中央即応集団の副司令官をしておりました。２０１８年に中央即応集団が解体された後は陸上総隊の司令官に就きました。〝無抵抗の隊長〟として部下たちの人望も厚かったようです』

国務大臣の席から次々と声が上がった。

「黒沢陸将の自殺に関しては、合成炭疽菌計画の中核を担っていたのが彼だったという何よりの証拠だ。でなければこのタイミングでの自殺などありえんだろう」

「先手を打っての戦術的自殺か」

「自衛官らしく機密を保持したまま命を絶ったのだろうな。実際その自殺によって我々は未だ真相に辿り着けないでいる。これでは国民に呆れられもするだろう」

そこで、

『調査委員会は黒沢陸将の自宅を調べ終えているか？』

と質問をした国務大臣が、炭疽菌災害調査委員会の席に報告を促した。

はい、と応じたのは警視庁公安部部長。

『自宅や陸上総隊の司令官室など、黒沢陸将が出入りしていた場所を徹底的に洗いましたが、合成炭疽菌の件に関わっていたという証拠は何一つ残されていませんでした。しかし彼の自殺後、三友重工上層部と黒沢陸将が癒着していたとの情報が入っています』

鼻のいいシェパードが持ってきたネタに獣らがざわつく。本当か！　三友重工は例のキューブサットを作った企業の一つだぞ！　しっかり裏は取れるんだろうな？

『情報提供者は三友重工のエンジニア数名です。三友重工上層部と黒沢陸将との癒着がキューブサット関連のものであったのか、現在、重点的に調査をしております』

短い腕を組んだワニが、自衛隊、と言ってオオカミの群れを見た。

『黒沢陸将は合成炭疽菌を使って何をしようとしていた？』

『それにつきましては、こちらの者が説明します』

と言った群れの長が、その背後にいた五十代くらいのオオカミを紹介する。役職は東部方面隊第十二旅団の旅団長で、防衛大学校時代には黒沢陸将の後輩だったようだ。

『君は黒沢陸将の目的を知っているのか』

『はっ。おそらく』

『……おそらく？　君も黒沢陸将の仲間なのか？』

『いえ、合成炭疽菌についてはこの災害で初めて知りました。ただ、私は防衛大学校時代の黒沢陸将を知っています。学生長だった彼を中心とした軍事研究サークルで自衛隊の意義や国防論などを話しており、私もそのサークルのメンバーでした』

ワニは、なるほど、としたり顔をした。

『黒沢陸将はどんな考えを持っていた？』

『元々、彼は日本の自衛力に対して疑問を抱いている人物でした。日本を狙って撃たれたミサイルを一発でも潰し漏らしてしまったら意味がない、敵対勢力の攻撃を完璧に阻止するためには〝抑止力〟が必要なのだ、とよく話していたことを覚えています』

『まるで東郷平八郎元帥のモットー〝制、機、先〟だな。黒沢陸将は海自でもなかろうに。して、その〝機先を制す〟抑止力というのが合成炭疽菌か』

『はい。当時はまだ多剤耐性のある炭疽菌を造るなどという話は出てはいませんでした。研究畑の人間は参加していなかったので、合成生物についての知識などは誰も持っていなかったと思います。ただ、炭疽菌についての検討会があったことは事実です』

『なぜ炭疽菌なのか、説明してくれ』

『炭疽菌が抑止力として有能である理由は、被害を局所的にできるからです』

『と言うと？』

『炭疽菌は人から人へは感染しないので、被害がその地域に留まる傾向があります。つまり感染を国外などに無駄に広げなくて済む、ということです』

『なるほど、狙った場所のみを壊滅させるため、か』

『はい』

『しかし、そんな炭疽菌をミサイルに封入して敵対勢力に撃ち込めば、菌が爆風に乗って広範囲に広がるのではないか？』

『いえ、日本が使用できるのはあくまで迎撃用ミサイルだけなので、そういった派手な攻撃手段は使いません。そもそも制圧用ミサイルを撃てるのであれば抑止のための力は必要ないので。黒沢陸将は〝隠密性の高い抑止力〟という言い方をしていました』

『……隠密性の高い、とは何だ』

『隠密性に関しては当時からいくつか提案が出ていました。その中で、現在の事態に照らし合わせた上で最も可能性が高いのは、〝小型衛星を使う方法〟かと思われます』

『衛星？　三友重工のキューブサットか』

『そうなりますね、初めは参加者の誰かが冗談で口にしたことでした。生物剤を封入した小型衛星は、平時は他の地球観測用衛星と同じく宇宙空間を周回飛行させておきます。そして敵対する組織あるいは国家が日本への攻撃を開始することを察知したり、脅迫などをしてきた場合に、その衛星を大気圏に突入させて敵対勢力の拠点に墜とすのです』

　ざわめきをものともせず、オオカミはその仕組みを説明する。

　軌道上を周回する小型衛星をスラスター（推進装置）を使って敵対勢力拠点上空まで（実際は天気や風の影響を加味するので直上ではない）移動させ、そこで軌道とは逆向きに噴射を行って大気圏に突入させる。その熱量に衛星のボディは耐えられないので落下過程でバラバラになり、解放された芽胞状態の生物剤が敵勢力の拠点に降り注ぐ、という。

隠密性は高い、言わばステルスバイオテロ。

『炭疽菌は先述の通り人人感染はしないので制圧力という意味では低いですが、敵対勢力上層部に空気感染させられれば、日本への攻撃どころではなくなります』

「正気かそんなこと！」

「我が国はそんな暴挙など犯さん！」

『いえ、証拠は残りません。物的証拠である小型衛星は燃え尽きて欠片も残らず、殺人犯は細菌。宇宙規模で見れば日本の衛星一機が〝故障して〟大気圏に落ちるという事態が起きてはいますが、地上の感染症とは結び付けられない。敵勢力が秘密裏に開発していた炭疽菌が漏れて内部感染が起こった、と見える状況なので隠密性を獲得できるわけです』

「黒沢陸将はそんな机上の空論を実行しようとしたのか！」

「あげく失敗して日本は国家存亡の危機に瀕している！　国防論が聞いて呆れるわ！」

「待て待て！　行きすぎてはいるが、いざというときの手段としては有りだろう」

「そうだ、日本国民十万人を守るために敵勢力千人を削ぐ作戦だ！」

「作戦だと？　馬鹿言うな！　無関係な者も少なからず感染するだろうが！」

「しかし実際問題、東京にミサイルの雨が降る可能性だってあるんだ！」

会話にもならない鳴き声が飛ぶ。使った証拠が残らないなら、敵性のない組織や国家を任意に攻撃することにも使えるだろう！　核より質(たち)の悪い兵器だ！　バイオセキュリティ国家科学諮問委員会にどう説明する！　デブリがその衛星にぶつかるだけでも今と同じ災禍が起きるんだぞ！　そんな爆弾が地球の周りを回っていたら、おちおち眠れんわ！

「そもそも、自衛隊に炭疽菌を造るような力があるのか？」

　という悩み多きマントヒヒの疑問で鳴き声が一瞬、止まった。

「可能じゃないか。１９９１年の冷戦終結に前後して、崩壊するソ連から生物兵器の技術が世界中に売り払われていた。それを自衛隊も買っていたとしたら……」

「あるいは、アメリカに亡命したバイオプレパラト第一副局長のように、日本に極秘亡命していた研究者がいたかもしれない。その辺のことはどこが把握しているんだ？」

「違う、力というのは金の話だ！　どこにそんな資金がある！」

「そうだ！　研究開発促進プログラムとかいうのに十八億投じたばかりだろう！」

「防衛省にも米国国防総省のような黒い予算（ブラックバジェット）があるんじゃないのかね！」

「金は三友重工から出てる可能性もあるぞ！」

　また猿のキーキーが始まりそうだったので麻木は、問題は、とマイクに言った。

『黒沢陸将が吐いた毒が国家のどこまで浸透しているか、だよ。トップが黒沢陸将で自衛隊だけの関与って話なら、比較的、楽な話なんだけどねぇ』

　静まりかえったサバンナで、麻木は防衛省席を見た。

『これについてはどう思うの、君は』

　総理大臣と同じく合成炭疽菌に感染した防衛大臣が亡くなり、今は防衛副大臣がその座に着いている。彼は獣ですらない、ただの操り人形。鳴くことすらできない。

　青い顔をしている防衛副大臣がうつむいたまま小さく口を開いた。

『わ、私は、何も……しかし、極秘の計画か何かがあったことは間違いない、かと思います。私を飛び越えて大臣に直通するプロジェクトがありました』

　これに、麻木派閥の文科大臣が応じる。

『そのプロジェクトが合成炭疽菌計画だったのか』

『いえ、わかりません。亡くなった防衛大臣にしか知りようがないことです』

『そのプロジェクトに関して把握している者はいないのか』

『政務官の一人が、大臣と直接やりとりしていたと思われます』

『名前は』

『須藤浩三。元自衛官です』

　スクリーンに映し出された筋骨隆々のゴリラに、皆が目を向ける。

『また自衛隊か』

『はい、陸将補だったようです』

『陸将補がどうして政務官に転向したんだ?』

『かつての海外派遣で紛争地域を見張る停戦監視員を任されていた彼は、その撤収間際、股間の横を銃弾がかすめるという経験をしたようです。それ以降は派遣には参加することなく、自衛隊（現場）から離れることを考えるようになっていったようです』

『筋肉は不意の銃弾に備えるためか』

『そのようです、自衛隊時代より今の方がパンプアップしていますので』

『いくら体を鍛えても、股間には筋肉は付かんぞ』

　そこで皆から笑いが起こった。厳（いか）つい見た目に反して肝の小さい男のようだ！　脳みそも筋肉でできているのだろう！　なんて己を自虐するような言葉が飛び交う。

『で、その者は今どうしている。捕らえたのか？』

『いえ、それが数日前から行方不明になっていまして……』

『捜索は』

『合成炭疽菌関連ではなく通常の捜索願いとして警察に探させています』

『ではその捜索はこれから炭疽菌災害調査委員会に引き継がせよう』

この会話は猿芝居。実際は、須藤浩三が姿を消したからこそ彼への疑いを持った、なんて後手後手の経緯がある。事前にそれを防衛副大臣から聴取して、この会議で言うべき内容を決めた。だけどこれで、須藤浩三を捕らえる、という意志決定ができた。

今のサバンナを一つにまとめるには、〝敵〟の存在は欠かせない。


そして〝それより上〟への言及はこの場ではしない。

自衛隊の最高指揮官であった故総理大臣がこの合成炭疽菌計画に関与していたのかについては、また別のより少人数で極秘性を増した会議の中で取り扱う。

もし仮に、故総理が合成炭疽菌計画に関わっていたなんてことになったら、一国内の不穏分子程度じゃ済まない。今後の日本の命運を左右する事態になる。トップがどこまで関与していたのかについては、確たる証拠も無い憶測で罪を指摘するわけにはいかない。

……ただし、まったく異なる見方もできる。

合成炭疽菌計画、いや〝隠密性の高い抑止力を得る〟計画なるものがそもそも、非武装国家・日本が昔から抱えている課題だった、という可能性。

日本も含めてどの国にも、国家として表に出せない裏の仕事（ブラックワーク）はある（政治・経済関係にはは麻木自身が担当しているものもある）。この合成炭疽菌計画はそんな裏の仕事の一つであって、黒沢陸将やそれ以下の自衛官らはその実働部隊だったんじゃないか。

平然とこのサバンナに来ている獣の中にも、計画の情報を握っているモグラが紛れ込んでいるに違いない。すでに何人かは目星をつけているから、周囲を探らせている。

麻木は顎を触りながら喉の奥でつぶやいた。

「モグラによって作られた宇宙飛行士なんてのも、いるかもしれないよねぇ」

尾形篤志　脱柵者

尾形篤志（おがたあつし）は腕時計に目をやる。

もう午前三時過ぎ。普段の生活なら、こんな時間に起きていることはまずない。

二台のトラックは夜間の進行を続けて、西へ西へと向かう。四国へは渡らずそのまま地続きに山陰地方を進んでいき、やがて本州最西端の山口県から関門トンネルを通って福岡県へ、都市部を避けて横断して長崎県まで来ていた、数多（あまた）ある疑問を抱えたまま。

　須藤政務官は否定しているが、フレンズはほぼ間違いなく過激派組織。そんな者たちが素直に取引に応じるとは思えない、新谷七穂をめぐって戦闘になる可能性が高い。

仮に取引がうまくいったとしても、その先には過酷な人生が待つはず。紛争地に放り出されるならまだしも、兵士でもない民間人を殺せと、子供を殺せと、命令されるかもしれない。そんなことできるか。そういう人を護りたいから自衛隊員になったんだよ。

そして昨日の休憩中、見張りを担当した三人の隊員が逃げた。

須藤政務官が目的地を語らないのは、こういった事態を想定してのことらしい。事実、脱走者が政府に捕縛されたとしても、彼らからこの脱柵部隊の行き先は漏れない。


闇の中、長崎県の海沿いをひた走っていたトラックは、木々の間を抜けて森に入る。獣道すらない土塊（つちくれ）の上を、車体がバキバキと枝葉に擦れるのも構わず強引に進み、やがて森の奥で停車した。須藤政務官によると、トラックはここで捨てていく、とのこと。

『貴様ら、準備はいいな。下車』

須藤政務官がもう一台のトラック内にも届くように無線に言った。

トラックの屋根を打つ雨の中、隊員たちは後部扉に近い者から順に外へ。各自、武器を含めた荷造りを終えていて下車後すぐに出発できるようになっている。二台のトラックから一人また一人と降りていく隊員たちの迷彩服が、雨を受けて色が変わっていく。

闇に紛れるには絶好の天気。ただ、装備は重くなる。

尾形は月明かりすらも雨雲で隠された闇の中で辺りを見回した。どうやら海に面した崖の上らしく、木々の向こうにうねる水面が見える。位置的に東シナ海か。

「こっちだ」

先導する指揮官の後に隊長の田淵量子と副隊長の尾形が並び、少し離れて脱柵部隊の隊員たちが続く。崖に沿って進む須藤政務官は目印を見つけたのか足を止めた。

「下まではおよそ15m。ここを降りる」

崖下りね。動じる者はいない。

ここにいるほとんどの隊員が特殊作戦群出身なので、豪雨の中でも15m程度なら命綱を必要としない。研究者の新谷七穂だけは無言で首を横に振っているけれど。

「自分が先行します」

と挙手したのは貞島春馬、惣社左門のチームの隊員だ。潜みながら道無き道を行くのは特殊作戦群で斥候をしていた彼の得意とするところなのだろう。確かに体の肉付きも細身ながら上下のバランスが良く、身軽に動くことに特化した筋肉になっている。

しかし、許可はできない。尾形は言う。

「ここを先行するのは俺だよ、貞島一曹」

「なぜですか、副隊長。こういったことは自分が適任かと思います」

事実、この貞島春馬や惣社左門は類稀なる運動神経を持っている。通常なら彼らに任せてしまった方がいいのは間違いない。けれど尾形は、いや、と首を横に振る。

「濡れた崖のルート確認（先行）なんて危険任務に適任なのはな、〝成功確率が高い奴〟より〝命を捨ててもいい奴〟だ。皆には黙っていたけど、俺は炭疽菌に感染している」

「えっ」

と声を出したのは田淵量子。幼い女の子のような顔になっている。

彼女と尾形は同期（階級には一つ差が出てしまっているが）、特殊作戦群時代からの仲間だった。田淵量子が普通科連隊に転属した後も連絡を取り合っていた。

「お、尾形……本当なの？」

「災派時に感染しちゃってさ、自衛隊中央病院に入院していたときにコード・レッドを受けたんだ。指揮官にだけはそのことを伝えて、合流許可をもらってるよ」

田淵量子が須藤政務官に顔を向けると、太い首がうなずいた。

「発症までの猶予があるようだったからな、発症したらその場に捨てていくという条件で許可した。先に言っておくが、治療薬を尾形三尉に対して使うつもりはない」

尾形はうなずいて、わかっています、と言った。

「治療薬が一個足りないだけでフレンズとの交渉が決裂したら、部隊全員の命が危険にさらされます。自分一人を生かすために、そんなことをする必要はありません」

「良い心がけだ」

「免疫力で治る可能性だってありますからね」

尾形は田淵量子に微笑みを向けてから、隊員たちに言う。

「ってわけだから皆、俺に先行させてくれないかな。どうせ死ぬなら部下を護る、そのために病院を抜け出してきたんだ。身体能力で皆に劣る俺が行けたら、皆なら余裕だろ」

異議を唱える者は誰もいなかった。

ありがとう、と言って尾形は暗視装置を顔面に装着する。

崖際に立ち、まず装置の感度を確認する。夜間の崖下りでは、狭い範囲がはっきりと見えるライトよりも、薄暗くとも全体が見える暗視装置がいいだろう。ヘルメットに装着して使う単眼式ではなく、目元をすべて覆う双眼式なので距離感も取りやすい。

崖際に伸びている木の枝を摑み、その急勾配の壁面を覗き込んだ。

凹凸のある岩壁で、所々に草が生えている。角度は70〜80度くらい。ヘリコプターからの落下傘降下訓練に慣れているせいか、高度に対する恐怖感はない。海面付近に1〜2mの岩場が広がっているから、海へのダイブより崖を下る方が良いだろう。

どこの凹凸に手足をかけるかアタリをつけていると、田淵量子が隣に来た。

「どう、雨で滑りそうだけど行けそう?」

彼女は今の尾形の告白を敢えて気にしていないように見せてくれている。同期として長い付き合いなので、尾形のことをわかってくれているのだ。尾形も質問にだけ応じる。

「ああ、問題なさそうだね」

「気を付けて」

「わかってるって」

ルートのアタリをつけてから、後ろで待つ部下たちに指示を出す。

「下に到着した後でライトを二回明滅させる! 確認次第、後に続け!」

「はっ」

岩壁の出っ張りを摑んで崖に体を出すと、潮の匂いが濃くなる。玄界灘を見ながら育った尾形には馴染みの深い匂いに、死という言葉を口にした動揺は消えていく。

平常心、平常心。

命を捨ててもいい、とは言え、こんな場所で命を捨てるつもりは毛頭ない。

降ろすのは必ず右足から。雨で滑るかもしれないので、足の裏で凹凸の安定性を確認してから足をかける。右足を凸に降ろし、その近くの凹を右手で掴む。身体の重心を下げ、左足を右足よりも低い位置の凹に置き、左手でその近くの凸を取る。

四本の手足の三点で身体を支えながら、足、手、足、手と交互に動かしていく。

コツは壁面に体を密着させ過ぎず、適度に離した状態をキープすること。恐怖から崖にへばり付くと、余計な腕力を消費してしまうのだ。

それでも疲れた場合は無理をしないでレストを取る。凹凸にしっかりと片手をかけ、もう片方の腕をだらりと垂らして細かく振り、腕に溜まった疲労を回復させる。

そうして尾形は、武器を含めて２０kg近くなる装備と共に岩肌を降りていった。心身を鍛えるレンジャー課程では３０ｍの崖を下って２０ｍの崖を登る訓練をしたし、特殊作戦群ではその四倍の高さの崖の昇降訓練も行っている（さすがに命綱を繋いでだけれど）。

「どうせ死ぬなら部下を護る、ねぇ」

と尾形はつぶやいた。

それも嘘じゃないけれど、より護りたいのは田淵量子だった。どうせ死ぬのなら彼女の盾になりたい。死期の決まった軍人としてそれ以上に望むことなんてない。自衛官としての生き方しか知らない自分の行きついた先が、フラれ続けた女性の盾となること。

……ま、上出来だろ。

やがて右足が海面近くの岩場を踏むと、尾形は手に付いた泥を拭った。

かかった時間はおよそ七分。位置取りさえ間違わなければ岩肌が滑ることもなく凹凸も安定しているから手足をしっかり固定できる。ここで躓く隊員はいないはず。

尾形はライトを崖の上に向けて明滅させた。

雨が海面を打つ音の中で顔を上げていると、一人また一人と岩壁を降りてくる。

最速は惣社左門で、遅かったのは巨体の二人。ジム鍛えの須藤政務官は高齢ということもあって貞島春馬がフォローしたけれど、何度か滑落しそうになっていた。もう一人の藤堂諭吉は、レンジャー過程を経ていない新谷七穂を背負っていたので時間がかかった。

そして殿を務めた田淵量子が岩場に降りたった後、それが視界に入った。

雨と波の間をゆっくりと近づいてくる、一隻の船だった。

「こちらに来ます。フレンズでしょうか」

尾形が尋ねると、須藤政務官は首を横に振った。

「いや、協力者だ」

その言葉に耳を疑う。

「は、協力者、ですか」

雲の中を光が走り、隊員たちのこわばった表情が一瞬見えた。

協力者。そんな存在があるなんて予想もしなかった。

その協力者とやらがこの部隊の目的を把握しているかどうかはわからないけれど、部隊の情報が漏れる危険性が高くなるのは明白。隊員たちの顔も曇っている。

「信用は、できるのでしょうか」

と尾形が尋ねると、須藤政務官は、ああ、と応じた。

「黒沢陸将に対して恩を感じている者たちだ」

「……黒沢陸将に」

しかし彼はすでに亡くなっている。

「言いたいことはわかるが協力者の存在は必須だ。例えば、我々が森の中に乗り捨てたトラックも彼らが片付けることになってる。目的地でも彼らの協力は要る。その理由と、協力者・黒沢陸将の関係については目的地到着後に説明してやる。だから今は黙れ」

いいな、と声を低くした指揮官に反対できる者はいない。

「はっ」

狭い岩場に広がる不穏な空気の中、船は岩場の傍に停まった。

全長15mくらいの漁船で、操縦しているのは真っ黒に日焼けした初老の男だった。船側から板をかけてもらい、須藤政務官から一人ずつ船に乗っていく。

男は何も言わずに隊員たちを迎える。日に焼けて闇に溶け込んでいるその顔立ちは、近くで見ると日本人離れしているように感じる。外国人だろうか。甲板には彼の他に二十代くらいの若い女性もいて、隊員たちにペットボトルの水を配ってくれた。

全員が乗ると、漁船はすぐに出発した。

午前五時過ぎ。明るくなっていく景色の中で、漁船は長崎県内の島に到着した。

岩場に寄せられた船から隊員たちは一人ずつ降り、ブロックを積み上げるように須藤政務官の前に整列していく。ここは中ノ島という、かつて炭鉱があった島らしい。現在は無人島になっていて、ところどころに崩れた煉瓦や壊れた柵などが見える。

「ここが目的地でしょうか」

と隊長である田淵量子が指揮官に確認する。無人島なら得体のしれない組織との取引にふさわしいんじゃないか、と尾形も思ったけれど、須藤政務官は首を横に振った。

「いや、中ノ島は今日の休憩地点。目的地は向こうだ」

岩に上った彼は海に指を向けた。白み始めた雨の景色の中に一つの島がある。海にそびえ立つ城にも見えるその異形の島は、廃墟として知られている無人島だった。

「ま、まさか、要塞島ですか？」

と言った彼女の困惑の声ももっともだ。

打ち寄せる波を防ぐために造られた高い防波堤と島内に乱立する鉄筋コンクリートのアパート群が要塞に見えることから、その通称で呼ばれるようになった島。

この中ノ島同様、昔は炭鉱で栄え、世界で最も人口密度が高い場所だった。閉山して住人がいなくなって数十年が経ち、すでに廃墟となっている。そんな当時の面影を残したままの姿が廃墟マニアを中心に注目を集め、世界文化遺産にも認定されている。

「要塞島は……今や観光地の島です」

田淵量子の指摘に尾形もうなずくが、須藤政務官は了承済みのようだ。

「観光客が上陸できるのは要塞島南方の一部で柵に覆われた通路のみだ。それ以外の部分は倒壊や怪我の危険性、景観保持のために、観光客が入ることは一切許可されていない。

極々たまに写真家やテレビクルー、修復作業員が来ることはあるが、それにしても着港する場所は決まっているから、見張りを立てれば容易に察知できる。そうだろう？」

須藤政務官が田淵量子に近づいていく。彼女は構わず質問をする。

「要塞島を取引場所に指定したのはフレンズですか？」

「いや、黒沢陸将だ」

「陸将はどうしてこの中ノ島ではなく要塞島を選んだのでしょうか。中ノ島は観光地ではないので、この島の方が取引場所に適しているように感じられます」

その通りだ。要塞島へは観光船が出ているのに対して、中ノ島を訪れるには漁船などをチャーターするしかない。必然、中ノ島を訪れる廃墟マニアの方が遥かに少ない。

「田淵二尉は本当に質問が好きだな。上官の計画が信用できないか」

「いえ、そういうわけでは」

「例えばこの中ノ島だと、今の我々のように島のどこからでも上陸できるだろう。大部隊を率いているならともかく、小部隊では監視に必ず穴ができる。だが、要塞島の周囲はほぼ全面が高い防波堤で覆われている。上陸は観光船も停まるホエール栈橋を中心に数ヵ所に限られる。だから少人数でも見張りやすいんだ。理解したかな、量子君？」

彼は突然、雨で濡れた田淵量子の尻を鷲摑みにした。

元軍人の、しかも将官とは思えない下劣な行為。田淵量子はまったく表情を変えることなく、了、と応じたけれど、須藤政務官の巨大な手は尻に食いついて離れそうにない。

尾形は、指揮官、と呼びかけて顔を向けさせる。

「要塞島へは漁船で向かうのですか」

「いや、すでにフレンズが島内に潜伏してホエール桟橋を見張っている可能性もある。もしフレンズの目的が取引じゃなく、新谷七穂の強奪であった場合、漁船で行けば即座に察知され、上陸と同時に拘束されるだろう。だから漁船は使わん」

「ではどうやって――」

泳いでいく、と告げた須藤政務官は田淵量子の尻から離れて、要塞島に目を向ける。

「長崎漁港から出ている要塞島観光ツアーの今日の最終便が十五時四十分。我々はこの中ノ島に潜伏して観光船を監視、その最終便が要塞島から離島した後で十分に日が沈んでから海に入ることになる。中ノ島からの距離は1㎞に満たない、波の流れを考慮しても1・5㎞程と考えている。貴様らにとっては何てことない距離だろうが、武器などの荷物を持っての夜間遠泳となるから、今日はこの中ノ島でしっかり休息をとっておけ」

ですが、と尾形は眉を寄せて言う。

「東シナ海には鮫がいます。シュモクザメが」

海辺の町で育った者なら誰でも知っている。シュモクザメ――ハンマーヘッド・シャークという英名で体長は4～5ｍくらい。その名の通り頭部が金槌のようなコミカルな形をしている鮫だけれど、奴らはその見た目に反してどう猛、人を襲うとも言われる。

「だからいいんだ。まさか鮫のいる海を泳いでこようとは誰も思わんからな」

頭大丈夫ですか？　と言いそうになって口を閉じた。

「それから新谷七穂と佐藤杏子の二名は、この中ノ島に置いていく」

その言葉に安心したような不安なような顔をした新谷七穂に、彼は続けて言う。

「フレンズの狙いはお前なんだ、連れて行ってみすみす奪われるわけにはいかん。この距離を泳ぐこともできんだろう。我々が要塞島に上陸し、安全を確認した後、協力者に迎えに行かせる。それまで佐藤一曹、貴様がこの女を見張り、かつ、命を賭して守れ」

佐藤杏子はチームリーダーの惣社左門に目を向け、彼がうなずいた後、

「御意」

という言葉を発した。

「いいか、中ノ島に近づく船があっても軽はずみには撃つな。敵かどうかを見極めてからだ。どちらかわからんなら隠れてろ」

「御意」

フレンズは過激派組織ではない、と言っている須藤政務官もフレンズを完全には信用してはいない——いや、現状を考えればどんな組織でも敵になり得るということか。

指揮官である男の胸中が少しわかって良かった。もしフレンズが待ち伏せをしていなかったら遠泳は無駄になるが、これはやはり必要な措置だ。むしろ須藤政務官がフレンズを完全に信用し、このまま漁船で要塞島に向かう、と言った場合の方が問題だった。

全滅のリスクをいかに回避するのか、それが重要なのだ。

ミーティングを終えると、尾形たちはすぐに準備に取り掛かった。まずは遠泳のための荷造りを行い、須藤政務官が持っていた要塞島の地図を見ながらルートを確認、同時に島までの距離感を脳裏に焼き付ける（暗くなってからだと見え方も違ってくるので）。

午前十時になると、半壊した展望台らしき場所まで登って睡眠を取る。

この展望台に限らず古い炭鉱跡や公園跡など、中ノ島に点在する建造物の痕跡はどこも木々と草に埋もれていて、人類が滅びた後の世界に来てしまったかのような錯覚に囚われる……いっそのことそうであったらどんなに生きやすいだろう、と考えてしまう。

田淵量子もこの景色のどこかで眠りについているだろう。

尾形はツタが絡みついた石柱に寄りかかって、ツタを体に巻き付けてカモフラージュした。枝葉からぽたぽたと落ちる雨滴を眺める時間は心地よく、寝付きは早かった。

矢代相太　宇宙飛行士

矢代相太は厚労省の職員に連れられて総理官邸を訪れていた。

今日の政府会議に出席してほしいという要請があったのだ。厳重な消毒・検査を受けた後、携帯電話を含めた手荷物を預けてから大会議室へ通される。ロシアで参加した会議はどれもモニター越し、こうして直に会議室に足を踏み入れると緊張感が段違いだ。

スーツ姿の大臣たちの中で一際目立つのは制服の男たち。

防衛省の席とは別に自衛隊の席が設けられていて、自衛官最高位の統合幕僚長と陸上幕僚長をはじめ、東部方面総監や師団長などを任されている三人の陸将・陸将補がすでに着席している。軍人らしくピンと背筋を伸ばしてはいるが、肩身は狭そうに見える。

感染症災害派遣に当たっていた複数名の東部方面隊自衛隊員が姿を消した、というニュースが今朝報じられたからだろう。これに関して炭疽菌災害調査委員会は、キューブサット・黒沢陸将の自殺・自衛隊員集団逃走の関連性調査を開始したという。

以降半日、世界は日本の動向に注目し、日本国民は政府の動向に注目している。

自衛隊を弾圧するような動きもあって、感染症災害派遣を拒んでいる地域も出てきている。感謝が書かれたのぼりや垂れ幕は住人の手ですぐに撤去され、出て行け、裏切り者、などと書かれた空き缶やペットボトルが隊舎に投げ込まれるようになったという。

政府と国民の橋渡し役にもなっている官房長官は官邸記者会見室の壇上から、政府の対策方針や関連法案整備の進捗状況、炭疽菌災害調査委員会の調査結果などを随時発表していっているが、それでも国民の日本政府に対する不信は止まらない。

そんな自衛隊と調査委員会の間に、相太の席はある。

参加者が揃うと、官房長官が前置きもほどほどに本題に入る。

『まずは自衛隊員の集団逃走についてです。陸自からお願いします』

応じた陸上幕僚長が、こちらをご覧ください、とマイクから声を発すると、巨大スクリーンに、名前と年齢、階級などが羅列されたリストが映し出される。

『彼らが各自の任務を放棄して、駐屯地や災害派遣の隊舎から姿を消した者たちです。現在も連絡が取れていない者は十五名、連絡は取れたものの現場に現れていない者が五名です。後者に関しては炭疽症を発症した者も含まれるので現在調査を行っています』

その逃走者リストを見ていた相太は目を疑った。

「量子……」

思わずつぶやく。あの田淵量子が自衛隊から脱柵？

自衛隊を生涯の居場所だと決めていた彼女からは想像もできない。しかし実際、昨日今日で彼女にかけた電話は一度も繋がってはいない。災派任務中かと思っていたが……

相太の混乱をよそに陸上幕僚長と国務大臣のやり取りは続いている。

『惣社左門、佐藤杏子、貞島春馬、藤堂諭吉……皆若く有望な、陸上総隊・特殊作戦群の隊員たちです。彼らを率いるのは、最も階級の高い田淵量子二尉かと思われます』

『女なのか？』

『はい、戦闘・指揮能力共にとても優秀な女性隊員で、部下からの信頼も厚かったそうです。彼女も中央即応集団時代には特殊作戦群に所属し、小隊を任されていました』

訓練時の量子は何者も寄せ付けない厳しい雰囲気を纏っていたけれど、オフのときは気さくでおっちょこちょい、酒に弱く甘い物に目がないという可愛い面もあるのだ。

そんな量子がまさか……合成炭疽菌の開発に関わっていたのか？

『中央即応集団、というのは何だね』

『現在の陸上総隊の前身であり、防衛大臣直轄の機動運用部隊です。黒沢陸将はかつて中央即応集団の副司令官を務め、現在は陸上総隊司令官を任されておりました』

『逃走者リストには特殊作戦群の在籍者が多いな』

『そのようですね』

『特殊作戦群とはどういう部隊なんだ？』

『対テロを想定した特殊部隊、陸自でも選りすぐりの精鋭たちです』

陸自屈指の精鋭として知られる陸上総隊・第一空挺団の隊員はそのほとんどが、難関で知られるレンジャー資格を持っている。その第一空挺団に端を発し、同じ習志野駐屯地に在って、レンジャー有資格者でも入ることが難しいのが特殊作戦群。体力・忍耐力はもちろんのこと、海外派遣やグリーンベレーとの合同訓練もあるので語学力も必要になる。

そんな者たちの名前をこの場で公開したのは、〝異端者〟と印象づけるためか。

『逃走者たちはおそらく海外に逃げようとしているのだろうな』

『世界の空港や湾が厳戒態勢を敷いている最中だが、何とかして日本を出て安全な場所に行こうとするはず。捕まれば死刑になるのは目に見えているからな』

『彼らに接触しようとする組織はありますかねぇ』

『接触？　何のためにだ？』

『彼らは自衛隊に精通しているのでその知識を欲する者はあるでしょうし、彼ら自身戦力としては申し分ないはず。そういった意味で欲しがる組織はあるかもしれません』

『それとて世界中を敵に回してまで手に入れたいものか？』

『確かに』

『まあ、仮に接触したい組織があったとしても無理なんじゃないか。彼らを逃がせるような設備を持つ巨大組織は今は日本に入ってくることができんぞ』

『日本国内にある、例えば麻薬の密売組織などの接触は考えられないでしょうか』

『接触自体は可能だろうが、いかな密売ルートを持っているにしても国外に逃げることは不可能だ。武装も変装もせずに堂々と空港や湾港を抜ける術があるなら話は別だがな』

『ああ、すべての物が厳密に点検されるんだ』

『逃走者を取り逃せば、過去五十年で築いてきた日本の信用が消失しますからね』

すでに信用は地に落ちているだろうが、というつっこみで大臣席が騒がしくなる。それを言ったらこの会議は終いだ。逃走者が日本に留まることは考えられませんか。日本に留まってどうする、レンジャー資格を活かして狩猟生活で隠れ暮らすか。はっはっは。笑い事じゃなかろうが。とにかくこの先、彼らの顔を知らない者は日本にいなくなる。しかもこの件のほとぼりが冷めることは未来永劫ない。隠れ暮らすというのも不可能だ――

そこで麻木財務大臣が手を一度、パンと打った。

室内の声がぴたりと止まる。おそらくここにいる大臣たちは一癖も二癖もある政界の獣なんだろうけれど、それを一瞬で鎮めてしまう麻木財務大臣が猛獣使いに見える。

『とりあえず今わかるのは、逃走者って言い方じゃいまいちピンとこないってことだね。今後は、さっきの話も合わせて〝黒沢一派〟で統一しよう。どうかな？』

「黒沢一派！　いいですねぇ！」

「敵対組織らしいネーミングです！」

『じゃそういうことで。次は三友重工調査の報告』

表情を全く変化させずに話す麻木財務大臣の心中は読み取れない。官房長官は指示に従って進行表に目を落としたが、麻木財務大臣の言葉は終わってはいなかった。

『――の前に、矢代相太飛行士』

突然、振られて相太はマイクに応じる。

『は、はい』

『ちょっと聞きたいことがあるんだけど、いい？』

訝（いぶか）りながらもうなずくと、麻木財務大臣は続けて言った。

『君は自衛官時代に、さっき話に出てた中央即応集団にいたんだよね？』

『中央即応集団・第一ヘリコプター団に所属していました』

会議室の目が一斉に相太に向いた。

相太が自衛隊にいた六年前はまだ陸上総隊は存在せず、その前身である中央即応集団の隷下部隊・第一ヘリコプター団でヘリコプターを飛ばしていた。

『田淵量子とは、そのときに出会ったのかな』

『……え』

『親交があったんだよね？　彼女と』

なぜ知っている？　相太と量子の繋がりは、周りにはあまり言っていないのに。

『今預かってる君のスマホ、ロックを解除して調べさせてもらったんだよ、緊急事態ってことで。そしたらこの二日で田淵量子に何回かかけた履歴が残ってたってさ。繋がらなかったでしょ？　彼女のスマホ、磯巻市の河川敷傍に壊されて捨てられてたからね』

個人のプライバシーなんてお構いなしか。もちろん携帯電話を勝手に調べられても構わない、友人に電話をかけただけで何もやましいことなんてないんだから。

……ただ、気分はとても悪い。

『確かに量子と親交はありました。それだと私も異端者になるんですか』

『ん？　異端者？』

『何のために私が呼ばれたのかと考えていたんですけど、今はっきりしました。合成炭疽菌に関与している者を炙り出す、異端審問なんですよね？　この会議は』

『ああ、なるほど、ふっふ、面白いこと言うねぇ』

それはそうと、と彼は続ける。

『君は何で自衛官から宇宙飛行士になったのかな』

『私が宇宙飛行士を志した理由ですか？　子供の頃に両親に種子島からのロケット打ち上げに連れて行ってもらったことがあって、その迫力に感動していつか自分も――』

いやいやいや、と麻木財務大臣は首を振る。

『そんな、雑誌に載っているようなことが聞きたいわけじゃないよ。ここにいるみんなが知りたいのは、君が黒沢一派によって作られた宇宙飛行士なのかどうかだよ』

……そういうことか。

相太は合成炭疽菌を造った中央即応集団にかつて所属していた。そして合成炭疽菌が入ったキューブサットを軌道に放出する予定だった柿崎健太郎飛行士と最も近しい宇宙飛行士であり、逃走した量子とも頻繁に連絡を取るくらい親交があった。

作られた宇宙飛行士――つまり〝合成炭疽菌入りのキューブサットをＩＳＳから射出しろ〟という指令を受けて宇宙飛行士になったんじゃないか、と疑われても仕方がない。

言っとくけど、と麻木財務大臣が前置きしてから言った。

『僕個人は君を異端者と考えてるわけじゃないよ。直接的な関与があるとは思えないし、偶然繋がりを持ってしまった可能性もある。不運な宇宙飛行士、という認識だよ』

『私は、関与していません』

『うん。でも念のために黒沢一派らが捕まるまで君に監視を付けてもいい？』

『ということは、今いる厚労省職員は私の監視員じゃなかったんですね』

その言葉に、麻木財務大臣はへの字の口元を少し上げた。

『君は本当に面白いことを言うねぇ』

『思ったことを言っているだけです』

『普通は、僕に対して思ったことを言わないものだよ』

それで？　という言葉が続いた。包囲している政界人からも見られている。

『どうぞ。監視でも何でも付けてくださってかまいません』

そもそも断ることなんてできないのだ。

政府の思った通りに相太が動かないと、下手をすれば聡美を別の病院に移すという〝制裁〟を下されかねない。あの病院のベッドを欲している患者は日本中にいるんだから。

月がない。星もない。ただの真っ暗闇。

その中に裸の男たちがずらり、整列している。足を揃え、背筋を伸ばして微動だにしない。全員が目隠しをしているのはなぜ。それを外そうとしないのはなぜ。

どこからともなくゴウンゴウンという轟音が響くと、男たちは震える。

どこからともなく冷たい風が吹きつけると、男たちは震える。

訪れた静寂、遠くにポッと小さな小さな光が灯った。

月ではない。星でもない。ただの電球。

裸の男たちはそのちゃちな光に反応を示した。列を崩して、光に向かって一斉に歩き出す。目隠しの上からでも光を感じるのか、夜の蛾のように光に向かっていく。

おお、素晴らしい、何という輝き、美しい、美しい。

しかし彼らは、決して光に辿り着くことはない。

その前にある崖が彼らを呑む。

目隠しを外しもせずに光を追い求める裸の男たちは崖下にぱらり、落ちていく。

光を摑めると信じて、落ち葉のように、ぱらり、ぱらり、落ちていく。

ふと、それを眺める女の子が居ることに気がついた。いつからそうしていたのか、膝を抱えてぽつねんと座っている。男たちの落下を、ただじっと眺めている。

女の子は男たちを止めない、止められない。

女の子には顔がなかった。

はっとして目が覚めた。癖でまず時計を見る。一五〇二。

田淵量子は、中ノ島、南階段中腹部、と自分がいる場所の確認をする。

隣にはいつの間にか新谷七穂が寄り添って目を閉じていて、量子の目覚めと共に目を開いた。量子自身、深く眠っていたらしく、彼女の接近に気づかなかった。

惣社左門チームの監視が解けているのかと辺りを見回す。離れた高台で、量子の爪を剥いだ貞島春馬がこちらをじっと見ている。その手にある89式小銃は監視としては弱いけれど、おそらく彼は囮、本命狙撃手の佐藤杏子がどこかに潜んでいるだろう。狙撃手は弾道を読まれることを最も嫌うので、普段から自分の位置は悟られないようにする。

あの一件以降も新谷七穂を逃がす機会を窺っていたけれど、惣社左門と佐藤杏子、貞島春馬、藤堂諭吉の守りは堅く、彼女を逃がせるような隙はとても見つけられなかった。現役特殊作戦群の隊員四人が相手では、命を賭したとしても逃がすことは叶わない。

この部隊にいる立場としては彼らが取った行動が正しいのはわかる。けれど、進んで戦いを求めるかのような彼らの本質を、〝自衛〟隊員として認めることはできない。

そこで新谷七穂が口を開いて、

「こんな遠くまで来ちゃいましたね、私たち」

と言った――〝こんな遠くまで来た〟なんて認識は、量子にはない。今の自分たちにとっては日本国内にいる以上は、どこだってそんなに変わらないから。

黙って肩のコリをほぐしていると、彼女は言葉を続ける。

「私は自衛官と言っても生物兵器対策チームの研究者で、一人じゃ何もできない、普通の

ＯＬさんより運動音痴な女です。この数年はずっと研究室に閉じこもって、細菌の実験をしていました。でも心の中では悩んでいたんです、これはいいことなのかって。研究や開発の過程で、偶然にも強力な生物兵器が生み出されてしまうことはありますから」

言って新谷七穂は溜息を吐く。

「今更後悔してもどうしようもないですけど」

本当にその通り。同情を誘ったところで、〝顔のない〟自衛官がやらなければならないことは変えられない。そして今は量子も新谷七穂も口を閉じていた方がいい。

言葉を返さず、その場に立ち上がる。交代で海を監視しているはずの部下たちの元に行こうとすると、新谷七穂の声が、あの、と追いかけてきた。

「どうしてこの前のとき、逃がそうとしてくれたんですか」

無視して獣道を降りていくと、新谷七穂は更に言う。

「あれから考えていたんです。あのとき量子さんが言った〝ここに残らなければならない理由〟って何だろうって。それで何となくわかっちゃいました。量子さんは私を逃がそうとしてくれたように、他の隊員の人たちのことも――」

量子は立ち止まって振り返る。

「そんなこと考えなくていい。あなたはただ拉致された研究者でいればいいの」

「でも……」

「それより、ねぇ優秀な研究者さん、炭疽菌の治療薬は本当にあの七個だけなの？」

「え？」

「いくつか隠し持ってたりしない？　ほら、体の中とかに」

「と、取られちゃったあの七個だけですけど」

量子は溜息を吐いた。

何とか須藤政務官から治療薬を盗みたかったけれど、彼が肌身離さず持っているから触れることすらできない。もし強引に奪えば、この部隊の全員が敵になってしまう。

そんなことを考えながら再び歩き始めると、新谷七穂が追いすがってくる。

「あの！　やっぱり一緒に逃げてください！」

「無理。あのときも言ったはず、〝チャンスは二度と来ない〟って」

「待って、特殊部隊の精鋭だったんでしょ！　一緒に逃げてください！」

どこかから狙いをつける佐藤杏子を振り切ることはできる。彼女の狙撃能力がいかに高くても、木々を盾にすれば海までは辿り着ける。だけどそこからどうするの？　手錠をしたままの新谷七穂を連れて海に入れば、溺れて終いになることは目に見えている。

「お願いです！　一緒に逃げてくだ――」

「静かにしなさい」

量子は振り向きざまに足払いで新谷七穂をその場に倒した。尻をクッションに転がる彼女を置き去りに、苔むした階段を早足で降りていく。とにかく今は黙っていて。

その後は部下たちと共に双眼鏡で通り過ぎる船を見張り、一七一四（ヒトナナヒトヨン）、要塞島のホエール桟橋から離れて長崎漁港へ戻っていく観光船最終便を見送った。夕日が落ちる頃には少し海が荒れていたけれど、徐々に雨は小降りになり、波も穏やかになっている。

海の匂いは生き物の死の匂いだと聞いたことがある。山育ちの量子にとってこの匂いは一日経っても慣れないけれど、海育ちの尾形なんかは心地よさそうに嗅いでいた。

そして、決行の夜が来た。

ザザザザ、ザザザザとリズムを持って響く波音の中、皆が須藤政務官の前に整列。誰が指示したわけでもないのに、地面に線が引かれているように綺麗に二列で並ぶ。

「各自、休息は取れたか？」

量子が代表して、はっ、と応じると、須藤政務官はうなずく。

「先にも言った通り、フレンズの目的が新谷七穂の強奪なら、見張る場所は南東のホエール桟橋だ。我々はそれ以外の場所から、５ｍ程度の防波堤を上って上陸を試みる」

要塞島上陸後すぐに戦闘になる可能性もあることは皆が了承している。そのために必要な武器や防具などを浮き袋状にした完全防水の袋に入れて背に担ぎ、衣類は全裸の上に黒のウェットスーツ、上半身には念のためにベルトでバヨネット（銃剣）を巻き付けている。

それから、と須藤政務官は分厚い唇から言葉を出す。

「上陸の前に〝都市を滅ぼす力〟の性質について、貴様らも知っておけ。もしフレンズの目的が新谷七穂強奪だと判明した場合、私はこれを躊躇いなく使う」

その言葉に思わず頬が引きつった。

このタイミングでそんな重大情報について話すのか。

須藤政務官はベルトに縛着（ばくちゃく）させたポーチから、掌サイズのタブレットを出した。

「これがその力を行使する端末、ターゲッティング・ノードだ。この画面で目標となる地点を指定して攻撃を実行すると、数分～九十分程度で小型衛星がその上空に移動し、大気圏に突入する。熱で崩壊した小型衛星から生物剤が解放され、目標地点へと降り注ぐ」

量子は奥歯を噛み、声を押し出す。

「そ、その生物剤というのはまさか――」

「合成炭疽菌だ。ただし試作段階の兵器で、行使できるのは一回のみとなる」

その言葉で急に風が冷たくなった気がした。

……そういうことね。

つまり、新谷七穂たち生物兵器対策チームが偶然生み出したという合成炭疽菌は、二つに分けられていた。そして、その試作一号機はすでに実用段階に至っていたのだ。今回の炭疽菌地上被害は、その試作二号機の方の計画が失敗した結果、ということ。

「しかし、どうして指揮官が、そんな物を持っているのですか」

「元々は死んだ防衛大臣が持っていた物だが、派閥内でも明かせないノードの隠し場所を私が管理していて、この逃走に合わせて持ち出した。本来、防衛大臣と三友重工社長が持つパスワードでロックを解除しなければならないが、三友重工の開発チームがノード内に仕込んだバックドアがある。これを開くコードを黒沢陸将が手に入れていたわけだ」

要は、盗んできたということ。

「では、ロックはすでに解除されているということですか」

「ああ。機を見極めなければならんのは当然だが、衛星兵器でフレンズが合成炭疽菌に感染すれば、治療薬や新谷七穂を得るためにこっちの要求を飲まざるを得なくなる。そうなれば我々も強気な条件を提示できる。好待遇を約束させることもできる」

そんな短絡的な話で済むはずがない、場合によっては今の災禍が上塗りされる。

皆の絶望に気づかないのか親指のような頭が得意げに続ける。

「ターゲット地点はすでに要塞島にセットしてある。だから私がこれの行使を無線で伝えたら、貴様らはすぐにマスクを着けろ。着けずに感染しても私は知らん」

信じがたい無責任な言葉でも、了、と返さなければならない。

納得する余地もない情報で頭の中が混乱している。こんなことの解決策なんてすぐには出ない、このままじゃ作戦に障る、考えるのは後。今は目の前のことに集中する。

では、と須藤政務官は皆の顔を見回して宣言をする。

「要塞島上陸作戦、開始」


月光の下、歩行分隊の警戒体制〝傘型隊形〟で海へ入る。

足が水に浸かり、腰まで入ったところで、水底を蹴って泳ぎだす。

準備運動は入念にしてあるけれど、針で刺されるような冷たさが皮膚から体内に浸透してくる。体内から追いやられた熱が頭のてっぺんに逃げ、額だけが嫌に熱い。

九月で良かった、冬なら死んでいる。

できるだけ飛沫（しぶき）を立てないように平泳ぎで進む。

月明りしかない海の中で、ウェットスーツ一枚という薄着。恐怖がないと言えば嘘になる。まだ泳ぎ始めたばかりというのに息は荒くなり、視界も狭く感じる。

黒い水が毛穴から入り、体が重くなっていく感覚がある。

量子は水中で行うダンカー訓練を思い出し、全身の筋肉の動きに集中する。苦境に耐える術はレンジャー課程で体得し、恐怖を無視する術は特殊作戦群で体得している。

今は任務中、隊長の自分が恐怖で体力をすり減らせば、隊が危険にさらされる。

予定していた通り、海流を考慮して西から迂回するようなルートで泳いでいく。各隊員間の距離はおよそ3m、暗闇の中で隊形を維持することは難しい。傘型の中心に位置している量子が、状況を見てバラバラにならないように統制を取るしかない。

浮き袋を引っ張りながら行軍し、三十分も経ったときだった。

「さ、鮫！　鮫がいます！」

と傘型の左翼側から声が上がった。

量子はすぐに周囲を見回す。しかし暗い波がうねるばかりで何も見えない。こっちにもいる！　囲まれてる！　と右翼側からも飛んだ声に須藤政務官が応じる。

「見間違いだ！　要塞島まではもう少しだ、気にせず泳ぎ切る――」

うあああああ、という悲鳴が後方で起こった。

「貞島が！　貞島春馬が消えました！　海中に引きずり込まれたようです！」

顔を水に入れる。

真下――

うねる巨大な影があった。

顔を海から出して水を吐く。全身の筋肉が締まっている。

うぐ、とくぐもった呻き声が耳に届いた。傘型隊形の位置からして副隊長の尾形に間違いない。見ると、月明りを受けた飛沫が海面に散っている。

尾形！　と声をかけ、量子はすぐにその方へ泳ぐ。弾ける海面には、もがく手と頭、その横に背びれや尾ひれが狂ったように暴れている。尾形が鮫に襲われている。

そこで須藤政務官の声が飛ぶ。

「来い！　皆集まれ！　俺の周りに集まれ！　俺を護れ！」

指揮官のその言葉で、部隊が瓦解した。

皆が全力のクロールで我先にと要塞島に向かう。こうなるともう隊形も何もない。バシャン！　バシャン！　と水を叩きつけ、水を跳ね上げ、力の限り進んでいく。

皆陸自出身者、海自隊員のように海に対して余裕があるわけじゃない。

部下たちが左右を通り過ぎていく中、量子は荷物を切り離して身軽になり、胸のベルトからバヨネットを抜いた。両刃のそれを逆手に握って尾形の元へ泳ぐ。鮫がいるのは波間に背びれが見え隠れしている位置、食らいついているのか尾形から離れない。

躊躇えば、とたんに体は動かなくなる。

——所詮、魚。

恐怖が手足に浸透する前に量子は鮫に向かい、海面の背びれを摑んだ。間髪入れず、水中を抉るようにバヨネットを振り下ろす。ざく、と刃が肉に刺さる感触があった。

どこを刺したのかはわからないけれど、グリップを力任せに引き絞る。

鮫の体にできたはずの50㎝の裂き傷からバヨネットを引き抜き、もう一度、鮫のどこかに刃を差し込む。肉を裂き、ナイフを引き抜いて、肉を裂く。

鮫もさすがに懲りたのか、バヨネットごと背びれが離れていった。

力なく浮かぶ尾形に量子は手を伸ばす。

「尾形！　大丈夫、尾形！」

「ああ、大丈夫」

と声が聞こえてきた。怪我の具合を確認している時間はない。

「フォローする！　要塞島まで泳ぐわ！」

「りょう、かい」

尾形の体に左腕を回して掴み、右腕で思い切り水を掻き、バタ足で海面を進む。たとえ鋭い歯が真後ろまで迫っていようと、その鼻先を蹴り飛ばして泳ぎ切る。いくら水を掻いても疲れがやってこない。体の奥底から力が湧き上がってくる。

尾形も弱々しく左腕で海面を叩いている。血の匂いを嗅ぎつけて鮫の大群が寄って来ないとも限らない。尾形が気を失ったらそのまま溺れて終わりだ。

「量子」

「何？」

「置いてって、くれ」

「馬鹿、もうすぐよ！　私が連れて行くわ！」

しかし尾形の体は重く、月光に照らされた城のような影との距離は一向に縮まらない。

一刻も早く上陸しなければ、という焦りとは裏腹に、徐々に体力が削られていく。

そのとき左から、あらま、という声が聞こえてきた。

「大丈夫ですか」

見ると、海面から覗く糸目——惣社左門が近づいてくる。

「尾形副隊長、鮫に食べられちゃったんですか？」

こいつでもいいから今は支援が欲しい。

「惣社！　手伝いなさい！」

「もちろんです、今は戦力を減らさないことが最優先ですから。貞島さんはどうしようもなかったですけど、尾形さんは助けましょう」

「あなたはそっち！　尾形はしっかり意識を繋いでいなさい！」

「わか、た」

惣社左門が尾形の左側に回り、量子と同じように尾形の体に手を回して支える。

尾形の左右で別々に水を搔けば蛇行してしまう可能性がある。バタフライのように、量子の右腕と惣社左門の左腕で同時に海面を打てば、曲がらず直進できるはず。

「水を搔くテンポを合わせるわ！　1、2、3！」

災害派遣当初から遺体回収を協力してこなしていたからか、惣社左門とテンポを合わせることは容易(たやす)かった。自分の感情に反して呼吸の合わせ方が体にしみこんでいる。

一人のときよりも明らかにスピードが上がっている。

「いいわよ、惣社！」

無我夢中で水を搔いていると手が硬い物に当たった。

何とか要塞島防波堤下の岩場に着いた。

岩の突起を掴んで海から上がると、先着していた隊員たちが集まってくる。

「ど、どうしたんですか！」

「尾形が鮫に襲われたわ。来て、引き上げを手伝って」

皆で尾形を岩場に引き上げると、その右太腿から先がなくなっていた。ノコギリ状の歯に食いちぎられた足から流れ出した夥しいほどの血が、周囲に広がっていく。

「そんな、尾形……」

尾形は消え入りそうな声を出した。

「平気、です。痛み、ありません、から」

特殊武器防護隊に所属していた隊員が、

「もう少し引き上げて、怪我の具合を見せてください」

と言って、荷物から出した暗視装置を装着して右太腿を診始める。

気がつくと、背後に須藤政務官の巨体が立っていた。

どうだ、という質問に、隊員は応じる。

「すでに血が流れすぎています。完璧に止血できたとしても、数時間が限界かと思われます。協力者の船を呼んで病院に連れて行くことはできませんか」

その言葉に、須藤政務官は眉を寄せる。

「……病院？」

「すぐに手術したとしても助かるかはわかりませんが――」

「貴様、この部隊の立場がわかっているのか。我々はどんな怪我を負っても、どんな病気にかかっても、病院に行くことなどできん。ＰＫＯ活動じゃないんだぞ」

「はっ、しかし――」

「都合良く国を頼るんじゃない。テロリストと認識されてることを自覚しろ」

おそらく保身のためだろうけれど、須藤政務官の弁は間違っていない。一人が病院に行くことは、ここにいる全員を危険にさらす。そんなことはできない。

須藤政務官は判決を下すように言った。

「この場で助けられるかどうか、それだけだ」

「この場では……無理です」

うなずいた須藤政務官は尾形の傍に腰を落とす。

「尾形三尉、わかったな、この部隊は貴様を助けられない」

「は、い。覚悟、して、ます、災派で、感染した、とき、から」

「選べ。このまま数時間生きるか、今死ぬか」

「今、自決します、自衛隊の、誇りと、共に」

「貴様は勇敢な隊員だ」

と言った須藤政務官は自分の荷物から拳銃を取り出した。その先端にサプレッサー(消音器)を装着して安全装置を解除し、尾形に渡す――その手を、量子が止めた。

「待ってください、サプレッサーは外せませんか」

サプレッサーは暗殺用の器具。そんな物を自決に使わせたくない。

「だめだ、ここで銃声を出したら、ここまで泳いだ意味が無くなる」

そこで尾形が、量子の方に顔を向けた。

「大丈夫……気に、しない」

須藤政務官が尾形の右手に拳銃を握らせた。が、小刻みに痙攣している尾形の手には力が入らず、拳銃を持ち上げることができない。

「くそ、もう、摑め、ない」

尾形の手にある拳銃を、惣社左門が取り上げた。

「なら、僕がやります」

濡れた髪をオールバックにした彼が、拳銃を構える。

量子はその上から手を置いて銃口を下げさせ、首を横に振った。いくらこの男でも、自分よりも若い部下にそんなことはさせられない。背負うのは自分一人でいい。

「私がやるわ」

「できます？」

「やる。上官の務めよ」

じゃあどうぞ、と手渡されたそれはずしりと重く、いつも握っていた拳銃と同じ物とは思えなかった。量子は尾形の前にしゃがんで、共に過ごした同期の顔を見据えた。

「言い残したことはない？」

「遺言も、それを伝える、相手も、ない」

「そう」

尾形は絶え絶えの息と言葉を出す。

「この部隊が、自分の、すべて、だった」

その気持ちは量子にも理解できる。自分の自衛隊人生で関わったことの結果が、この哀れな脱柵部隊を生んだ。だから何とかしなければならないのだ。

「わかったわ。あなたの想いは、部隊と共にある」

尾形は、自衛隊の誇り、と言っていた。

世界最悪のテロと言われようと、自衛官としての自覚がある。やはりこの部隊の者たちは、一個の自衛官として上官の命令を遂行してきただけなのだ。それのどこに罪があるのか。そんな者をこの手で殺さなければならなくなるとは、と考えると手が震えてくる。

「早く、苦しみ、から、解放して、くれ」

尾形がもっと言いたいことがあるのは知っている。もちろんよくわかっている。でもそれを言ってしまったら量子が撃てなくなる。だから、早く解放してくれ、と撃ちやすいようにしてくれている。その想いに対して量子は、ありがとう、と小さく言う。

満足そうに瞑目した尾形の前に立って、量子はその頭に銃口を向ける。

銃を握るこちらが躊躇うのはお門違い――

自決を決めた尾形への侮辱となる。

だからこそ量子は雲が流れて月光が輝いたとき、躊躇わずにトリガーを引いた。絶え間ない波音の合間に、パス、という軽い音が鳴り、尾形の体の強ばりが消えた。

二〇一六（フタマルヒトロク）、土曜日。

炭疽菌の被害が比較的少ない長崎は外出自粛措置が敷かれていないので、今頃、夜景で有名な長崎駅周辺は賑わい、普段と変わらず飲み会やらデートやらで人が溢れているだろうか。そこから少し離れたこの廃墟島には、月明かりと死しかない。

尾形の遺体が横たわる岩場で、量子の合図で捧（ささ）げ銃（つつ）を行った。儀仗隊（ぎじょうたい）ほど綺麗には揃わないし、声を出すこともできないけれど、最上位の敬礼で送る。

今はこんなことしかできない——掘ることもできない岩場じゃ丁重に葬ることもできない。尾形自身、部隊を危険に晒してまで弔われることは望まないだろう。

そして各自ウェットスーツを脱ぎ、武装を開始。

隊員二名の死を悼む裸の個人から、任務に向かう一個の兵士の姿になっていく。

量子の装備は海で尾形を助けに向かうときに手放してしまったから、体格が同じくらいの隊員の荷物から換えの市街地用戦闘服を借りた。失った銃器や銃弾も皆が我先にと渡してくれ、自分の荷物に入っていた物よりもしっかりとした装備になった。

拳銃の点検をしていると、惣社左門が傍にやってきた。何かを渡してくる。

「はい、これ。使ってください」

暗視装置だった。

「予備は無いはず。あなたはどうするの」

「僕は夜行性なので、これくらいの暗さなら見えるんです」

そう言えば彼は昨日の崖下りのときも暗視装置を付けていなかったか。

「そう。じゃあ、遠慮無く」

と言って、量子は暗視装置を頭に装着した。

全員が準備を終えると、ブリーフィングなども無く防波堤を登る。並列に並んだ者たちそれぞれが取っかかりを見つけて壁登りを始めた。

要塞島とは呼ばれているけれど、実際の要塞と違って島を囲む壁面は上陸を拒む造りにはなっていない。各自、５ｍの壁を蜘蛛のように手足を開き、すいすいと登る。気になって惣社左門を確認すると、彼は暗視装置も無いのに誰よりも早く登りきっていた。

……やはり身体能力はずば抜けている。

ものの数分で須藤政務官を含めた全員が防波堤を越えて、要塞島北西部に上陸した。

目の前には、ガラスの無い建造物の殻。かつて病院だった四階建てのこの廃墟が上陸の目隠しになってくれるから、防波堤を越えた者から小銃を構えてその内部と周囲をクリアリングする。須藤政務官は以後、安全が確保されるまでこの病院の中で待機する。

全員の上陸が滞りなく済むと、量子は無線で指示を出す。

『クリア。アルファに続け』

瓦礫の陰に潜む兵士たちの間を量子は進む。

アルファ、ブラボー、チャーリー、デルタ。以降はこのチーム編成で島内を回り、仮に潜伏しているフレンズと戦闘になった場合でもこのメンバーで対応する。

量子としては須藤政務官に張り付いて衛星兵器を行使しないよう見張りたいところだけれど、戦場に入った今、部隊行動を乱すわけにはいかない。索敵に集中する。

潜伏者が拠点として使いそうな場所は、すでに目星をつけてある。

観光船の接近を監視できる島内北部に位置していて、ある程度の高さがある建造物が拠点に適している。開けた校庭に面する七階建ての小中学校と、その隣に建つ十階建ての報主寮というコの字型の建物がこれに当たる。四チームはそれぞれ調査を担当する区域が決まっているけれど、まずは全員でこの二つの建物をクリアリングしなければならない。

量子のアルファチームを主軸に、拠点候補ナンバー1の小中学校へ向かう。

地面に広がる草を踏みしだき、廃病院の壁に沿って進行する。

生命線である要塞島の地図は中ノ島で頭に叩き込んでいるのでルートはわかる。ただ、雑草と苔に覆われた路地は予想以上に歩きにくい。もしも潜伏者が長い期間ここに留まって地の利を得ていたら、上陸したばかりの量子たちに即応は難しいかもしれない。

低い姿勢で報主寮・北棟の横を通ると、目的地はもう目の前。

壁に背をつけた量子は片腕をすっと立てる。

――〝止まれ〟。

息を潜めて壁から顔を覗かせると、暗視装置の視界の中に巨大な校舎がそびえ立っている。白い塗装はほとんど落ちて、コンクリートが剥き出しになっている。窓が無くなって蜂の巣にも見えるこれが、かつて子供たちの学び舎だったとは思えない。

ここからでも一階の中の様子は見える。光はもちろん動く人影もない。もっとも、手練れの潜伏者がライトを点けたり窓正面で監視を行うということもないだろう。

やはり近づく必要がある。

部隊を待機させたまま、壁の陰から出て単独で小中学校に向かう。潜入は他の者には任せられない大役、量子が特殊作戦群現役のときに最も得意としていたことだった。

報主寮の壁に沿って直進し、３ｍ程度ある茂みの中に潜り込んだ。茂みはそのまま窓から一階の室内にまで入り込んでいるから、量子は持ち前の体の柔らかさを生かして枝を揺らさないよう校舎に近づく。

ただ目の前のことに集中する、その感覚を懐かしく思う。

男性隊員たちに混じって任務や訓練をこなしていた二十代前半、いつしか部下ができ、隊を任され、上と下の狭間で複雑に立ち回らなければならなくなっていった。

特殊作戦群での二十代後半の頃はもう、自分というものは無くなっていた。

そんな中、宇宙飛行士になるという夢を持った相太と出会い、自分の想いを伝える前に聡美を紹介された。相太の相手がもし自分だったら、と考えたこともあったけれど、そんな妄想より遥かにお似合いの二人だった。そして二人は小さな教会で結婚式を挙げた。

家庭を作る、という自分には得られない幸せを積み重ねていく矢代家を見ていて、自分が関わった大義（薄暗い）ある計画に嫌気がさし、特殊作戦群から抜けた。

未だ何かを積み上げることはできていない、それどころか凶悪な合成炭疽菌を世界中にばらまいてしまった。今の量子にできることは決して多くない。部下を護りながら、新谷七穂を逃がし、治療薬を相太に送る――そんな綱渡りが果たしてできるのか。

茂みに潜んだまま壁に背を着け、無音を確認。一階部分を覗いた。

真っ先に確認すべきは、足跡。

立ち入りが禁止されている廃墟なので、当然、床に埃（ほこり）は溜まっている。そこで足跡を付けないように生活することは、手練れの潜伏者にも難しい。

――室内とその先の廊下に足跡はない。

量子は音を出さないよう窓から室内に入り込み、机もイスもない殺風景な室内を進む。

出入り口で再び壁に背を付けて廊下を見やるも、やはり足跡は確認できない。

ただ、花柄の消しゴムがぽつんと転がっているだけ。

無線に小声で言う。

『北部、クリア。各チーム、配置に着け』

各チームの待機は解除、東西南方に展開して小中学校を包囲する。

程なくチームリーダーが報告を入れてくる。

『南部クリア』

『東部クリア』

『西部、体育館もクリアです、足跡はありません』

と最後に報告をしたデルタ・惣社左門の声が続けて言う。

『一階がこれだけきれいに埃まみれなら、学校は見る必要ないんじゃないですか』

いや、と量子は無線に言った。

『最上階まで調べるわ』

埃の上に自分たちの足跡を付けてしまうリスクはあるものの、取りこぼしを作った結果バックアタックを食らっては元も子もない。これだけ密集した廃墟群、一階を経由せずに二階や三階から校舎に入る方法があるかもしれない。手間を省かずに進めた方がいい。

『予定通り、階段の前で合流。二階へ向かう』

『了』

と各チームリーダーの声が揃った。

その後、皆で二時間かけて小中学校と報主寮を調べた結果、やはり足跡も人影も見つからなかった。それにより、島内に潜伏者が入っていないことがほぼ確定した。

潜伏者がいる場合は彼らも今の量子たち同様、最初の段階で島内をくまなく索敵したはず。要塞島で拠点候補として確実に挙がる小中学校と報主寮は間違いなく調べる——その両方に足跡がないということはつまり、島のどこにも潜伏者がいないということ。

しかしそれでも四チームは緊張を解かずに島内に散開し、乱立している建造物群や炭鉱施設、観光船が停まるホエール桟橋を見張れる高台を夜通し調べた。

アルファチームが担当した西側にある映画館やパチンコ店の中には、古い足跡がいくつか見つかったものの、最近付けられた跡は一つも無かった。

潜伏者に対する警戒は、杞憂だったことになる。

須藤政務官はすぐに協力者に連絡を入れ、新谷七穂・佐藤杏子を島に運ばせた。

言葉も表情もなく廃墟の闇に消えていった佐藤杏子とは違い、新谷七穂の方は泣き叫びながら小中学校に連れて行かれて手錠で繋がれた。

日が昇る前に再び皆で小中学校に向かい、最後の任務として防波堤下の岩場に横たわったままの尾形の遺体を五人がかりで引き上げて、校庭の隅に埋めた。

隊舎は小中学校にするから、尾形も部隊の傍にいられる。


「まずはご苦労。貴様らにも大変な一日だったと思う」

小中学校六階の図書室でそう言った須藤政務官の手には、酒瓶が握られている。協力者の漁船に積まれていた物で、当然、須藤政務官以外が飲むことは許されていない。

彼は、しかし！　と語気を強めた。

「これで要塞島内に潜伏者がいないことが確実になった！　フレンズには我々を騙すつもりは無く、取引を行うということだ！　我々の今後は安泰となる！」

「はっ」

「ただし、貴様らに言っておかなければならないことがある。フレンズがいつここに来るかは決まってはいない。我々は無期限でその到着を待たなければならん」

急な逃走計画だったことは明らか。フレンズとの打ち合わせも完了していない段階で政府の手が及んだから逃げなければならなくなった、という形なのだろう。

「もちろんフレンズも事を急く（せ）はずだが、今の世界情勢ではその到着まで一～二週間程かかることもあり得るだろう。だからこの部隊に食事などの補給物資を届けられる協力者の存在が不可欠なのだ。彼らは定期的に船で要塞島を訪れて、我々に物資を届ける」

協力者の存在が必須というのはそういうことか。

敵陣内（日本国内）での潜伏・防衛には過剰な体力を使う。現在十三人のこの部隊を無期限で維持しなければならないのであれば、確かに協力者の存在は必須になってくる。

さて、と須藤政務官は酒瓶を呷（あお）る。

「協力者の素性についてもここで話そうかと思っていたが、やめだ。それはまた後日ということにして、私は休憩する。音楽室にいるから絶対に来るな」

――音楽室には新谷七穂が拘束されている。

逃走生活で溜まったものでもあるのか、酔っぱらって股間を膨らませて図書室から出ていく須藤政務官の魂胆は丸わかり。猿にも等しい本能。

量子はその巨体を追った。

「お待ちください、政務官」

「何だ。私は忙しい、新谷七穂に大事な話があるんだ」

「わかっております。……そのお話、私ではだめでしょうか？」

新谷七穂の精神はもう限界に近い。その上で理不尽な劣情に当てられた彼女が自殺でもしたら、何もかもが終わる。そんな陳腐な事態だけは絶対に回避しなければならない。

寄ってきた親指頭の薄汚い視線と鼻息が、量子の身体の線をなぞるように揺れ、また尻を掴まれた。そうくるだろうと想定して、力を抜いて尻肉を柔らかくしておいた。

その成果として、いいだろう、という言葉を引き出した。

「今後に関わる大事な話は、隊長とした方がいいかもしれんな」

「はっ」

量子は無感情に発して前方を見据える。苦境に耐える術はレンジャー課程で体得し、恐怖を無視する術は特殊作戦群で体得している。だから大丈夫だ。

矢代相太　宇宙飛行士

「それではご自宅の方へ向かいます」

車が走り出すと隣で小谷武史三曹がそう言った。

この小谷三曹は炭疽菌災害調査委員会に所属している自衛隊員で、前に参加した会議のときに麻木財務大臣が言っていた監視員だった。生真面目な性格らしく秘書のように矢代相太に張り付いて、四六時中、本部への報告を行っている。

初めの自己紹介で言っていたのだが、小谷三曹は炭疽菌災害派遣のときに田淵量子の下で遺体回収任務に従事していたらしかった。そこで量子に恨みを持った、と。

「あの日、一人で隊舎を抜け出す隊長の姿を見たんです。黒沢陸将自殺の一報を受けてから隊長はどこか様子がおかしくて、それで自分は気になって後を追いました」

「量子は黒沢陸将とも接点があったらしいですね」

と言うと、彼はうなずいて続けた。

「声をかけて隊舎を出た目的を尋ねると、市ヶ谷から呼び出されたと言っていました。同行を願い出ると隊長は了承してくださり、そこで自分は油断してしまったんです」

「油断……」

「ええ。自分が近づいた直後、隊長は不意打ちを狙ってきたんです。一方的に攻撃を受けました。何を聞いても答えはなく、意味もわからないまま、腹を殴られ、足を払われました。その場に膝をついて顔を上げると、すでに隊長に背後に回り込まれていました。それで為す術無く首を絞められ、身動きすら取れないまま数秒で気絶させられました」

話す内に当時のことが蘇ったのか、彼の顔は紅潮していった。

「自分は隊長を……田淵量子を信じていました。それなのに裏切られたんです。絶対に許せない。この手で捕まえるため、無理を言って調査委員会に入れてもらいました」

相太自身、今の状況で量子の肩を持つつもりはない。

けれど小谷武史の件に関しては、むしろ彼は助けられた状況なんじゃないかと思う。もしも一緒に行っていたら人質にしかなり得ないし、最悪、その場で殺されていた。

ただそのことは小谷武史には言わなかった。

長い間、友人だと思っていた田淵量子という女は、数多の人間に恨まれて然るべきことをした。相太自身、合成炭疽菌開発に関わっていた者たちを決して許しはしない。

その量子を含め、東部方面隊からの逃走が確定した者たちのリストは、すでに公開されている。広範囲に情報提供を求めるため、としている政府側の本当の狙いは、日本の味方を増やすことだろう。その試みは現時点では成功している。逃走者を捕まえろ、絶対に逃がすな、などと過激ながらも日本を応援する声が世界中から寄せられているから。

「ここです」

自宅がある都内郊外のマンションに着くと、相太は車から降りる。

あまり家に帰ることもできない状況（省庁の会議に参加して聡美の病院に行き、近くのホテルに泊まりまた会議に向かう）なので、着替えをまとめて用意しておきたい。

エレベーターで七階に上がって、義母から預かっていた鍵でドアを開ける。

都内の中心地までは少し距離があるものの、その中心地に乱立する高層ビル群がサグラダ・ファミリアのように望める小高い丘にあるマンション。夕日に暮れる景色が一望できるベランダに惚れ込んだ聡美が、ここで巣作りをする、と選んだ2LDKだった。


……巣？


とそのとき相太は聞き返した。

まだ雛がいないだろ。

すぐにできるよ、今日か明日か、もしかしたらもうできてるかも。

へらっと笑った相太に聡美はぴしゃりと言った。

雛が生まれたら、相太君用無しだよ。

え。

妻の段階はネクストステージに移行します。

それが巣作り？

巣を作って私と私が選んだ人の子供を育てるの。

その〝私の選んだ人〟自体はほったらかしで？

そう、だってその人は私が面倒を見なくても生きられるから。

あーそういう理論で子供ができると妻は変わる訳ね。

そう、女の本能は理論的なのよ。

本能のみで生きてる人間が何言ってんだか。

言っておかないとわからない人もいるでしょ。妻が突然変わった、なんて思われても困るからね。相太君、宇宙のこと以外、考え無しなとこがあるの、自分で気づいてる？

かちんときた。

へー、それは宣戦布告だな。オーケー。じゃあ今日きちんと調べて、子供ができてたらこの部屋、できてなかったら俺が決めた都心の部屋にするから。

といういきさつで、ここで聡美の巣作りが始まったのだった。まあ年間のほとんどを海外にいる宇宙飛行士には、そもそも巣作りに関してどうこう言う資格なんてない。

実際、帰国の度に本当にいい部屋だと思うようになっていった。都心よりも星がよく見える高台の立地だし、徒歩圏内に幼稚園〜中学校までが揃っていて治安も良いと。

だからこそ辛い。

今はここをいい部屋だとは思えない。いいと思えたのは、ここに聡美がいたからだ。帰国の度に聡美がクラッカーを用意して笑顔で迎えてくれたからだ。星を見ながら二人で酒を飲み、相太がいない間にどんなことがあったと楽しそうに話してくれたからだ。

家族三人が満面の笑みを浮かべている写真立てから目を逸らす。

親鳥も雛もいないこの部屋は蛻(もぬけ)の殻になった空虚な巣。落ち着かない。

……早く用事を済ませて次の会議に行こう。

相太はがらんとした室内を右往左往して、スーツや下着の替えを手早く集める。

ただ、聡美からついでにと頼まれていた手帳が見あたらない。どの棚か聞かずに、わかった、わかった、大丈夫、と応じたものの、記憶の中の棚と少し違っていたのだ。

「考え無しなとこ、か……」

電話で聞き直すとひどくつまらない言い争いになりそうだったから、諦めて窓際の棚から順に引き出しを開けて手帳を探していくことにする。

と、慶太のベビー用品を入れている棚に、一通の手紙を見つけた。

相太君へ、と丁寧な字で書かれている。

相太も今回のＩＳＳ調査任務前に書いたばかりだったから、すぐわかった。

——遺書だ。

相太はそれをそっと元の位置に戻し、引き出しを閉めた。聡美が生きているのに勝手に読むことはできない。そのまま自宅を出る。手帳はどこかで買っていくしかない。

神崎重則　脱柵者

神崎重則（かんざきしげのり）が掛け受けの構えに後屈立ちで低い姿勢を取る一方、惣社左門はただぶらぶらと歩いている。素手とは言え無防備すぎる。自由に打ち込んでくれと言うようなもの。

……だからこそ動きを読みにくい。

上空を横切った海鳥の影を追って、惣社左門の顔が上を向く。

その機を逃さず、神崎は一気に重心を前に移動させて地面を蹴る。

「ハッ！」

と発した息と共に正拳下突きで水月（すいげつ）を狙う。

捉えた。

が、舞い落ちる海鳥の羽根を打ったかのように手応えがなかった。

紙一重で躱（かわ）され、突いた右腕を横からトンと押された。内小手受けに近い受け方だった
が、違う。ただ払われたのだ。構え無しの状態から、尋常ならざる反応速度。

足技が来る。

神崎は瞬時に重心を後ろに移動して受け手に回るが、しかしカウンターは来ない。惣社
左門はやはりぶらぶらと歩いているだけだ。神崎は構えを解いて口を開いた。

「お前、舐めてんのか」

特殊作戦群では別のチームだったが、この惣社左門の能力の高さは聞いていた。これま
での特殊作戦群の歴史でもトップクラスの優れた素質（ライトスタッフ）を持つと言われている。

歩いていた惣社左門が足を止めた。

「僕は自分の手で戦力を削るようなことはしたくないんですよ」

眼前で正拳付きを寸止めされたような言葉に、神崎の口元がひくつく。

尾形篤志三尉が亡くなった今、この部隊の副隊長は次に階級が高い准陸尉の神崎が務め
る。そんな上官に対して信じがたい言いようだった。……ただ、本心だろう。戦闘意欲が

無いように見せかけてはいるが、その実、どう猛な牙を持っていることはわかる。

「お前に俺が削れるか」

「それは質問ですか？」

「いいから来い！」

神崎も武術には覚えがある。惣社左門を正面に見据え、猫足立ちの重心を更に低くした独自の立ち方で構える。非常にバランスの悪い立ち方で長時間は続けられないが、相手の出方をうかがう防御型ですぐに反撃に転じることもできる。何より、的を絞ることで相手はこちらの顔面に打ち込みにくくなるので、シャットダウンを防ぐことができる。

「では」

と言った彼の足ががくりと崩れた——

いや違う。一気に姿勢を低くして、跳んだのだ。

正面から少し左にズレている。

右腕が上がった。

手刀受けで迎える神崎に、拳が飛んでくる。

けれど左腕に衝撃が来ない。代わりに、上げた左腕の死角から蹴りが刺さった。

肋骨の下。手と足の隙間を通された。口から息が漏れる。

予想もしない動きだった。

フェイントからの攻撃が速すぎる。重心の移動はどうなっている。

蹴られた腹に意識が行ったのはほんの一瞬、なのに顔を上げると彼の姿はない。視線を左右すると、すでに右に跳んでいる。死角に入るように動く癖が付いているのか。

神崎は安定の三戦立ち（サンチン）に変え、惣社左門の影を追って熊手打ちで薙ぐ。

しゃがんで躱された。

続けざまに、構え直す暇もなく脇腹を拳で抉られる。

見えない。自分の攻撃の死角から打ち込まれている。

激痛でまたも視線が外れる。瞬きをしたときには、彼の姿はない。

今度は左か、と思ったけれど、そこに惣社左門はいない。

「後ろです」

棒のように硬くなっていた膝が軽く押され、かっくん、と崩れる。

思いもよらない攻撃？　に神崎はその場に転げ、尻餅をついた。この短い攻防の間に密着するまで接近されてしまった事実に、愕然とする。この男は速すぎる。

見下ろしている惣社左門がにっこり微笑み、手を差し伸べてきた。

——この目だ。

２０１５年、特殊作戦群研修生として参加した、神奈川、静岡、沖縄での日米合同・強襲作戦訓練を思い出す。あのとき互いのレンジャー徽章を見せ合ったことで仲良くなったグリーンベレーの若い隊員の目。普段は仕事や恋に悩む若者なのだが、何かが違った。

自分を狙って放たれた実弾が飛び交う戦場で、敵や味方の死を経験するとああなるらしい。顔は笑っていても、目の深奥は冷え切っている。自分の人生の中に戦場という非日常を受け入れているのだ。

彼と同じ目をした惣社左門の手は取らず、神崎は自分で起き上がった。

「まあ、わざとやられてやったわけだが」

「あら、そうなんですか？」

「当たり前だ」

「神崎さん、型を重視しすぎでは？」

「あん？」

「技や受け方を知る相手には、死角が見え見えになってしまいます」

「うるせ」

……その死角に潜り込んで攻撃できるのなんてお前くらいなんだよ。とにかく、徒手格闘の訓練はここまで。いつの間にか隊員たちが周りで観戦している。

神崎は臀部をはたきながら、気が付いたことを確認する。

「お前、まさか両利きか？」

徒手格闘の場合、無意識に体の〝力み〟が利き手側に寄るものだが、この男にはそれがなかった。力まない状態から攻撃を左右に振り分けてくるのは、両利きの特徴だ。

予想通り惣社左門は、ええ、とうなずいた。

「元々は右利きだったんですけど、両利きにしました」

——両利きにした？

日常生活レベルなら練習次第で両利きにすることも可能だが、近接戦闘でラグが一切なくなるまでというのは練習ではどうにもならない。仮に両利きにできたところで、両手を別に動かす運動神経と広い視野を持っていなければ、実戦で使いものにならない。

それをこの男は自然にこなしている。おそらく近接戦闘(CQB)最強の隊員だろう。

「武器は主に何を使っている?」

「ナイフ、時々、拳銃です」

「小銃は?」

「ロングアームの類はほとんど使いませんね」

89式小銃が3・5kgなのに対して、拳銃は1kgに満たない。重さで自分の動きが阻害されるのを防ぐためだろう、それだけ自分の速さに自信を持っているということ。

確かに、あれだけの速さで動き回れる人間を銃口で捉えるのは至難の業だろう。銃を構えて狙いを定める一瞬の間に避けられる。

「戦闘訓練はいつから? まさか自衛隊に入ってからじゃないだろう?」

我流のようでもあるし、動きの基礎に様々な流派が組み込まれている気もする。

「訓練は小さい頃から受けてましたよ、武術の才能があるとかで。十歳の頃には自分の身は自分で護れと、ナイフ一本与えられて山の中に放り出されました」

「何だそれ。どういう家庭環境だ?」

「家庭なんて言えるものだったかはわかりませんけど、当時は、先生とか名乗ってたサイコさんが僕の世界の中心でした。まあ、ペット感覚だったんでしょう。封印したい過去です。だから自衛隊はとても過ごしやすく、レンジャー課程もピクニックでしたね」

虐待に近いが、行きすぎた躾(しつけ)なのだろうか。

幼い頃に事故で両親を失った神崎が他人の家庭環境を評価することなどできないが、彼に感じる空虚さのようなものはそういった過去が原因なのかもしれない。


今、脱柵部隊にできることは限られている。どんな形でフレンズがやってくるかわからないので、いつどのようにやってきたとしても（脱柵部隊のように海を泳いでやってくるとしても）すぐに発見できるよう、二十四時間、交代で島内を見張っている。

ホエール桟橋がある東南部、桟橋から続く観光用通路を見通せる高台、西部の住宅街、小中学校と報主寮の屋上にそれぞれ一～三人配置して、船や本土を監視する。

そして、残りの者たちは先の神崎と惣社左門のように戦闘訓練を行う。

時刻は零時過ぎ。夜通し交代で務めることになるホエール桟橋の見張り（この時間は田淵量子隊長と佐藤杏子の女性コンビ）以外の隊員たちが小中学校に集合した。校内に残されていたぼろぼろの机や棚を組み合わせて防衛用に内装を作りかえた図書室内で、本日の終礼を行う。逃走中であろうと廃墟の中であろうと自衛隊の規律が崩れることはない。

上座に立った須藤政務官（指揮官）が口を開き、皆に言葉をかける。

「本日もご苦労だった。今日は貴様らに協力者について教える」

「はっ」

あの初老の男と若い女――ヤヅール父娘はこの三日間、食料など生活必需品のみならず銃器をも漁船に乗せて運んできている。それは現状とても助かることではあるものの、世界に敵対したこの部隊を無償で助ける者がなぜ存在するのか、聞いておかなければならない。指揮官は確か〝黒沢陸将に対して恩を感じている者たち〟と仰っていた。

指揮官はたくましい腕を組んで話を始める。

「貴様らも黒沢陸将の過去は知ってるな？　〝無抵抗の隊長〟と呼ばれる理由を」

陸自内で人気のある将官であるし、ここにいる者たちは黒沢陸将に選抜されて合成炭疽菌計画に関わっていたから、それは当然知っているだろう。

紛争地域への海外派遣で隊長に任命された黒沢陸将（当時は一佐だった）が、日本との交流を頑なに拒んでいた地元住人の元に武器も持たずに足を運んだ。数ヶ月に及んだ説得の末、地元住人は自衛隊の支援を快諾した。彼らと日本との関係は今でも続いている。

「貴様らが聞き及んでいる〝無抵抗の隊長〟の話の裏には、とある取引があったのだ」

神崎は眉根を寄せて聞き返す。

「その取引というのが、協力者と関係があるのでしょうか」

「大いにある。今でこそ自衛隊は災害派遣や海外派遣、ミサイル攻撃への対応でも力を発揮し、ニュースでも取り上げられるようになったが、当時は活躍の場がない自衛隊の存在意義を問う声も多かった。三島由紀夫曰く〝魂の死んだ巨大な武器庫〟。人員が減らされていく中、自衛隊は目に見える活躍をＰＫＯ活動に求めた。ただし戦闘に参加することはもちろん、戦闘地域に踏み込むことも禁じられている。そこで別の手段を考えた」

それが黒沢陸将が隊長を務めた支援活動か。

「自衛隊上層部は紛争地域の地元住人に支援物資を渡して友好関係を築こうとしたが、想定外に彼らは支援を拒み、任務は難航した。それも今考えると当然だ。絶えることのない紛争、病、飢餓の中にいる彼らにとっては、平和な国から来た軍人などおもちゃの兵隊に見えたことだろう。そんな者たちからの施しなど到底受け入れられるはずもない」

罠、ということを警戒していたとも考えられる。

しかし、と指揮官は続けて言った。

「自衛隊も成果を出さずには撤退できん。そんなことをすれば日本国民にまでおもちゃの兵隊と思われかねない。そこで地元住人にある取引を持ちかけたのだ」

「それは……」

「その地域にはウィルス性の伝染病が蔓延していた。治せない病じゃないが、周辺一帯に生息する動物がウィルスを運ぶので根絶が困難なのだ。そこで、住人全員は無理でも、せめて伝染病に感染した者、特に命の危機に瀕している子供たちを日本で治療し、その後も日本での安全な暮らしを提供する代わりに、支援を受け入れてくれないか、とな」

日本らしい根回しという気はする。

「当初はその取引にも反対していた地元住人だったが、黒沢陸将が武器も持たずに何度も訪れ、子供たちを助けたい、日本でなら平和に暮らすことができる、と訴え、日本での暮らしを説明した。結果、彼らも取引を受け入れ、自衛隊の支援を受け入れたのだ」

「まさか協力者というのは——」

「ああ、公表はせず、感染した子供たちすべてと保護者の大人を幾人か日本に迎えた。自衛隊は十数人全員に国内での住まいと職と教育を提供した。もちろん彼らも今では日本での生活に満足し、病に苦しむ子供たちの命が救われたことに恩を感じている。彼らの集落を代表してあのヤヅール父娘が、我々への物資補給係を務めることになっている」

「ヤヅール父娘は、我々の事情は把握しているのですか？」

「いや、おそらく正確には把握していないな」

「ではニュースなどで事情を知れば裏切り、我々を政府に売る可能性も――」

「いや、彼らは政府より黒沢陸将のために行動する。恩義と、そして罪悪感から」

「罪悪感……」

「地元住人の集落に情報屋がいたんだよ。情報屋が反政府勢力に黒沢陸将のネタを売ったことで、送り込まれた戦闘員が得体の知れない日本人（黒沢陸将）を撃ったのだ」

「黒沢陸将は……それでも諦めなかったんですか」

「ああ。銃弾を受けて片腕の自由を失っても要求を通した」

銃で撃たれてなお任務を遂行する、すさまじい精神力だ。

――なるほど、読めてきた。

自衛隊を政治の道具にする防衛省のケツを、黒沢陸将が命がけで拭いた形。

つまり彼はそのＰＫＯ活動で〝無抵抗の隊長〟と呼ばれるようになった反面、上の者たちには、自分の身を挺しても任務を全うする〝使える人間〟と認識されたのだろう。だからこそ今回の合成炭疽菌計画の中核を担わされてしまった、というところか。

ただ、問題はその黒沢陸将が今この場にいないこと。それでもヤヅール父娘を信用できるのだろうか。より信頼性の高い情報、隊員たちが納得できる情報が欲しい。

ただでさえ皆の中には指揮官への不信感が生まれている。

原因は要塞島に潜伏者がいなかったこと。指揮官が居もしない潜伏者を恐れたために、仲間の――尾形篤志と貞島春馬の命が失われた、などと考える輩が出始めている。そして現状、上官への侮辱を殴りつけて黙らせるだけでは彼らの不満を消すことはできない。

「では、フレンズはどういった組織なのでしょうか？」

と神崎は尋ねたが、指揮官は首を横に振る。

「それについては、フレンズと接触できるまでは絶対に言うことはできんな」

「フレンズはこの要塞島に――いえ、日本国内に来られるのでしょうか。政府は国境警備を強化していると思われます。不審船や不審航空機などはすぐにマークされます」

問題の根源は、先日の脱走者三名。

奴らが政府に捕まった場合、この脱柵部隊がフレンズという組織と接触しようとしていることが知られる。であれば国境警備は今以上に厳重になるはずだ。そんな厳戒態勢の中でもフレンズは日本に入国することができるのだろうか。すでに日本国内に潜伏しているのなら接触自体は可能、しかし、そこから無事に国外に逃げることができるのか。

ただ、指揮官から返ってきたのは、その点は問題ない、という言葉のみだった。

「し、しかし、仮に我々と合流できたとしても、無事に日本を出られるかどうか――」

「問題ないと言っているだろう、副隊長。さあ今日の終礼はこれで終わりだ。フレンズがいつ来るかはわからないから、持久戦に備えて休めるときに休んでおけ」

「了！」

と応じて図書室から出るしかなかった。

七階に昇る見張りの交代要員以外は、寝床として使っている五階に降りていく。すでに全員が廃墟の夜に慣れ、瓦礫や突き出た鉄骨などを避けられるようになっている。

いつの間にか隣を歩いていた惣社左門が話しかけてきた。

「問題がない、なんて本当なんですかね」

「惣社、指揮官がそう口にした以上はそういうことだ」

「へぇ、意外と従順なんですね」

「……お考えがあるはずだ」

フレンズが日本に来られるのか、そして合流後に脱柵部隊とフレンズが無事に日本を出られるのか、というのはこの逃走において最も重要なこと。それが達成できないのなら、すべてが無駄になってしまう。そんなことを指揮官が軽視しているとは思えない。

惣社左門が、ですねぇ、と言った。

「何か理由があるんしょうね、国境警備を歯牙にもかけない理由が」

理由、か。

やはりフレンズは日本に潜んでいる過激派組織で、皆で国内に留まるつもりなのか？ しかし政府は脱柵部隊の捜索に最大の力を入れる、国内にいてはいずれ追い詰められることは必定。何らかの方法で日本から脱出しなければならない。炭疽菌衛星兵器に活路を見出そうとしている？ いや、そんな物を行使したら逃走どころか戦争になる。

「須藤政務官の言葉通り、フレンズは本当に過激派組織じゃない、とか」

という惣社左門の言葉で、はっとした。

フレンズが国境越えを合法的にできる組織である可能性——考えてみよう。

海外に支部を持つような日本の大企業でも、政府を敵に回してこの脱柵部隊を国外に移送することは不可能だろうから、必然、それを凌ぐ海外系組織となる。日本国内に籍を置く勢力で脱柵部隊を国外に逃すことができるほど強力な海外系組織となると……

「待てよ」

神崎はあることに思い至る。フレンズ＝友達＝トモダチ。

指揮官はまさかここまで想定して名付けたのか？　トモダチという言葉で思い出すのは災害派遣時の在日米軍による支援活動、トモダチ・オペレーション。

ならばフレンズは……在日米軍？

新谷七穂を引き渡そうとしているのは在日米軍なのか？

突拍子もなく浮上した可能性ではある。けれど、日本に駐屯している米軍なら国境を越える必要もなく要塞島を訪れることができるし、この部隊を在日米軍基地に匿うことも、そこから極秘でアメリカ本土に渡らせる方法も持っているかもしれない。

指揮官がフレンズと合流後のことを『問題ない』と言う理由も納得できる。

政務官という防衛省の高官なら、日本と無縁の過激派組織より在日米軍の方が連絡を取りやすいに違いない。今回の炭疽菌災害派遣にも在日米軍は物資支援などで参加していたから、政務官なら密談を交わすことも容易だったんじゃないか。

もしもフレンズが在日米軍なら、彼らと接触後に脱柵部隊が向かうことになるのは、必然的にアメリカ本土の米国国防総省(ペンタゴン)となる。この部隊の存在を秘匿した上で、新谷七穂を国防総省の国防高等研究計画局DARPA（ダーパ）に移送して合成炭疽菌の治療薬を造らせ、それをDARPAが開発したことにしてこの合成炭疽菌災害を止めるのだ。国防総省がため込んでいる黒い予算（ブラックバジェット）を隠れ蓑にすれば、表舞台でその筋書きが可能になる。

——アメリカが全世界の救世主となる筋書きが。

災害が収束した後の展開も予想しやすい。新谷七穂に関してはそのままDARPAで細菌研究に従事させ、他の自衛隊員は国防総省の兵士にする、というところか。

アメリカとしてはどうとでも扱える兵士。それでも——仮に使い捨てに近い状況で国防総省の裏の仕事を請け負うことになっても、身柄がアメリカにあるなら過激派組織に行くより遥かにいい。逃げまどう市民を後ろから掃射するなどということはないから。

何より、今回の合成炭疽菌災害は確実に止まる。

部隊の安全が保証された上で災害を収束させること、それは望んでも決して得られない——他国に与えてもらうしかない、唯一の解決策なのだ。あくまでただの推測なので、これを希望と表現していいのかはわからない。しかし、さすがは指揮官だ。

「惣社、お前のおかげで——」

と言って辺りを見回したけれど、惣社左門はすでにいなくなっていた。

矢代相太　宇宙飛行士

会議をたらい回しにされる生活の中、今朝になって呼び出しを受けた。

その相手は、前の会議時に反目する形になってしまった麻木財務大臣。任意で、ということだったけれど、監視を受けている相太としてはこれを断るわけにはいかない。

それに相太としても一つ考えていることがある。

午後九時過ぎ、厚労省職員の運転で神楽坂にある政治家御用達という料亭に向かった。都内は外出自粛中にもかかわらず、普通にやっている店もあるようだ。石畳を歩き、鄙びた旅館のような入り口で待機していた和服の女性に、最奥の個室に通される。

中にいたのは三人。

麻木財務大臣以外の二人も、会議で見た顔——左が厚生労働大臣、右は確か文部科学大臣。その三人の圧力だけで霞んでしまうけれど、大樹の幹をそのまま輪切りにしたような卓には、大輪の花を模したふぐ刺しを中心に色とりどりの刺身が並んでいる。

相太が麻木財務大臣の向かいに座ると、彼は口を開いた。

「やあやあ悪いね。忙しいところを来てもらって」

あなたの方が忙しいのでは、という思考を読んだように彼は、小休止だよ、ここのところ慌ただしかったから美味い物を食べたくてね、と言ってふぐ刺しを舌に乗せた。

「んー、やっぱりこれだね。君も食べなよ、毒とか自白剤とか盛ってないからさ」

腹は空いているけれど、相太は遠慮する。刺身に限らず、病院にいる聡美が食べられない物を食べたくない。代わりに麻木財務大臣に尋ねる。

「まだ何か私を疑っているんですか」

「いや逆。他の大臣たちはどうか知らないけど、僕たちは君を信じることにしたんだ」

「それは光栄ですけど、私を信じるとどうなるんでしょう」

そう聞くと、麻木財務大臣はへの字口を緩める。

「君は本当に物怖じせずに話すね、それも宇宙飛行士の特性かな？」

物怖じしていないのは、ここでこうしている時間が惜しいからだ。早く本題に移って話を終わらせて、聡美のいる病院に行きたい、という思いはある。

「あのね、君に一つ仕事を頼みたいのよ」

きな臭い。相太は静かに聞き返す。

「どんな仕事ですか」

そこで麻木財務大臣が指でちょいちょいと手招きをしたから、相太は仕方なく食卓を回り込んでその隣の席まで移動した。彼は手を口元に当てて耳打ちをしてくる。

「エドガー・クロフォード飛行士を探ってもらいたい」

予想もしなかった言葉に、エドガー？　と声を大きくしてしまい、麻木財務大臣に、しっ、と指を立てられた。ＩＳＳ調査任務で共にモジュールを調べたエドガーの名を麻木財務大臣の口から聞くことになるとは思わなかったので、相太は眉を寄せて尋ねる。

「ど、どうして、エドガーを……？」

「うん、土の中に潜ってるモグラを探ってたらねぇ、どうもお友達がたくさんいることがわかってきたんだ。早く狩り出さないと、こっちの情報がどこぞにだだ漏れになるわけ。そのモグラたちの情報をエドガー・クロフォード飛行士が握ってる可能性が出てきたんだけど、僕じゃ近づきにくいんだよ。だって僕が突然、宇宙飛行士と話したいなんて言ったら、怪しさこの上ないからねぇ。その点、君なら何の違和感もないでしょ？」

変な喩えを使ってはいるが、言いたいことは何となくわかる。

「……エドガーもその、モグラ？　なんですか？」

「いや、彼はモグラじゃないね、地中に隠れている獣は、宇宙へは行けないものだよ」

じゃあ何、とは尋ねなかった。キリンなんて答えられたら、えんえんと動物問答が続くだけだから。それに、やはりこの人の言葉はどこまでが本当なのか読めない。

しかし相太はうなずいて、わかりました、と言った。

「私にできることはします」

「うん、そうして」

「ただし、私からも大臣に一つ聞いていただきたいことがあります」

「ん？」

「黒沢一派を捕まえる活動に私も参加させてください」

「……どういうこと？」

「予備自衛官としての立場で、私も炭疽菌災害調査委員会に加えてほしいんです」

相太の監視を担当している小谷武史三曹から、自衛隊から炭疽菌災害調査委員会に入った、という話を聞いて思いついたことだった。〝自衛隊での勤務経験がある元自衛官が採用される予備自衛官〟としてなら、自分も調査委員会に入れるんじゃないか、と。

「私を監視する、という意味でもその方が効率がいいはずです」

「いや、僕たちは君を信じることにしたんだって」

とは言うが、監視は外せないし、外さないはず。彼らとしては相太を手元に置いておいて、調査委員会所属の警察官がいつでも拘束できる環境を作っておきたいだろう。

麻木財務大臣は小首を傾げて、でも、と言った。

「何で？　奥さんが入院してるって聞いたよ。夫がそんなことしてていいのかな」

「じっと看病するより、妻のためにできることをしたいんです」

「特殊作戦群の者を追う以上、危険なこともあると思うけど？」

「覚悟はできています」

「いや、覚悟の問題じゃなくて、誓約書の問題ね。調査委員会の活動が危険だとわかった上で自分の意志で参加した、っていう誓約書にサインできる？」

「もちろんです、私は宇宙飛行士です」

「危険には慣れてるって？」

「はい、遺書もすでにあります」

「宇宙で死ぬことと地上で死ぬことを同じレベルで考えてはダメだよ。……まあ、誓約書にサインができるんなら受理してもいいかな。黒沢一派の田淵量子と親交があった君が加わってくれれば、もしかしたら田淵量子を説得できるかもしれないしね」

あの量子を説得などできるとは思えないが、相太は更に言う。

「モグラ獲りに協力しますし、どこへでも行きます。私への疑いがまだあるようなら、四六時中、私を監視してくださって構いません。……その代わり、調査委員会の活動でもし私が合成炭疽菌の治療薬を手に入れたら、それを一つ、いただきたいのです」

「あるかどうかもわからないでしょ、治療薬なんてさ」

「もし発見できたらでいいので」

多剤耐性を持つ炭疽菌が人の手で合成された可能性が高い、ということを世界中に知らせたアメリカ疾病管理予防センターの緊急会見を見てから考えていたことだった。

合成炭疽菌が人造細菌なら、そのゲノムデータは存在しているはずだし（ISSには無かったけれど）、治療薬も造られている可能性はある。研究所での不測の流出に備える意味でも、取引に利用する意味でも、治療薬がないと話にもならない。

日本人は備える人種、特に〝用意周到、一歩後退〟と揶揄されるほど慎重な陸上自衛隊のこと。ならば治療薬もある、むしろ治療薬も無しにあの陸自が行動するはずがない。

だから、それを手に入れたい――

「だめだ、だめだ」

と言ったのは今まで無言を貫いていた左大臣の厚労大臣。彼は続けて言う。

「もしも治療薬が発見された場合、それを受け取る優先順位がある」

「優先……順位ですか」

そもそも、と今度は右大臣の文科大臣。

「治療薬が見つかったとしても、その存在は公にはできない。それはわかるな？」

その質問に、相太は無言でうなずいた。

もし治療薬が発見されたとして、それをその発見者が独占したということが公になったら、感染で苦しんでいる世界中の患者たちは納得しない。だからと言って、発見された治療薬個数分の患者を公に募り、宝くじのような方法を取るわけにもいかない。

ただ……公表できない治療薬を政府関係者が優先順位をつけて使用する、ということが現時点で決まっているのは、おかしいんじゃないか？　相太は文科大臣に尋ねる。

「今、何番まで決まっているんですか？」

「何？」

「治療薬があるかどうかもわからない現時点で、その優先順位は具体的に何番まで決まっているんですか。もしかして、まだ何か隠していることがあるんですか――」

「く、口を慎め！　万一に備えるのが政府の対策なのだ！」

そこで、あげてもいいんじゃない、と麻木財務大臣が言った。

「丁度、総理や防衛大臣たちが亡くなったから、その分の優先枠空いたじゃない」

「ですが、空いた優先枠は下位の者が繰り上がるはずでは」

「たった一人くらいいいでしょ」

「たった一人の例外が秩序の乱れを生むんです、麻木財務――」

総理、と言って麻木財務大臣が言葉を遮断した。

「この国の総理大臣だよ、僕は」

文科大臣はうなずく。

「……はい。麻木総理」

「もちろん僕も考えもなしに言ってるわけじゃないよ。ＩＳＳ調査で宇宙まで行った矢代飛行士の奥さんが助かることは、少なからず世界に希望を与えるでしょ。そんな矢代飛行士自身も様々なところに行って、広告塔になってくれるはずだよ。これは地に落ちた日本のイメージアップになり、立場回復にも繋がるんだよ。いいから決定ね」

そう言った麻木財務大臣に、相太は深く頭を下げた。

「あ、ありがとうございます！」

「うん。持ちつ持たれつ、君もしっかり働いてね」

あるかもわからない治療薬に対して、命の値段を測るかのような下劣な争い。けれどそれでも聡美が助かる可能性が少しでも上がるなら、相太はどこまでも下劣になる。


本日最後の仕事だった料亭を出て、車で炭疽菌対応病院の敷地に入ったときには、すでに午後十一時を過ぎていた。入り口で車を降りて院内に入り、付き添いの小谷三曹とは待合室で別れた。いつものように準備室で化学防護服を着る。

３０５号室に入ると、聡美以外のベッドにはカーテンが掛かっている。もう眠りについている人もいる。ゆっくり歩いて、読書をしていたらしい聡美のベッドに近づく。

衆人環視に近いこの病室で、政府の極秘事項である〝合成炭疽菌治療薬の優先順位〟を獲得したことについてぺらぺらと話していいはずがない。ここにいる炭疽菌感染者の全員を助けるようなことはできないのだ。それに、料亭にいた三大臣は治療薬に関する何らかの情報を握っていそうだったけれど、治療薬の存在が確定したわけでもない。

ただ、聡美は察しがいい。

「何かいいことがあったでしょ」

「え？」

「顔に書いてある」

相太は考えながら歩いてベッド傍のイスに座る。

「麻木財務大臣から許可をもらったんだ」

「副総理の？」

「うん。今日参加した料亭での会合でふぐ刺しが出てたんだよ。それをこの病室にデリバリーして欲しいって頼みを、麻木大臣が料亭に言って特別に許可を取ってくれたんだ」

「じゃあ、わたしもふぐ刺しを食べられるってこと？」

「ああ、明日の昼はふぐ刺しだ。この病室の皆で食べなよ」

「やったぁ、病室でふぐ刺しなんて贅沢」

と高くなった声が、で？　と低くなる。

「本当は何なの？」

……恐ろしく察しがいい。

けれどさすがに治療薬の優先順位のことは言えないから、もう一つの許可のことを打ち明けることにした。こちらはできるなら言いたくなかったことだけれど。

「俺さ、炭疽菌災害調査委員会に入ることにしたよ。宇宙飛行士として会議に参加するより、調査委員会にいる方が情報が得られる、治療薬も探しやすい、と思って」

「……治療薬なんてあるの」

「ある。きっと持ち帰ってくる」

「ＩＳＳから帰ってきたばっかりなのに」

「まあ、ＩＳＳには何時間かいただけだから」

「疲れてないの？」

疲れていないと言えば嘘になるので、大丈夫、と言った。

「だけど、病院にいられる時間は今より少なくなると思う」

「もう、わたしの旦那様はいっつもどこかを飛び回ってるんだから」

「……ごめん」

「でもそれが相太君なんでしょ？　いつも行動してたいんだもんね」

別に宇宙飛行士だからとか自衛隊員だからとかという訳じゃないけれど、いろいろなものを見て、いろいろな経験が積み重なっていくと、言葉だけで人を信用することは無くなる。それが真実にしても嘘にしても、口から出すのはとても簡単だから。

しかし、行動することは簡単じゃない。

自分の時間と労力を削ってその人のために行動する、そうしてようやく信用を得ることができる、と相太は考えている。君は助かる、きっと大丈夫、なんて何万回言ったところで心には届かない。そんな言葉よりもたった一回の行動の方が相手の心を動かす。治療薬を必ず持ち帰る、そう聡美に信じてもらうために——

「今は行動したい」

「はい。妻は旦那様の帰りを、ふぐ刺しを食べながら待っています」

聡美は笑顔でそう言った。

それが本心じゃないことくらい相太にもわかる。カーテンを開けて相太の到着を待っていた聡美に、会える時間がさらに減る、なんて相太も言いたくなかった。けれど、本心は？　とは聞かなかった。

それを聞いて泣いて引き留められでもしたら、相太はもう何も行動できなくなってしまうから。そんな相太の性質を、聡美はおそらくわかっている。わかった上で、自由にさせてくれるのだ。本当に自分には過ぎたる妻だ。

そこで病室のドアが開いて、看護師が聡美のベッドにやってきた。

「聡美さん、すいません、慶太君がママに会いたくてグズっているのでちょっと来てもらえませんか。化学防護服を着せてナースステーションの方に連れて来ているので」

「は～い」

と嫌な顔一つせずにすたすた病室から出て行った聡美に、相太は誓う。

聡美の強さには、治療薬を届けることで報いる。

田淵量子　脱柵者

宇宙から病原体が降ってくる世界状況にもかかわらず暢気に観光にやってくる廃墟マニアを双眼鏡で眺めながら、アルファチームの若い隊員たちが口を開いた。

「関東じゃ外出自粛だってのに」

「都内を脱出して、安全な北九州に逃げて来た高所得者もいるらしいですね」

「そういう人たちが行くのは繁華街とか温泉地じゃないか」

「だな、こんなときに要塞島に来るのは生粋の廃墟マニアだけだろ」

「彼らが見ている瓦礫の裏に、人間が潜んでいるなんて思わないでしょうね」

そんな彼の双眼鏡を田淵量子は手で押し下げた。

「光が反射するわ」

要塞島に上陸して今日で三日目。フレンズは未だ来ていない。

観光船ツアーの最終便が去ったことを確認した後、量子は小中学校六階隅に位置している音楽室に行く。昼は海に臨む景色が見渡せる一室、特にこの時間帯は夕日に燃える海が刻々と色を失っていく絶景が眺められる。そんな音楽室に拘束されている新谷七穂は、一日汗水たらして島内を散策しなければならない隊員に比べて、ある意味、待遇はいい。

「食事よ」

水で加熱できる中華風カルビと白米の戦闘糧食——所謂、ミリ飯。

高カロリーのスナックだけのときもあるから今日はアタリだけれど、コンクリート柱にくくりつけられた鎖に繋がれている新谷七穂は、すねたように毛布に潜り込んだ。

「いりません」

「だめ、食べなさい。この生活に耐えうる体力を付けるの」

彼女は毛布から顔だけ出して言う。

「ねぇ、一緒に逃げてください」

「そればっかりね」

「だって」

「無理よ」

こうなってしまってはもうどうすることもできない。

仮にこの鎖と手錠を外すことができたとしても、鮫のいる海を彼女一人で泳がせるわけにはいかない。隊員二名（尾形篤志と貞島春馬）が鮫に襲われたことは彼女にも伝えたのに、量子が食事を持っていくと必ず、一緒に逃げて、と言ってくる。

話題を変えた方がいい。リラックスして食事を取りたくなるような話を考える。

量子は視線を彷徨わせてから、たぴ、と言った。

「え？」

「タ、タピオカ、って食べたことある？」

思いもしなかった言葉だったのか、新谷七穂は目を丸くしている。

量子は俯いて、何でもない、と言った。

この状況でタピオカの話を出してどうする。だからといって災派の任務解除ミーティングのように辛かったことを新谷七穂に話させても逆に気が滅入ってしまうだけだろうし。男性社会で生きてきたから、我ながら女性らしい会話への対応力が無さすぎ――

「た、食べたことあります、タピオカ。友達と原宿に行ったときに」

「……そう？　おいしいの？　あのぶつぶつ」

「つぶつぶって言ってください」

「カエルの卵みたいじゃない？」

「みたいじゃないです！　表現、気を付けてください」

「ああ、うん」

「おいしかったですよ」

「へぇ。まあでも、集合体恐怖症だから私は食べられないんだけど」

と量子が身震いしたとき、突如、無線が入った。

報主寮屋上で見張りをする隊員からだ。

『観光船です！　観光船が一隻、長崎港の方から来ます！』

今日の観光船ツアーはすでに終わっている。ということはその観光船は、須藤政務官が二ヶ月先まで書き留めた観光ツアー予定表に載っていない観光船となる。

新谷七穂が見守る中、量子はすぐにガラスの無い窓際に行って双眼鏡を目に当てた。同階図書室にいる須藤政務官を含め、全隊員が同様に海を見ているだろう。

夕日に輝く海を進む一隻の船は、すぐに確認できた。

『予定にはない観光船ですよね』

と言った隊員に、須藤政務官の声が応じる。

『ああ、今日の最終便は十五時三十分だ』

そこで量子は双眼鏡を目に当てたまま、おかしい、とつぶやいた。

その声が無線に入ったようで隊員が聞き返してくる。

『隊長、あの船がおかしいと言ったんですか』

『ええ』

『普通の観光船に見えますけど……』

『普通の観光船に見えるからおかしいの』

『どういうことですか』

防波堤の遥か向こうにあるのは、一見代わり映えのない観光船、ただ——

『甲板や側面を見なさい。観光客が一人もいないのよ』

『え、あ、本当だ』

と彼が言ったときには、量子はすでに無線に指示を飛ばしていた。

『アルファリーダーから全チームへ！　要塞島に近づく船は観光船に擬態させた敵船の可能性がある！　総員、配置に着け！　繰り返す！　総員、配置に着け！』

配置というのは〝来客〟時の警戒態勢であると共に、戦闘準備でもある。量子たちアルファチームは外していた装備を装着し直し、小中学校から出る。

茂みから茂みに跳んで身を隠しながら、開けた場所では匍匐前進して移動する。すでに全員がどこを通れば目的地にステルスで辿り着けるか把握している。

後をついてくる二人の部下が話す声が聞こえてくる。

「ようやくフレンズが来たのか」

「フレンズなら何で観光船に擬態してるんだ」

「擬態くらいするだろう、武装船で来るわけにもいかないんだ」

観光船に擬態した船の動きは、各チームの無線報告で全員が共有している。その報告によると、通常の観光ツアーを真似てか要塞島を一周したようだ。

協力者の漁船が停められた〝とがり〟という古い船着き場付近で様子を窺うように停船した後、観光船はそこから回り込んでホエール桟橋に着港した。やはり甲板などに人影はないものの、船内では大勢の者が要塞島に双眼鏡を向けていることは想像に難くない。

そのときには量子たち全員が配置に着き、隠れて桟橋を包囲していた。

量子たちアルファチームは要塞島東側に潜んで桟橋を見張り、ブラボーチームは西側、チャーリーチームは西側に身を隠し、狙撃手の佐藤杏子を擁する惣社左門のデルタチームは高台から監視している（逃げ道のない南〜南西方面には部隊を配置していない）。

ウェビングテープで戦闘装着帯に付けたマガジンポーチに予備弾倉が六個、小銃用銃剣も鞘に入れ、念のために水筒も装備してきている。更には、全員が額から首筋にかけて墨を塗って表情を悟られないようにしている（量子は顔に×を塗った）。準備は万端。

しかし観光船のドアは一向に開かない。

アルファは見張り地点の一つ——石炭を掘り出すために造られた竪坑捲座（たてこうまきざ）跡に隠れ、そのレンガ壁に空いた穴から桟橋を見張り続ける。五分が過ぎ、十分が過ぎる。

出てきたか？　との須藤政務官の質問に量子は隊長として応じる。

『いえ、動きはありません』

『出てくるまで待て。攻撃は許さん』

了、と言ってから量子は全員に指示を出す。

『降りてくる者の背の高さに注目して。船にいる者が観光客に擬態して帽子やマスクで顔を隠しているとしても、背が低ければ日本人、高ければ外国人の可能性が高いわ』

皆がわかっていることでも事前に確認しておくことはとても大切。

更に十分の後、ようやく観光船から出てくる者があった。

思わず頬がひきつる。

背格好より何より、視界に入ったのは見知った洋上斥候装備——

「自衛隊」

四人の隊員が姿勢を低くして進行する。素早く橋を渡り、コンクリート塀に身を隠した。

無駄がない動き、おそらく陸自の精鋭・水陸機動団の偵察部隊だろう。

「な、何で我々が要塞島にいることが政府にバレたんでしょう」

という部下の言葉に、量子は首を横に振る。この逃走計画を把握している者が須藤政務官以外にもいて情報が漏れたのかもしれない。しかし——

「今はそんなことといいの」

潜んでいる自衛隊員たちはコンクリート塀の陰から島内を探っている様子。

『射撃準備できています。いつでも撃てます』

無線で指示を求める声に量子は、待て！　と語気を強めて言った。

『まだよ。今は、待ちなさい』

量子は双眼鏡を覗いたまま頭の中で状況を整理する。

観光船に擬態させた船から武装した水陸機動団員が出てきた、ということは量子たち脱柵部隊の要塞島潜伏は政府に看破されている。島内からの狙撃を警戒し、擬態が見破られる危険性を考慮した上で、あえて人員を甲板に立てなかったのだ。今コンクリート塀に隠れているのは少人数の偵察部隊、船内には自衛隊員たちがまだまだ待機している。

現時点で要塞島は完全にマークされていると見て間違いない。

となればフレンズは——それが在日米軍にしろ過激派組織にしろ、今後一切、要塞島に近づけなくなる。もうフレンズとの接触は諦めなければならない。

一応、自衛隊が要塞島にやってきた場合の対応も須藤政務官から聞いている。炭疽菌衛星兵器以外の武力によってこれを切り抜け、どこか別の合流地点に移動するつもりらしかったけれど、偵察部隊だけならまだしも完全にマークされてはどうしようもない。

つまり、量子たちの逃走は終わったということ。

……でもまだ万策尽きたわけじゃない。

これまでは須藤政務官の計画、ここからは量子自身の〝目的〟のための計画だ。

量子は頭の中で描いていた絵図を白紙にし、そこに新たな絵図を描く。数多の自衛隊に包囲され、フレンズとの接触が断たれた状況で、最善の策とは何か。

それは自衛隊と交戦することではない。

須藤政務官の持つ情報が漏れて要塞島がマークされているなら、脱柵部隊が合成炭疽菌研究者である新谷七穂を連れていることは把握しているはず。であれば、その人質を誤って撃つわけにはいかない以上、自衛隊はこちらに対して発砲することはできない（もし政府が炭疽菌衛星兵器の存在を把握していたら、その行使を警戒して尚更撃てない）。

そんな状況下、自衛隊もできるなら戦闘は避けたいだろう。セオリー通りなら、まずはこちらに対して呼びかけを行ってくるに違いない。新谷七穂を渡せ、と。

それなら、こちらからも取引を持ちかけられる。

交渉戦だ。

新谷七穂と七個の治療薬を渡す代わりに、この合成炭疽菌計画の全貌を知らなかった若い自衛隊員（脱柵部隊に参加していなかった者たちも含めて）の全面免責を要求する。そして総理大臣代理の麻木財務大臣がその許可を公表した後、人質を解放する、と。

要求は通る、はず。

意図的に合成炭疽菌計画に関わっていた量子や須藤政務官のような者たちを、世界は許しはしない。それは間違いない。しかし上官命令に従っただけの若い自衛隊員の免責ならば、世界も政府も受け入れる可能性はある。いや、今の世界情勢と日本が置かれている苦境を考えるのなら、新谷七穂を手に入れるためにこの要求を飲まざるを得な――

ドン！

一発の発砲音が、空気を震わせた。

ホエール桟橋のコンクリート塀から出て進行を開始しようとしていた偵察部隊の一人が、弾かれて倒れている。他の隊員たちが急いで彼を塀の陰に引き戻す。

高台からの凶弾。撃ったのはデルタチームの狙撃手、佐藤杏子に違いない。

予想もしなかった凶行に、量子は無線に声を飛ばす。

『デルタ！　何をしてる！』

佐藤杏子が静かな声で言った。

『命中』

『誰が撃てと言った！』

『私の心が』

『ふざけるな！』

潜伏しているにもかかわらず怒りで声が大きくなってしまう。

そこで、隊長、と惣社左門の声が。

『まだ一線は越えていない、なんて思ってません？　一線どころか、もう三線くらい越えてるんですよ。今撃たなかったら、いつ撃つんですか』

『それは指揮官が決める！』

『いいえ、勝負の際は自分が決めるんです、戦場では』

『勝負の際なんてないわ！』

量子は拳を握りしめる。勝負を始めたら、始めてしまったら、脱柵部隊の負けは目に見えている。取引を持ち掛けることでしか生き残る道はなかったのだ――

そしてその道はたった今、閉ざされた。

船の中から幾人もの自衛隊本隊が出てくる。

『さあ命を懸けましょう。今このときのために僕たちは生まれてきたんです』

違う！　と吠えた量子に対して、惣社左門の声は極めて静か。

『言葉は終わり。デルタ、戦闘開始』

返事の代わりにドラグノフの発砲音が響き、その度に自衛隊員が弾かれて倒される。観測手を務める予定だった貞島春馬を欠いているにもかかわらず、正確極まりない射撃。

いつの間にか高台から降りていた藤堂諭吉もホエール栈橋手前に堂々と姿を現した。体中に銃器を巻き付けた彼は、両手に持った小銃と機関銃を栈橋に向けて撃ち始める。通常戦闘ならばただの的、ただ相手はこちらを撃てないだろうと考えての暴挙なのか。

惣社左門には、デルタチームには、もう自衛隊のルールさえも通用しない。

どうする、どうすればいい。何とかして交戦を止められないの？

しかし量子が栈橋まで出ていったら、佐藤杏子に撃ち抜かれるか藤堂諭吉に蜂の巣にされるだけ。書き換えた絵図がまた白紙に戻る。今度はその白紙にペンが走らない。

そのときだった。

空気を切るプロペラ音と共に辺りが暗くなった。何機もの監視ドローンが鳥の大群のように夕日に染まる空を埋め尽くしている。更にその上空には、スティンガーランチャーを搭載した戦闘ヘリコプター、ＡＨ－６４Ｄ――〝アパッチ・ロングボウ〟。やはり偵察船だけじゃなかった。要塞島がドローンとヘリコプターによって一瞬で包囲された。

隣にいるアルファチームの隊員が、隊長、と声をかけてくる。

「自分たちも撃ちましょう、水陸機動団を撤退させるしかありません！」

と言って彼が構えた小銃を、量子は押し下げる。

「待て！」

目の前にいる水陸機動団を一時的に退けたところで意味なんてない、自衛隊はどんどん部隊を投入してくる。だからこそここで食い止めなければ、という考えもあるけれど、いくら攻撃したところで退くはずがないから。全国二十二万の自衛隊員、最後の一人になるまで差し向けられる――そして、その中には制圧のプロ、特殊作戦群もいる。

惣社左門はそれがわかっている。だからこそ、ここで戦って死ぬつもりなのだ。

――〝どうせ死ぬなら死刑より戦死〟。

そんな身勝手に、他の隊員たちを後追いさせるわけにはいかない。

「目的を見誤ってはだめよ」

量子が言うと、アルファ隊員は眉を寄せる。

「目的……？」

「忘れたの？　私たちの目的は、生きること」

デルタチームのホエール栈橋防衛（とは言えない一方的な攻撃）はいずれ突破される。

自衛隊が要塞島内に入って部隊を展開させて数的有利を存分に発揮すれば、一気に詰められて終わり。取引を持ち掛けることもできず、たちまち確保される。

量子は無線で通達する。

『総員、撤退』

しかし、とチャーリーチームリーダーの神崎重則が言う。

『仲間にこの場を任せて自分たちだけ逃げるなどできません！』

仲間、とはデルタチームのことを言っているのか。自衛隊の規律を守らない者をも、仲間と呼ぶのか。特殊作戦群の隊員は本当に仲間意識が高い者たちだ。

ただ、許可はできない。

デルタチームの目的が死である以上、仲間とは認められない。

この場に留まっていれば、他の隊員たちまで自衛隊との戦闘に引きずり込まれていく。デルタチームに追随して命令違反を犯しかねない。そうなってしまったら後はもう部隊が瓦解していくだけ。口八丁でもいい、とりあえずこの場を何とかしなければ。

『この南方の守りは、戦闘能力が最も高いデルタに任せるのよ』

『だったらチャーリーもそれに加わります！』

だ、だめ。

量子は、聞きなさい、と静かな口調で言う。

『こうして要塞島が包囲された以上、自衛隊は四方八方から島に上陸しようとしてくる。島に入られたら終わりよ。部隊を展開されれば私たちは打つ手がなくなるわ』

『わかってます』

『ならここはデルタに任せ、私たちは島の四方を防衛するのよ。アルファは北東、ブラボーは北西、チャーリーは西の防波堤付近に散開、近づくヘリコプターと船を見張って』

返事が来ないから、更に言う。

『デルタ狙撃手が目を光らせている以上、自衛隊も容易には近寄れないはず、だけどももたもたしている時間はない。わかったら、さっさと持ち場に散りなさい！』

『はっ』

『了！』

とブラボーとチャーリーが応じ、アルファ隊員もうなずいている。


ドラグノフの銃声が轟く中、量子たちは竪坑捲座跡を離れて北東へ移動を開始。瓦礫に身を隠しながら、空に浮かんでいる監視ドローンの視界を避けて持ち場に向かう。

二人乗りのアパッチが島に降りてくることはまずない。現状だと射撃もできないはずだから、あれはただの虚仮威し。戦闘ヘリコプターより注意しなければならないのは、第一空挺団の落下傘部隊を乗せた大型輸送ヘリコプター、CH－47JA〝チヌーク〟。

それが来る前に、今の状況を何とか打破しなければならない。

量子は無線で須藤政務官専用の回線に言葉をかける。

『アルファリーダーから指揮官へ。デルタが指示を無視して戦闘を開始しました』

須藤政務官は自衛隊を退いて時間が経っているから、戦闘に関する指揮は量子に一任されている。しかし、デルタの命令違反は想定外、須藤政務官の判断が必要になる。

『指示を願います、指揮官』

答えがない。

悠長に構えている時間はない。量子は声を大きくし、

『指揮官、応答願います！』

と言ったけれど、やはり返事はない。くっ、と喉が鳴る。

追随する隊員の一人が、まさか、と言った。

「逃げたんじゃ……」

量子は自分の上で揺れる親指のような頭を思い出して、吐き気を催す。

部隊を捨てて一人で海に逃げたことは考えられる、あの男なら。自衛隊に包囲されているこの状況では、協力者の漁船に乗って逃げることはできないものの、一人で海を泳ぐのなら（鮫に襲われなければ）自衛隊の監視網を抜けられる可能性はある。

須藤政務官の目的は量子や尾形と同じじゃない。あのゲス男は自分が逃げることのみを考えていて、部下たちを肉壁としか思っていない。それなら、逃げかねない。

量子は無線で全員に通達する。

『指揮官との連絡が取れない。私が拠点に行って、様子を見てくるわ。あなたたちは持ち場を見張って。いい？　いかな場合でも指揮官の許可無く発砲をしてはだめ』

『ヘリコプターや船が近づいてきても撃ってはいけないということですか？』

困惑した声に、量子は応じる。

『そうよ』

『それじゃ何のために見張るんですか。威嚇射撃だけでもしないと——』

『その一発が、指揮官——黒沢陸将の計画を崩す可能性もあるのよ』

『し、しかし』

『だめ！　勝手な発砲は許さない！』

『……女性は、隊長は、撤退して下さい』

男性社会で肩を張って生きてきた半生を否定されたような言葉。しかし彼も、〝自分の身はどうなろうとも女性・子供を護る〟という自衛隊員の本能で言っているのだ。

激昂してはいけない、こんなときだからこそ冷静に対処しないと。

『大丈夫。自衛隊は目標地点付近を海や空からまず視察して、そこに敵影がない場合のみ上陸を決行する。敵影を確認すれば近づくことはないから発砲する必要もないわ』

返事がない。

『皆、理解したわね、復唱しなさい』

『了解、しました。待機しています』

『それでいい。各チーム、指示を待て。すぐに戻るわ』

そう言って量子はアルファ隊員の二人と別れ、一人で小中学校に向かった。

発砲はせずにただ見張れ、なんてこの状況で納得できる説明じゃないことはもちろんわかっている。敵を遠ざけたいのなら威嚇射撃はするべきだろう。

しかしもし須藤政務官が一人で逃げたなら、もうこの部隊に選択の余地はない。

新谷七穂と隊員たちは無傷で政府側に引き渡す。

そのために隊員たちには無駄な攻撃をさせてはならない。〝銃弾が一発も発射されていない銃〟を所持していた、という事実が重要になることもあるかもしれないのだ。

射撃が必要な場合は、量子が撃つ。

そして、銃口を向ける相手は自衛隊じゃなく、惣社左門(デルタチーム)かもしれない。できれば彼らも助けたかったけれど、彼らが他の隊員が生きる妨げになるなら仕方ない。

小中学校の校舎に入った量子は駆け足で階段を上る。

一目散に六階の図書室へ。

「政務官、入ります、須藤政務官!」

入り口からの銃撃対策用に配置された棚を避けて室内を進む。

もしもあの親指頭がここにいなかったら——身勝手に逃げたんだとしたら、そのことは隊員たちにはあえて告げない。量子がこの脱柵部隊の全権を握って今後の打開策を指示しよう、と考えていた。むしろその方が都合がいいんじゃないか、と。

けれど、須藤政務官の巨体は奥でデスクに着いていた。逃げたのではなかった。

……ただ何か様子がおかしい。イスに座ったまま机に突っ伏している。

「須藤、政務官……?」

声をかけて近づくと、机の上が赤黒く染まっている。

血だ。

「なっ」

須藤政務官はすでに事切れている。べっとりと血に塗れている頭を机から持ち上げてみると、その額に銃弾によるものらしき穴が空いていることがわかる。

「どういう、こと……」

あまりの事態に、状況が飲み込めない。

自殺じゃない、拳銃はホルスターに収めたままになっている。

自衛隊が狙撃したのかとも思ったけれど、窓は狙撃対策用の棚で塞いでいるので外から狙うことはできないし、そもそも自衛隊は脱柵部隊の者を殺せないはず。

やはりフレンズの潜伏者が島内に隠れていて、自衛隊が来て須藤政務官の周囲が手薄になったタイミングで襲撃してきたということ？　いや、そんなことあり得ない。海を泳いで上陸して以降、島内をくまなく調べ上げた。潜伏者の痕跡なんてなかった。

今日、自衛隊がやってくるまで島内には脱柵部隊しかいなかった。

とすると、まさか部下の誰かが？

自衛隊の偵察船が来てからずっと行動を共にしていたアルファの隊員二人はともかく、他のブラボー、チャーリー、デルタの隊員たちとは無線で連絡を取っていただけ。無線に応答しながらも密かに持ち場を離れていた、としてもそれを確認する方法はない。

部下の誰かが、この小中学校に来ていた……？

と考えて首を横に振る。逃走計画の全貌を知っている唯一人の指揮官を殺せば、脱柵部隊はどうすることもできなくなる。隊員が彼を殺すはずがない。

――やったのは襲撃者。

今はそれ以上の詮索は不要。そう断じ、量子は須藤政務官の衣服を調べる。衛星兵器のターゲッティング・ノード（目標指定端末）、そして彼が肌身離さず持っていた（から盗むことができなかった）合成炭疽菌治療薬の小瓶が無くなっている。

炭疽菌衛星兵器はもちろんのこと、治療薬も今の状況では強力な力になる。それは七個あれば七人の感染者が救える物。然るべき設備を持つ然るべき組織ならば、薬の成分を解析することで量産も可能かもしれない。あらゆる使い道が考えられる。たった一人を殺してそれが手に入れられるなら、と考える者がいても不思議じゃない。

そこで、はっとした。

新谷七穂の安否は？　音楽室に囚われている彼女も殺されたかもしれない、いや犯人の目的が治療薬なら彼女も一緒に連れ去られた可能性が――

パス。

強い力で背中が押された。

胸からデスクに突っ込み、そのまま倒れる。

背中の一点にある熱。その感覚で気づく。押されたんじゃなく、撃たれた。

床に手をついて振り返ると、人影が図書室を出ていくのが見えた。

「ま、て」

と言ったけれど、足音は去っていく。顔は見えなかった。

ただ、その手には衛星兵器行使のタブレットが――

誰？

棚や机を林立させている室内のどこかに隠れていたのか。

考えれば当然。須藤政務官の血がまだ固まっていないのだから、射殺されてから時間が経っていないということ。襲撃者が近くにいる可能性は十分にあった。予想もしなかった須藤政務官の遺体に気を取られて、室内環境にまで注意が回っていなかった。

自衛官としてあるまじき失態。

冷静にクリアリングしていれば、こんなことにならなかった。

……無線で、皆に伝えないと。

しかし体が動かない。手の力がふっと抜けて、床に頭を打つ。

目の前が暗くなった。

第三章

榎並村重　陸上自衛隊員

夕日に染まる海面を動く波が早い。風が出てきているようだ。カモメもカラスもいなくなった長崎の空に、無数のヘリコプターが浮かんでいる。

榎並村重（えなみむらしげ）は要塞島に視線を向けている。佐藤杏子（狙撃手）の目があるので、島の1km圏内に入れるのは今は監視ドローンと戦闘ヘリコプターのみ。榎並たちが乗る多用途ヘリコプターUH-60JA〝ブラックホーク〟からは夕日に照らされる要塞の影しか見えない。

この数日間の炭疽菌災害調査委員会の活動によって、自衛隊内、内閣府内、JAXA内などに潜んでいた炭疽菌計画関係者は何人か捕まってはいた。しかしその者たちもこの黒沢一派については何も知らず、情報はほとんど出ていなかった。

にもかかわらずどうして黒沢一派の潜伏先が要塞島とわかったのか――榎並にも何がどうなっているのかはわからない。ただ、その情報は全軍に突然もたらされたのだ。

①〝部隊を率いているのが政務官の須藤浩三であること〟
②〝彼らの最終目的地が長崎県の要塞島であること〟

③〝合成炭疽菌のデータを記憶している新谷七穂という研究者がいること〟
④〝試作段階だが治療薬が七個完成しているということ〟
⑤〝一発に限り炭疽菌による衛星兵器を使えること〟

という、あまりにも具体的な内容。更に〝情報の提供者に対する詮索は一切無用〟、〝捕獲作戦は自衛隊と在日米軍が中心になって行うこと〟という付帯条件があった。訳がわからないが、炭疽菌衛星兵器が実用段階に至っているというのは脅威でしかない。

水陸機動団の偵察部隊が上陸し、佐藤杏子から狙撃された後の戦況は、全軍に逐一報告されている。負傷者数は自衛隊側に七名、黒沢一派側には被害は出ていない。

こちらからの発砲は一切していないからだ。

黒沢一派は捕まれば死刑になるので自分が逃げ延びるために銃撃してくるが、自衛隊はやはり彼らを撃つことはできない。黒沢一派はそれぞれどんな情報を握っているかわからないから、その全員を生け捕りにしなければならないのだ。中でも新谷七穂(研究者)に関しては王族のような対処が求められていて、自衛隊員は銃口を向けることすら許されない。彼女の確保が一分でも早ければ、それだけ助かる人間が多くなるので当然の措置である。

現状、かなり分が悪い。

ホエール桟橋を見張っている黒沢一派——正確無比なスナイピングを行う佐藤杏子と、大量の武器で弾幕を張る藤堂諭吉がいて、南からは上陸ができない。

他の場所からの潜入を試みようにも東、北、西方面にも部隊が配置されている。防波堤はあたかも城壁。そこを上っている最中に上から攻撃されたらひとたまりもない。黒沢一派は人数は少ないながらも人員を効果的に使っているので容易には進攻できない。

作戦を主導するのは当然、陸自。陸から出た膿は、陸で処理する。


とにかく、まずは狙撃手の排除である。

佐藤杏子が陣取っているのは、高台の灯台に隣接している建造物内だ。

最初の狙撃があった後、ホエール桟橋付近の竪坑掩座跡に潜伏していた部隊がなぜかいなくなったので、自衛隊はライオットシールドとレンガ壁でガードしながら少しずつ廃墟群の中に入って進行し、高台へと向かう。しかし黒沢一派も狙撃手が真っ先に狙われることは想定済みらしく、その道中に恐ろしく強い者が潜んでいるとのこと。

桟橋付近でひたすら弾幕を張っている重装歩兵に近づく者を狙撃手が狙い撃ち、狙撃手がいる高台に向かう者たちをその猛者が片付ける、という策だろう。

「おそらく、惣社左門のチームです」

と言った榎並はモバイル端末の画面を、同乗している炭疽菌災害調査委員会のメンバーたち（大半は警察官）に見せる。映し出したのは目の細い青年の顔と全身の写真、閲覧が厳重に制限されている特殊作戦群の隊員データだ。

「これが惣社左門です。この顔を見たら近づかないように」

「……普通の若者、ですね」

「ええ、普段は気のいいやつです。寡黙な者が多い特殊作戦群ではムードメーカーだったのですが、まさかこんなおぞましい計画に関わっていようとは」

「特殊作戦群隊員というのは、皆、一騎当千の武力があるのですか」

「いえ、この者は特別、ずば抜けた身体能力の持ち主です。過酷な訓練を経て研ぎ澄まされている隊員の中でも特に動体視力が高く、体のバネも抜きん出ています。教官を務める立場としてはこれほど頼もしい隊員もないですが、敵となっては脅威の一言です」

「武術大会優勝の経験もある榎並一尉をして、そう言わしめるのですか」

はい、と榎並はうなずいて、しかし、と続ける。

「個人の能力がいかに高かろうと正味、問題はありません。これは部隊戦なのです。こちらも特殊作戦群が指揮を執っているので、間もなく開始される制圧作戦で確保できるでしょう。現時点で惣社左門よりも気がかりなのが、指揮を執っている者の存在です」

「と言うと、須藤政務官ですか」

「いえ、田淵二尉――田淵量子です」

黙っていた矢代相太宇宙飛行士が、量子、とつぶやいた。

この任務は危険を伴うので矢代飛行士は駐屯地で待機しているよう言われたらしいが、どうしても、という彼の意志に押される形で作戦への参加が決定したという。制圧作戦の後、状況が少し落ち着いてから、自衛隊員たちと共に上陸することになっている。

そんな彼に榎並は向き直って言う。

「矢代飛行士は田淵量子とは親交があったんですよね。黒沢一派の構成メンバーからして戦闘を指揮しているのは間違いなく彼女ですが、未だに姿が確認されていません」

「田淵量子は、特殊作戦群の隊員としてはどうなんですか」

「身体能力という面では惣社左門に劣りますが、惣社と違って全体をよく見ます。日米合同軍が要塞島を完全包囲している現在の戦況で、黒沢一派が我々と戦っても無駄なことは自明です。――であるなら、田淵量子がやるべきことは一つしかありません」

「交渉、ですか」

「ええ。新谷七穂というカードを切れば、それも可能だったはずです。向こうがどんな条件を出してきたとしても、こちらは新谷七穂を一刻も早く確保するためにそれを飲まざるを得ない状況でした。実際、日米合同軍は交渉に応じる構えだったのですが……」

戦場にいる宇宙飛行士を〝目の上の瘤〟などと呼び、よく思わない者も多い。が、戦術的な意味がある。この作戦で落とすべきは須藤政務官ではなく田淵量子、と榎並は考えている。その彼女と繋がりがある矢代飛行士が活きる場面があるかもしれない。

そう作戦会議で提案したところ、榎並自身が彼の護衛をするよう命じられたのだが。

「交渉は戦闘よりも遥かに効率的に互いの望みに近づける選択肢でした。なので田淵量子がいったい何を考えて偵察部隊を狙撃させているのか、理解しかねます」

そこで、

「何も考えてないんですよ、きっと」

と小谷武史三曹が言い、拳を握って続ける。

「自分はあの二人――田淵量子と惣社左門と、合成炭疽菌の災害派遣現場で一緒の隊だったからわかります。あのときはこんなことをするような人には見えませんでしたけど、きっと心の中では感染して亡くなった人たちを嘲り笑っていたんです……」

気持ちはわからなくはないが、

「被災者を心の中で笑う、なんてそんな人間はこの世にいませんよ」

と榎並が言うと、小谷三曹の顔面が赤くなった。

「でも、だって合成炭疽菌を作ってた人なんですよ？　それで都合が悪くなってさっさと逃げたんですよ？　災害派遣のときだって心の中で笑っていたに決まってます！」

緊急の通信が入ったのは、そのときだった。

『空自、低軌道衛星監視部隊から全軍に通達！　黒沢一派が衛星兵器を使用しました！　繰り返します！　奴らが衛星兵器を使いました！』

時間が止まったような一瞬の静寂の後、司令部が応じる。

『くそ、やはり使ってきたか！』

『攻撃予測地点はどこだ！』

『要塞島です！』

『飛来までどれくらいか！』

『すでに大気圏に突入しています！』

『止められないのか！』

『監視衛星のレーダーで捉えただけなので、止めることは不可能です！』

『さっさと破壊しておけばよかったのだ』

いや、下手に破壊すれば再び世界に炭疽菌が降り注ぐこともあり得る。

『総員、退避して下さい、マスクを着けて！』

ボイスミッターを装備した軍用ガスマスク（レスピレーター）だ。レンズ部分が広く、射撃の邪魔をしないように造られている（それでも射撃精度はかなり落ちはするが）。衛星兵器行使という事態も想定されていたので、ヘリコプター部隊・高速艇部隊の全員分が用意されている。

榎並はガスマスクのフェイス・ピースを顔に密着させ、ベルトで固定した。排気バルブを押さえて息を吐き、吸入バルブを押さえて息を吸う。調整、良し。

『衛星兵器、管制部管轄空域に入りました、来ます！』

ヘリコプター部隊が旋回して島から離脱する。榎並は窓から空を見る。

程なく、遥か頭上でパッと光が弾けた、ような気がした。

――それだけ。

窓に目を向けた警察官の一人が胸をなで下ろす。

「な、何だ、今ので終わりですか。てっきりミサイルが降ってくるものかと」

「終わりなんてとんでもない。これからです」

と言ったのは矢代飛行士。

彼は続けて説明する。隠密性の高さを重視した衛星兵器には、ミサイルのような派手さはない。軌道上を周回するキューブサットが自動でスラスター（推進装置）を使って移動し、ソユーズ（宇宙船）と同じように軌道逆噴射を行って大気圏に突入する。キューブサットのボディは大気圏突入時の熱によって燃え尽きるようにできているので、注意していても気がつかない程度の発光が目に見えるだけ。しかし――

「これから濃縮された炭疽菌が、この一帯に降り注ぎます」

榎並はうなずく。さすが宇宙の専門家なので詳しい。事前に行われた日米合同ブリーフィングで、最も時間が費やされたのがこの生物剤衛星兵器についてであった。

空で起こる僅かな発光の後、芽胞状態の炭疽菌が空気中に解き放たれ、誰にも気づかれずに地上に降り注ぐ。それが炭疽菌衛星兵器の恐ろしさなのだ。

拡散範囲は極めて局所的。

炭疽菌を吸い込む量が多ければ、発症までの時間も短くなる。多量の菌を吸い込んだために数時間で意識混濁が起きた、というケースも報告されている。発症まで二週間、というのはあくまで、今回ISSから放出・拡散された少量を吸い込んだ場合である。

散布範囲がこうして狭い要塞島に限られる場合は危険極まりない。通常なら炭疽菌の散布地域には踏み込まずに様子を見るのがいい。おそらく黒沢一派が自爆覚悟で衛星兵器を要塞島に放ったのも、日米合同軍を踏み込ませないため。結界を張っているのだ。

ただ……逆に言うとこれはチャンスになり得る。

黒沢一派も衛星兵器を行使した直後に結界が破られるとは思っていないだろう。その油断を逆手にとってカウンターをかければ、彼らも対処に相応の時間がかかるはず。

炭疽菌にしても、恐ろしいのはあくまで準備がない状態で降り注いだ場合だ。こうして呼吸器系をガスマスクで防護しておけば、散布地域に踏み込むことも可能になる。

情報を得ていたからこそ、すべて想定済み。

制圧作戦の開始時刻に変更はない。

加藤一朗太　陸上自衛隊員

午後六時五十七分。

時間が止まったような静寂の後、大気が揺れた。

要塞島を包囲していたアパッチの一団が、高台に一斉射撃を開始したのだ。

バリバリバリ、というガトリング砲の轟音が響いてくる。

狙撃手に弾を当てることはできないので岩場に対して撃っているのだろうが、それでもあの弾圧なら狙撃手を建物奥に退かせるには十分のはずだ。

『制圧作戦開始、行くぞ！』

『ラジャー！』

外気が吹き込む機内で第一空挺団員たちの声が揃う。

ＣＨ－４７ＪＡ〝チヌーク〟。二枚のローターによる野太い音をまとって飛ぶ大型の輸送ヘリコプターの後部ドアから、落下傘部隊〝イーグル〟の二十名が次々と飛び出していく。向かいを飛行するもう一機からも同じく〝ホーク〟二十名が降下を開始している。

『ゴー！　ゴー！　ゴー！　ゴー！』

ガスマスクをつけた加藤一朗太（かとういちろうた）も手すりから離れ、スロープを駆けて外へ。

風に乗り、空の一部になる。高度は訓練同様３４０ｍ、眼下にはあるのは見慣れた習志野の景色ではない、海の上には敵の巣窟となった要塞島が待ち構えている。陸自最強の特殊作戦群を相手にしなければならない恐怖はあるが、周囲には心強い仲間たちがいる。

ここからは時間との勝負。下から吹き付ける風圧の中、加藤はすぐに13式空挺傘を開傘し、準備に取りかかる。まずはトグルを操作し、近くの隊員と傘体が衝突しないよう降下方向を調整する。短時間での多数展開を可能にしたこの13式は、仮にぶつかってもしぼむことはないけれど、狙撃手に見られている今の状況ではワンミスが命取りとなる。

そして右腕に装着したシールドを要塞島の方に向けて構える。予備傘や空挺背嚢を持たない代わりに、このライオットシールドで体を防御しながらの降下を遂行する。狙撃手がいかに優秀であろうと、シールドを構えた落下傘の雨を撃ち落とすなど到底不可能だ。

見ると海の方にも動きがある。

上空からの攻撃で狙撃手の動きを制限している間に、海上を周回していた高速艇群がホエール桟橋との距離を一気に詰め、船内から幾人もの隊員たちを送り込んでいく。

更に海面スレスレを飛ぶ輸送ヘリコプターからのヘリキャスティングによって水陸機動団も海に放つ。水陸両用車も進行を開始し、全方位から要塞島に攻め入っている。

彼らの任務は重装歩兵の確保。

隠れもせずに銃弾を撒き散らしている重装歩兵の現在地ははっきりしているので、そこに向けてスタングレネードを投げ込み、シールドとボディアーマー、プロテクターでガードした大量の重装部隊で〝おしくらまんじゅう〟のように取り囲むという作戦である。

スタングレネードが弾け、島に稲妻が走ったそのときだった。

「うぐぁ」

吹き付ける風の中で、呻き声が耳に入った。

およそ15m隔てた左隣にいる隊員の足が不自然な方向に曲がっている――いや違う、脛（すね）の骨と肉がねじ切られるように破壊されて、足先が歪（いびつ）にぶら下がっているのだ。

何が起こったのかは明らかだった。

『スナイパーッ！』

と加藤が無線に吠えた直後、今度は右隣にいる隊員の後頭部が弾けた。全員がガスマスクを装着しているが、当然それは頭部を銃弾から保護するようにはできていない。

すぐに部隊長の指示が飛んでくる。

『総員、体を丸めろ！　シールドから出ている部分を狙ってくるぞっ！』

加藤はできるだけ両足を折り曲げて、全身をシールドの内に隠す。ドローンによる監視では観測手の姿は確認されていない、にもかかわらずすさまじい狙撃能力だ。

『狙撃手はおそらく灯台にいる！　シールドを灯台に向けろ！』

『絶対に顔を外に出すな！』

『もう少しの辛抱だ！　地面に到着すれば我々の勝ちだ！』

皆で声をかけ合う中、ズン、という重い衝撃があってシールドが加藤のガスマスクにぶつかってきた。シールド上部に当たって弾かれた銃弾が傘体を貫いて飛んでいく。

鼻の骨が折れた痛みより、加藤はシールド位置を直すことに専念する。

弾かれたシールドを立て直せずに胴体を撃ち抜かれた者もいる、傘体と繋がっているロープを撃ち切られて地面に落ちていった者もいる。四十人中何人が残っている？

今は耐えるしかない。

そうして地獄のような降下が終わり、想定されたポイントに無事に（と言っていいのかはわからないが）着地できたときには、全身が汗だくになっていた。

灯台へと続く高台の斜面上。加藤は近くの茂みの中に転がり込んで四肢があることを確認した後、空挺傘を外した。ガスマスクの上から折れた鼻の具合を確かめる。顔が中心から裂けていくような痛みは感じるけれど、鼻の中に血は溜まっていなそうだ。

素早く茂みから出た加藤は上を目指す。

これより落下傘部隊の任務――狙撃手の確保を遂行する。重装歩兵の確保には物量がいるが、こちらは速さが何より重要になる。

だから速攻をかけろ。接近さえすれば狙撃手はほぼ無力。佐藤杏子という女は抜きんでた狙撃能力を持っている反面、近接戦闘はからっきしというデータが入っている。

アパッチのガトリング掃射に削られた岩や草が散った斜面を駆け登る。

その途中で無線が入った。

『こちらホーク、狙撃手を確保しました！　繰り返します、灯台付近の建物内に逃げ込んだ狙撃手を確保しました！』

速い。

おそらく狙撃手の近くに着地できたのだろう。しかしまだ安心はできない。

部隊長の声が応じる。

『イーグル了解、直ちに応援に向かう！』

斜面を登り切ってその頂上にある建物に近づくと、丁度、部隊長を先頭に十人ほどがやってきた。残りの者は撃ち抜かれたか、着地ポイントがずれたか、今は彼らを気にしている時間も待っている時間もない。部隊長たちと無言で合流し、建物内に入る。

ホールのように開けている廃墟の奥から、佐藤杏子と思しき女を連れたホーク隊員がやってくる。ただ……たったの二人だった。さすがに少なすぎる。

「他のホークはどうした？」

部隊長の質問に、一人が首を振る。

「同行していた三人は奥でこの女にやられました。それ以外のホークはわかりません、集まってこないんです、応答もありません」

彼らも混乱しているように見える。

「そうか、とにかくここを脱出しよう。任務の遂行を――」

ドウ！

という射撃音が、部隊長の言葉を遮断した。

右手にいたイーグル隊員の顔が穴だらけになり、彼はその場に仰向けに倒れた。

何が起こったのか確認する間もなく、天井から何かが落ちてくる。

部隊の真ん中に降り立ったのは人間だった。

「シールド、構えぇ！」

部隊長の声が響き渡った瞬間、再び射撃音が響いて隊員が弾き飛ばされた。

シールドで防御した加藤の視線の先に一人の男が立っている。

プロテクターの類を一切着けない軽装で、右手にショットガン、左手にサブマシンガンを持っている。ガスマスクもしていないので視野も広いだろう。

男は近くの者に銃口を向けた。

ショットガンの重い音と共に隊員のシールドを弾き飛ばした男は、ガラ空きになった胴体にサブマシンガンを乱射する。一瞬で死体になった隊員は弾圧で床面を滑っていく。

部隊長が吠える。

「距離を取って手足を狙え！　動きを止めるぞ！」

加藤たちイーグルは男を中心に後退、シールドを構えたまま銃口を向ける。

しかし男は、部隊にできた隙間を縫うように飛び回り始めた。

味方に当たることを避けて狙いを定められない隊員達の中、男は野生の猿のように自由に駆けていく。拳銃を構える隊員に上下左右に跳ねながら近づき、ソードオフされた（銃身を短く切断された）ショットガンを至近距離から放つ。強力な銃撃、全弾を浴びて耐えられるはずもない。

シールドが弾かれれば、間髪入れずにサブマシンガンの弾が飛ぶ。

一分程の間に三人がやられた。

部隊長が佐藤杏子を捕らえているホークに言う。

「行け！　ここは任せて狙撃手を連行しろ！」

「し、しかし」

「狙撃手確保が最優先だ！　行け！」

このタイミングで佐藤杏子を逃すようなことになっては、作戦全体が瓦解する。

ホークの二人が壁際に沿って佐藤杏子を連れて走り去る。後を追おうとする男の前に、イーグル五人が立って行く手を遮った。加藤たち四人がその場に左膝をついて右膝と両肘で押さえながらシールドを構えて防御をし、その後ろにいる部隊長が銃を構える。

初手で隊列を崩されたが、ようやくガードを固めることができた。

ただ、男は足を止めなかった。

有らぬ方向にショットガンを向けて発砲、同時にその反対に跳んだ。速い、ショットガンの反動を利用して加速しているのか。射撃音と共に左右に跳びながら近づいてくる。

これでは射撃の名手である部隊長も動きを捉えられない。

反動で一気に距離を詰めてきた男はそのまま、前衛一人のシールドを突くように蹴り飛ばした。激しく動きながらも手元にブレがないのか、防弾チョッキ(ボディアーマー)2型改や戦闘パッド(プロテクター)に覆われていない部分に正確無比なサブマシンガンを撃ち込んでいる。

「止まれぇ！」

と言った部隊長が、続けざまに拳銃を三発放つ。

しかし男はサブマシンガンを捨て、転がったシールドを蹴り上げて構えている。

銃弾を防いだシールドを構えて飛び退いた男は、次の瞬間、そのシールドを部隊長に向かって投げつけた。ショットガンの動きに注意していたであろう部隊長は、ブーメランのように飛んでくる巨大なシールドを避けきれず、胴体で受けて大きく体勢を崩す。

彼は即座に体勢を立て直したが遅かった。ショットガンの銃弾はもう放たれていた。

びしゃ、と血の雨が降る。

「貴様ああ！」

向かいにいた隊員がシールドを構えて突進する。

敢えて声を上げて注意を引いた隊員の方に、男の顔が向いた。

ガスマスクを外した加藤はシールドをも捨て、片膝をついたまま拳銃を抜いて狙いをつける。ガード突撃する隊員に男がショットガンの銃口を定める一瞬、その硬直を狙う。

チャンスは一度。絶対に外せない。

「おおおおおおおお」

と声を上げる突撃隊員に向け、ショットガンを持つ男の右手が上がる。

硬直した、今だ。

加藤がトリガーを引く、直前に、男の左手が閃いた。

「え」

瞬きすると男の姿が忽然と消え、代わりに天井が視線の先にある。

いつの間にか仰向けに倒れている。

加藤は額に手をやった。重い。何か、くっついてる。

鉄の棒？　じゃない。ナイフ。

ノールックで、これを、なげてきたのか。

でも、そげきしゅ、にがせた——

開始十五分に速攻をかけた制圧作戦。大量の人員が島内に投入されてから二十五分後には、狙撃手・佐藤杏子と重装歩兵・藤堂諭吉の確保が全隊に通達された。

おおおおお、という隊員たちの歓喜の声が空を伝う。

この二人の確保を担った各部隊に多大な犠牲が出たらしい（特に落下傘部隊は壊滅したとの噂も流れている）けれど、上陸に際して最もやっかいだった狙撃手と重装歩兵さえ押さえてしまえば、後は物量で押していける。ヘリコプター機内も活気づいている。

そして、

『要塞島北東の病院跡に隠れていた男女を確保しました！』

との報告も入ってきた。

その男女の情報も事前に伝えられている。要塞島に潜伏する黒沢一派に食事などを届けていた協力者という存在で、〝とがり〟という外海側の旧船着き場に停められていた漁船は彼らの物らしい。今後彼らには黒沢一派に協力していた理由などについて厳格な事情聴取をすることになる。どんな事情があるにしても、重い幇助罪に問われるだろう。

要塞島には一転した静寂が訪れている。

残党狩り、ではないけれど、残りの黒沢一派の確保作戦が開始されたのだ。

空や海から上陸した隊員たちは隊ごとに各方角に散開、黒沢一派からの攻撃を警戒しながら、最重要の任務である新谷七穂と合成炭疽菌治療薬の確保に向かう。

その段階でようやく、炭疽菌災害調査委員や炭疽菌研究者、官僚などが乗る多用途ヘリコプター群にも要塞島へ接近していいという許可が出た。

矢代相太の乗るＵＨ－６０ＪＡ（ブラックホーク）も、空を滑って要塞島へと向かう。

着陸したのは小中学校前の校庭。機体から吹き付けるダウンウォッシュの中、相太と小谷三曹の他、榎並一尉を始めとする三人の自衛官が降りた。炭疽菌災害調査委員としての相太の役割は〝田淵量子の説得〟、他の四人はその護衛を務めてくれる。

すでに夕日は落ち、辺りは暗くなっている。

暗視装置の視界に映っているのは、小中学校という言葉からは連想し得ない空虚な瓦礫の城。事前に地形や建物の位置関係は頭に入れてきてはいるものの、やはり異質な場所に踏み入ったという感覚が強い。絶え間なく聞こえる潮騒も、廃墟の鳴き声のよう。

ヘリコプターが離陸すると同時に、相太たちは防波堤付近の建造物の陰に身を隠す。この景色の至る所に日米合同軍の部隊が潜んでいる。オープンエリアに張られている煙幕が流れて、まるで場違いだが、霧の立ちこめたロンドンの路地裏を想起させる。

「拳銃をいつでも撃てるようにしてください」

護衛隊員の一人から与えられた指示に、うなずきを返す。

拳銃を右太腿のタクティカル・ホルスターから出して手に持った。自衛隊時代はもちろん、宇宙飛行士としても対獣用の散弾銃射撃訓練（帰還時に想定外の場所にランディングし、獣に襲われたときのことを想定した訓練）はあったので、使い方はわかっている。

ただ相太は、自衛隊員としても宇宙飛行士としても、あくまでパイロット。

――人は撃てない。

なので拳銃はポーズにしかならないが、ボディアーマーや各部のプロテクター（おまけにガスマスク）で身を固めた外見的には、相太も屈強な部隊の一員に見えるはず。

相太たち五人は量子に降伏を呼びかけるための特命班として行動する。まずは制圧部隊員たちと合流した後、〝報主寮〟という廃墟内を探査する予定になっている。黒沢一派の拠点の可能性が高い場所の一つ、北部で最も高く見晴らしのいい巨大アパートだ。

高濃度の炭疽菌が飛散しているとは思えない、透明な空気の中を進む。

榎並一尉を先頭に建物間の小道を行き、要塞島の代表的な建造物としても知られる報主寮の北棟前に到着した。増築を重ねたコの字型の十階建てでかつては壮麗な姿をしていたけど、今は見る影も無い。児童遊園地があった中庭にも雑草が生い茂っている。

出入り口で待機していた六名の制圧部隊の後に付く形で、相太たち特命班も北棟の中に入っていく。タイミングを合わせて南棟側にいる部隊も進行を開始したはず。それら二部隊の隊長は特殊作戦群所属の自衛隊員で、榎並一尉の教え子だということだった。

暗い。そして静か。

３ｍ程度の狭い通路には、数十年分の闇が沈殿している。

両側に並ぶ個室はどこも戸口が瓦礫となって通路に散らばり、壁が崩れ落ちている場所もある。瓦礫につまずいて音を立てないよう部隊は慎重に進行する。

何も起きていないのに、いつの間にか息は切れ、体は汗で濡れている。武装した敵が潜んでいるかもしれない建物内への侵入は、こんなにも体力を使うものなのか。

いや……焦り、もあるか。

あの〝突然の情報提供〟だ。人の手で造られた炭疽菌の治療薬はやはり存在した（おそらく日本政府はこの情報をどこかから入手していたから治療薬使用者の優先順位などというものを決めていたのだろう）。そして七個の治療薬は今この要塞島にあるという。

治療薬さえ手に入れることができれば、その一つを聡美に使っていいという約束は麻木財務大臣に取り付けてある。後はそれを見つけるだけ、ということ。

ただ――

今日ここにいることは聡美には知らせていない。心配をかけずに治療薬を手に入れ、聡美に届ける。だからといって、地面に降りたパイロットが焦っても仕方がないが。

宇宙とはまた違う緊迫感の中、コの字型の両端から探索する。

作戦行動チームの制圧部隊が三人ずつに別れ、通路の左右にある部屋を確認していく。一人が壁に背を着けて室内を覗き見、ハンドサインで二人を室内に投入してクリアリングする。黒沢一派を発見した場合は別部隊を呼び、全員で確保に当たる。軽支援火器（LSW）射手を務めるのは相太たち特命班だが、黒沢一派に銃弾を当てていいわけじゃない。

あらかじめ報主寮内の図面は頭に入れているけれど、ところどころ意図的に瓦礫が積み上げられて通行が妨害されている場所がある。

これは、要塞島の情報を持って上陸する者の意表を突く黒沢一派の戦術（例えば、地図では通れる場所を封鎖しておくことで袋小路に追い込んだりする）らしく、島内建造物のほぼすべてにこういう仕掛けが施されていると想定されている。だからこそ地図が完璧に頭に入っている場所でも、決して油断はできない。退路を確保しながら探索していく。

そして三階の通路を進んでいるとき、一室の前で制圧部隊長が足を止めた。

腕を立てて〝止まれ〟のハンドサインを出している。

続いて〝敵発見〟。

緊張が走る。左手の室内に敵がいるようだ。

榎並一尉の指示に従って相太たちは下がる。こういう場合、宇宙飛行士など邪魔にしかならないので相太はさっさと後退し、専門家に任せることになっている。

すぐに隊長が周囲に煙幕を張った。

壊滅させるためなら手榴弾を室内に放り込めばいい、けれど、相手を絶対に殺してはいけないという縛りがあるから、殺傷兵器など使うわけにはいかない。

パッシブ式スコープを暗視装置から赤外線映像装置に切り替える。

煙幕の中、二部隊が入り口に集結したところで、激しい銃声が鳴り響いた——室内から銃弾が乱射されている。離れた場所にいる相太も圧力のある音に鼓膜を打たれる。

相手がいる位置はある程度わかるので、弾切れを待って一気に攻め込むのも一つの手、ただ、音を聞きつけた黒沢一派がやってきたら下手をすると挟み撃ちになる。

廃墟を抜ける風で煙幕が薄れる中、隊長が室内に声を発する。

「中にいる者！　やめろ！」

絶え間ない銃声で呼びかけは消されるが、それでも彼は声を止めない。

「お前も自衛隊員だろう！　潔く投降せよ！」

その間に、もう一つの制圧部隊が素早く奥の階段に向かっていった。上階からこの部屋のベランダにロープを垂らして、懸垂降下(ラペリング)によって侵入する作戦だ。が、相手も特殊作戦群の隊員なら、こういった場合の対処法が読まれている可能性もある。

「撃つんじゃない、お前の立場を悪くするだけだぞ!」

隊長が呼びかけ続けて注意を引いていると、ある瞬間、銃の乱射が止まる。

それと同時に、煙幕が消えた通路に人影が飛び出してきた。撃てない小銃を構えた制圧部隊員たちを押しのけ、相太たちが隠れている方に男が駆けつけてくる。

息が止まる――

相太の前に、89式小銃を持った榎並一尉と護衛隊員二人が立ち塞がった。

素早く拳銃を構えた男の元に、榎並一尉が跳んだ。銃口の狙いが定まる前に、小銃のグリップを握った榎並一尉が銃床を突き上げ、男の拳銃を弾き飛ばす。

体勢を崩した男の胴を、榎並一尉は銃床で槍のように突いた。

制圧部隊の元に突き返された男は、即座に隊員に取り押さえられる。ありがとうございます、と言った制圧部隊長にうなずいた榎並一尉は、拘束された男の顔を覗き込んだ。

「お前、神崎か」

「その声……教官、ですか」

「お前、どうしてマスクをしていない?」

確かに彼は相太たちのようにガスマスクをしていない。迷彩パターンのように墨を塗った顔を、空気に晒している。

「マスク？」

「衛星兵器が使用されただろう。高濃度の炭疽菌が島内に飛散している」

「た、炭疽菌が……」

「まさか、知らされていないのか？　どうなってるんだ、お前たちのボスは。仲間を全滅させる気だったのか。とにかく神崎、マスクは持ってるんだろう、すぐに着けろ」

銃口を向けられた中でマスクを着けた彼は、制圧部隊に連行されていった。相太たち特命班はもう一つの部隊と共に引き続き報主寮の調査を行う。


四階から再スタートして東棟屋上にある保育園まで約四十分かけて調べた。

報主寮に黒沢一派無し。そのことを司令部に報告した後、未だしっかりと形が保たれている滑り台に寄りかかった榎並一尉が、緊張を解いた表情で相太に視線を向けた。

「ここには田淵量子はいないようですね」

はい。息のような声をガスマスクの中に吐くと、身体が震えてくる。宇宙にはその場所自体が持つ怖さがある一方で、ここには人間の持つ怖さがある。

早く量子や新谷七穂、須藤政務官を見つけ、治療薬の場所を聞き出さないといけない。要塞島は炭坑があった採掘場なので、地下に潜られたら調査に時間がかかる。

屋上の床に腰を落とした相太は、リザーバーと連結しているガスマスクのウォーター・チューブを吸って喉を潤し、特別に所持を許可されている私物携帯電話を確認する。気がつかなかったけれど、いくつもの着信が入っていた——炭疽菌対応病院から。

すぐにリダイヤルして、矢代です！　と告げると相手の声が言う。

『聡美さんの容態が急変しました！』

『なっ、でも、昨日は――』

昨日、医師から聞いた経過観測では、順調に抑えられている、ということだった。だから相太は今日のこの作戦に参加したのだ。

『私たちにもすべてがわかるわけじゃないんです！　今日だって、ついさっきまでは調子がよさそうだったんですけど、突然、倒れられて』

『い、今はどうしてるんですか』

『今も意識を失った状態です。看護師が傍に付いています』

ずっと平気にしていた、のに……やはり聡美だけが特別なんてことはないのか。

相太は喉の奥に詰まっている言葉を押し出した。

『聡美は、どれくらい、もちますか』

『わかりません、再び状態が安定した方もいますし、このまま意識が戻ってこないということも考えられます。……あの、聡美さんから矢代さんに伝えてほしいと言われていたことがあるんです。〝無理はしないでね、慶太のために〟という言葉です』

『さ、聡美のために、でしょう』

『いいえ、聡美さんは、慶太のために、と言っていました』

子を想う母の言葉が胸に刺さる。聡美の中に、もう聡美はいないのか。

自分が父としての役割を放棄している気がしてならない。今すぐ戻るべきだという思いと、治療薬をこの手にするまで戻れないという思いが心を焦らせる。宇宙飛行士としてトラブルに対する精神力を養ってきたはずなのに、まったく為す術がない。

『矢代さん、戻ってこられませんか』

『できるだけ、早く、戻ります』

という曖昧な言葉で電話を切り、いつの間にか正座をしていた足を崩した。

現時点で新谷七穂や治療薬が見つかったという報告は入っていない。島内を歩き回って探すにしても高層RCアパートが乱立しているから時間がかかるし、捕らえた佐藤杏子と藤堂諭吉への尋問も成果は挙がっていない。病院に戻った方がいいのか――。

しかしそんなことはできない。

要塞島にいる相太が今から都内の病院に戻るためには、大勢の人がそれに関する仕事をしなければならなくなる。新谷七穂や治療薬を探す仕事を中断しなければならなくなる。人員が少しでも減ったら、比例して島内の探索が遅れてしまう。それはできない。

治療薬を必ず届けると聡美に誓ったのだ。宇宙飛行士になると決めたときも、崩壊したISSに行くと決めたときも、そう聡美に誓って有言実行してきた。

だから、邪念だ。このまま要塞島にいたら聡美を看取れないかもしれない、生きている聡美とはもう会えないかもしれない、などという考えは邪念だ。

聡美をこの手で助けることに、すべてを賭ける。

わずかな休憩時間で体を休めた後、皆で屋上から降りる。緊急の無線が入ったのは、報主寮八階まで降りたとき。電気が走ったように緊張した耳に、まず鳴り響いたのはドゥンドゥンという絶え間ない小銃の発砲音。続いて自衛隊員の声が聞こえてくる。

『厚生食堂付近で黒沢一派三名と交戦中！　付近にいる制圧部隊は加勢してください！繰り返します！　厚生食堂付近で敵に撃たれてます！　すぐに来て下さい！』

厚生食堂は確か報主寮の南西側に位置している。遠くはない。

榎並一尉が応じて尋ねる。

『その三名の中に、田淵量子はいるか！』

『いえ、いません！　彼らは……かつての私の部下です！』

悲鳴に近い声。自衛隊という組織から離れた相太にも相手の痛みは伝わってくる。同じ釜の飯を食った者と争うことほど、自衛隊員にとって辛いことはないはずだ。

傍にいた制圧部隊隊長が、直ちに向かいます！　と応じて榎並一尉に言う。

「私たちは厚生食堂に応戦に向かうので特命班とはここで――」

「わかってる。早く行ってやれ」

短く敬礼した彼らは弾丸のように駆けていった。

部隊戦は数で制するのがセオリー。こちらは黒沢一派を撃つことはできないけど、数では圧倒的に勝る。交戦状態になっても、相手の射撃を時間をかけて凌げば必ず味方が駆けつけてくれる。そして完全に包囲すれば黒沢一派も両手を上げるしかなくなる。

続けざまに別の無線報告が入ってきた。

今度は静かな声。

『全隊に通達です。たった今、佐藤杏子が口を割りました。黒沢一派の指揮官である須藤政務官がいるのは小中学校六階の図書室、同階音楽室に新谷七穂もいるようです』

小中学校、六階。ヘリコプターで降下した校庭の正面にあった建物だ。

『こちら司令部。罠の可能性は』

『わかりません、嘘はついていないように見えますが』

『直接聞く。佐藤杏子に代われ』

『はっ』

少しして、はい、という女性の声が無線に入る。

『佐藤杏子だな、本当に須藤政務官や新谷七穂は小中学校六階にいるのか？』

『はい』

『なぜ口を割る気になった』

『衛星兵器が使われた、と聞いたからです。そのとき私はマスクをしてなかったので、早く終わらせてここから離れたいのです。炭疽菌より牢の方がマシかと思いまして』

『ふむ、良い心がけだ。話の筋も通っている』

言って司令部の一佐は話を現場に戻す。

『小中学校を調べているのは第七分隊と第九分隊だな。進捗はどうだ？』

こちら第七分隊、と応える声。

『現在、五階を調査中。ここには確かに部隊が寝泊まりしていた形跡があります』

『そうか。では引き続き慎重に校内調査に当たれ』

『了解』

無線が切れると、相太たちは小中学校と隣接している報主寮東棟側に向かった。ドアのない個室に入り、木片や瓦礫が散らかった居間を抜け、窓のないベランダに出る。

「身を乗り出さないでください。崩れる危険性があります」

過保護な注意をする護衛隊員に、はい、と応じてベランダから下を見てみる。小中学校との距離は5m前後だが、落ちれば遥か下の地面まで真っ逆さまだ。

榎並一尉が校舎に指を向けた。

「おそらくあそこが六階図書室ですね。あそこだけ窓が塞がれています」

確かに全体の中で一室だけ、窓が閉ざされている部屋がある。

「……あれはヘリコプターからの狙撃対策ですか」

「でしょうね」

相太たちは窓の塞がれた一室を見張りながら、動きがないかを暗視装置越しに探る。姿は確認できないけど、校舎付近や校庭のどこかに潜んでいる部隊もあるだろう。

息を殺して待つ十分が過ぎたとき、無線が入る。

『こちら第九分隊です。小中学校六階の音楽室内で、拘束されている新谷七穂らしき女性を発見しました。繰り返します、新谷七穂らしき女性を発見しました！』

相太と榎並一尉は顔を見合わせた。

直後、もう一つの無線が——

『こっ、こちら第七分隊、図書室で人が倒れています！　辺りは血だらけです！』

ガスマスクのゴーグルから覗く榎並一尉の眉間に皺が寄った。

「なん、だって」

相太が再び小中学校に目を向けると、校舎の入り口付近に動きがあった。潜んでいた自衛隊の部隊が一斉に集結し、素早い動きで校舎内に入っていく。

「私たちも行きましょう！」

特命班五人で東棟の一室を出て階段室に向かおうとした、そのときだった。

前方、通路上の瓦礫がもこもこ動き始めた――

人だ。

瓦礫の下から一人の男がゆらりと立ち上がったのだ。

人一人が丁度入る壁の穴に潜り込み、上から瓦礫を被せて隠れていたのか。先の報主寮探索時には個室内の隅々まで調べたけれど、寮内に数多ある瓦礫をどかしたりはしなかった。音を立てない前提、むしろ瓦礫には一切触れない行動が求められていた。

降伏を呼びかける時間はなかった。

瓦礫から立ち上がった男は、空気すらも揺らさないような静かな動作で前衛担当の護衛隊員に組み付いた。不意を衝かれた彼はその場に膝から倒れる。

呻き声を上げた彼は首を抑えて地面を転げ回る。

ガスマスクも暗視装置もつけずに低い体勢でこちらを窺う男の右手には、黒い血に塗れて闇に溶け込むダガーナイフがある。ナイフという鋭器・刺器は武器の中で最も扱いが難しいとされる。それが男の右手から直に生えているかのように馴染んでいる。

ダガーナイフの他、左太腿にはサプレッサー付きの拳銃。ただそれはタクティカル・ホルスターに収めたまま左手はだらりと自由にさせている。自衛隊員が装備しているようなボディアーマーや重量のあるロングアームは装備しないで、全身黒の身軽な服装。

だからこそ動作が早く、音も立てない。

闇と同化した男が静かに近づいてくる。後衛隊員が無線で司令部に応援を要請しているから、隣の小中学校にいる部隊をすぐに派遣してくれるはずだ。

逆に言うと――

応援がこの八階に上がってくるまでは凌がなければならない。

「惣社！」

榎並一尉が後衛担当の隊員と共に、相太の前に出て男と対峙する。

この男が惣社左門。ただ、ヘリコプターの中で見た顔写真の印象とはかけ離れている。爽やかな青年という雰囲気は微塵もなく、また精鋭特殊部隊員という感じもない。

一匹の、獣。

惣社左門　脱柵者

惣社左門が無言で前進すると、四人は後退する。

あえて生かしてある特殊部隊員①を見捨てては逃げられないはずだし、彼が足手まといの自分の命を絶ったとしても、四人が下階へ降りるためには惣社の背後にある北棟の階段室に行かなければならない（南棟側の階段室は下階への段を瓦礫で封鎖してある）。

「惣社、榎並だ。やめるんだ、お前たちの負けだ」

そ、そうですよ、と小谷武史三曹の声が続いた。

「やめてください。どうしちゃったんですか、災派での惣社曹長は、どこ……？」

「これ以上戦う必要はない。逃走も闘争も、もう終わりだ」

と言った榎並教官が腰に差した伸縮性の特殊警棒を抜く。

惣社自身がかなりの軽装なので、鉄の棒で打たれれば骨にも響くダメージになる。多対一で銃を使うような愚行はしないいか。やはり先の落下傘部隊より狩りにくそうだ。

小谷三曹は後ろの男を庇うようにじりじり下がっていく。

榎並教官は惣社の正面で対峙、もう一人の特殊部隊員②も警棒を構えながら回り込むように左手側に移動してくる。近接二対一のセオリー、二人で挟み込む作戦らしい。

対して惣社は右手のダガーナイフはそのままに、左手にもう一本、長いナイフをアイスピックグリップで持った。M4ショットガン用の銃剣、手になじむ。

銃弾は節約して、順手と逆手のナイフ二刀流を使う。

それに報主寮の通路という狭い空間の中で、ボディアーマーに守られている特殊部隊員の急所を銃で狙い撃つより、懐に入ってナイフで刻む方が効率的だ。

惣社は姿勢を低くしたまま正面に跳ぶ。

右手のナイフで榎並教官の左腕を薄くスライス、返す手でボディアーマーに覆われていない左太腿に向けてナイフを振ると、教官は良い反射でその場を飛び退いた。

一瞬体勢を崩した惣社に、特殊部隊員②が死角から警棒を振り上げた。打つ瞬間、手首のスナップで警棒のリーチをぐんと伸ばしてくる。

惣社は榎並教官の方に顔を向けたまま、逆手に持った長い銃剣でそれを受けた。

ギン、という金属の衝突音。左腕に沿わせた銃剣の腹で警棒の威力を殺して、そのまま角度を変えて銃剣を突き出す。特殊部隊員②の右肩の肉をトンと刺した。

「ぐっ」

呻き声と共に上腕骨頭の横、関節包を通った振動を刃先に感じた。

アイスピックグリップは防御の構え。動体視力と反射神経があれば一本で盾と剣の役割をこなせる。……もっとも、自分以外でそれができる人を見たことがないけれど。

平気か、という榎並教官の声に特殊部隊員②はうなずく。

「問題ありません」

とは言うものの、もう特殊警棒は振れない。そう判断した榎並教官が背負っていた89式小銃に手を伸ばした。一対一に切り替えるつもりか。このままでは二人の特殊部隊員は間違いなく殺される、であるなら射殺もやむなし、というところだろう。

ただ、榎並教官が小銃を持つのを待ちはしない。

カラン。

ダガーナイフを手放した惣社は跳び、間合いを一気に詰める。

捨てたナイフに代わって長い銃剣を右手に持ち替える。それを跳んだ勢いのまま、フェンシングのように榎並教官に向かって突き出した。

切っ先は榎並教官まで届かない。

それでも榎並教官は持ち前の条件反射で二、三歩飛び退いた。

そのときにはもう惣社はぐるんと体勢を変え、特殊部隊員②の方に体を向けていた。

——榎並教官への刺突はフェイント。

警棒を構える特殊部隊員②に向かって一足跳びに距離を詰めた惣社は、素早く左手でホルスターの拳銃を抜いた。その銃口で彼の右足を捕らえる。

パス、パス。

サプレッサー付きの銃口から二発の弾丸。彼は声を出す間もなく膝をつく。

そのボディアーマーに向けて、更に一発を発射する。

特殊部隊員②は至近距離からの三発によって弾かれ、床に背を叩きつけられる。そのときにはもう惣社は組み付き、彼の首に骨の隙間を通して深々と銃剣を刺し込んだ。

ガクガクと痙攣した彼は喉元と口から血を吹き出す。

一名追加。ふー。

「惣社、動くな!」

視界を狭めるガスマスクを脱ぎ捨てた榎並教官が89式小銃を構えて銃口を向けた。対して惣社は、血を吹く特殊部隊員②を支え上げて盾にしている。

肉盾の隙間から向こうを見ると、榎並教官が小谷三曹に何かひそひそ話しかけている。

小谷三曹が警棒を拳銃に持ち替えたことを確認した後、惣社は彼らに声をかける。

「楽しいですねぇ〜、こういうの。榎並教官」

「楽しい、だと？」

「長い訓練はすべて今日のためのもの。その日々が僕の血と肉になっていることを今、実感しています。教官のありがたい訓練のおかげで、教官を殺せます」

「自衛隊は、得た力を使わないために訓練をするんだ」

「いやいや、訓練は使える武力を手に入れるためにするものでしょ」

「お前は自衛隊に入るべきじゃなかった。お前を鍛えた俺が、始末を付けてやる」

「始末なんて不要ですよ。どのみち僕は死にますから」

「衛星兵器の炭疽菌で、ということか？」

「違います、暗殺されるんです」

「暗殺？　誰にだ」

「僕たちの取引相手だった組織に。僕はそっち側の人間なので」

「何だと」

「ある任務があって自衛隊内に入ってたんですけど、それに失敗したって見なされたみたいです。だから潜伏工作員（モグラ）たちが、口封じのために僕の命を取りに来るはずです」

「お前、何を知っている？」

「任務内容と雑なカバーストーリーしか知らされていませんよ」

「それで構わん、知っていることを話せ。お前にとってはもう不要な情報だろう」

「不要な情報ですが、聞きたければ僕を殺すことです」

無言の榎並教官に惣社は更に言う。

「どのみち僕を殺さないと死者は増えます。実はこの報主寮には虎の子パンツァーファウスト3が隠してあるんです。図書室に集まった部隊を、それで吹っ飛ばしてやります」

「肩撃ちの対戦車ロケット兵器なんて、お前たちが持ってるわけがない」

「協力者が持ってきたんです、信じなくても構いませんが」

「信じない……だが、お前は止める」

惣社は笑顔になって言う。

「どうせ死ぬなら暗殺より戦死です」

では、戦闘開始。

その言葉と共に、抱えていた特殊部隊員②を離した。

遺体が床にぐにゃりと崩れ落ちたとき、惣社はすでに右に跳んでいる。

惣社！　と吠えた榎並教官が小銃の弾を間断なくばらまき始める。始末を付けてやる、とは言ったものの急所を避けて撃っている。惣社の持つ情報に有用性を感じたか。

惣社にしても左手に持った拳銃での応戦はしない。自衛隊のように銃弾をばらまけるほどストックがあるわけじゃない。節約のためにもナイフで仕留める。

連射音が通路に響く中、惣社は柱を盾にしながら左右に跳ぶ。

それを追って豪雨のような銃弾を左右させている榎並教官は、すでに狙いをつけていないように見える。おそらく、応援が来るまでの時間を稼ぐつもりなのだ。

隊員想いの教官の威嚇射撃の往復はしかし、長くは続かない。

ある瞬間、柱の陰で惣社はぴたりと足を止めた。

榎並教官の銃弾は左右する影を追い、実体の動きへの反応が一拍遅れた。そのわずかな隙を逃さず、角度を90度変えて一直線に突っ込んでいく。

相手にとっては線の動きから、点の動きになる。

一気に距離を詰める。

榎並教官が小銃の先端に装着している銃剣を振ってきたけれど、それは読んでいた。体をひねって攻撃を躱した惣社は、肘打ちで小銃をたたき落とす。

体勢を崩した榎並教官の顔面を、惣社は膝で蹴り上げる。

ゴン、と鈍い音が響いた。

それでも榎並教官は摑みかかってきた。

二人で床に転がり、その拍子に惣社の左手から拳銃が離れる。

即座に惣社が振りかぶった銃剣の刃は、榎並教官の左掌に突き刺さったが、そのまま柄ごと摑まれた。二人は空いた方の手で互いの顔を殴りながら組み合い続ける。

「小谷！　今だ撃て！」

「で、ですが、今撃てば榎並一尉に当たります！」

「俺にはアーマーがある！　撃つんだ！」

バァン！

放たれた銃弾が防火シャッターを撃ち抜いた下で、勝負が決した。

榎並教官が摑んでいた銃剣を血飛沫と共に引き抜いた惣社は、野犬の牙のように刃を続けざまに彼の太腿、脇腹、こめかみに刺した。

感電したように痙攣する彼の頭から、惣社は銃剣をずるりと抜く。

「はい、一名追加」

ふー。

小谷武史　炭疽菌災害調査委員

あまりのことに、小谷武史は呼吸を忘れていた。身体が震えもしない。

こんなの、〝自衛〟隊員じゃない。

一切の迷いなく人間を殺したこともだけれど、それより恐ろしいことがある。惣社左門は左足のホルスターに収めていた拳銃を抜いてすぐにトリガーを引いたのだ。

通常、ホルスターに拳銃を入れるときは収納時の誤射を防ぐためにコック&ロックしたコンディション1という状態にしておく。なのに惣社左門は今、安全装置を解除せずにそのまま撃った。ということはつまり、彼は今まで〝トリガーを引くだけで即射撃ができるコンディション0〟という状態で拳銃をホルスターに収めていたことになる。

——誤射で自分の左足を撃ち抜く危険性もあるのに。

いったいどんな精神状態ならコンディション0であんな激しい動きができるんだ。人を殺すことに対する意識が、殺人への意志が、自衛の精神からかけ離れている。

けれど、そんな殺人鬼すら自分は撃てない。

小谷は拳銃を両手で構え、狙いをつけ続けている。両手は震え、奥歯がカチカチと鳴る音が聞こえる。トリガーが重い。なぜ、こんなに重い。

固まった自衛隊員とその後ろの宇宙飛行士を一瞥した惣社左門は、手に付いた血で髪を撫でつけてオールバックにした。人を撃てない者などいつでも殺せる、ということか。

事実、その通り。

髪型を整えた彼は鼻歌交じりに悠々と床に転がっている拳銃を拾い上げ、まだ息がある護衛隊員ともう息がない隊員の頭にパス、パスと一発ずつ銃弾を撃ち込んだ。

そして拳銃をコンディション0でホルスターに収めて遺体の傍にしゃがむと、小谷たちなど存在しないかのように遺体の武装を漁り始めた。弾を補充しながら体力を回復させていることはわかるけれど、このまま息を潜めていれば行ってくれるんじゃとも思える。

しかしそんなことはない、応援が到着する前に必ず殺される。

無線が入ったのはそのときだった。

『目を閉じて』

矢代飛行士の囁き声だった。何だ、と思って彼を振り返ろうとすると、足下をコン、コンと何かが転がっていった。その正体がわかった瞬間、小谷は両目を閉じた。

瞼の向こうで、カッと弾ける閃光を感じた。

いざというときのために矢代飛行士が携帯していた信号弾。広範囲に光を放つ物なのでこの距離だと惣社左門だけでなく小谷たちもその被害を受ける――

自爆に近い。

恐る恐る目を薄く開くと、案の定、暗視装置の視界は真っ白に飛んでいる。少し食らったか。この信号弾は三十秒近くこのまま光を放ち続けるはずだ。

「さあ今の内に！」

という声と共に手が引かれる。


使い物にならない暗視装置を外して、光と惣社左門に背を向けて進んでいく。通路は瓦礫だらけなので慎重に足元を確かめながら、東棟から南棟の階段室に向かう。

先導する矢代飛行士に小谷は、ですが、と言う。

「逃げても、向こうの階段室は瓦礫で塞がれていましたよね、下には行けません」

「だったら上です、応援が来るまで時間を稼ぎましょう！」

そこで後ろから惣社左門の声が追ってきた。

「どこに行くつもりですか、そっちは行き止まりですよー」

「僕たちは島内の建造物の構造を隅々まで把握してるんです、逃げても無駄無駄」

「そうそう、あなたたちにちょっと頼み事があるんです。聞いてくれませんか？」

小谷はぼやけた視界の中で声の方をにらむ。こちらの応答で位置を探ろうとしているのか。つまり惣社左門も信号弾によって視力を失っているということ。

「危害を加えるつもりはありません、話し合いましょうよ」

徐々に声が遠くなっていくから距離を離しているのは間違いない。

小谷たちは壁に手を当てながら階段室を上った。

惣社左門が後をついてきているなら、この南棟の屋上からコの字型を回り込むように東棟を通り抜け、北棟側の階段室から下階に逃げられるかもしれない。

屋上に出たときには視力もほぼ元に戻っていた。再び暗視装置を装着し、今度は小谷が先導する。風に背を押されるまま、東棟屋上保育園を突っ切り、滑り台の横を抜けた。

折り返して北棟へ踏み入ったところで、

「やあ～、また会いましたねぇ」

という声が向かう先から聞こえてきた。

北棟階段室近くのついたてに惣社左門が寄りかかって立っている。やられた——こちらを追っているように見せかけて引き返し、下の階から屋上に先回りしたのか。

「動くな！」

と拳銃を構えた小谷の言葉を惣社左門は意にも介さず、小谷ちゃん、と言った。

「あのとき唐揚げをくれていたら、こうはならなかったかもしれませんねぇ」

「黙れ！　本当に撃つぞ！」

「銃を撃つことに本当も嘘もありません。まあまあ、友好的にいきましょう」

「馬鹿なこと言うな！」

「しー。ねぇそっちのガスマスクの人、榎並教官に護られていましたよね？　自衛隊のお偉いさんですか、それとも政府関係の要人？　……あるいは、矢代相太飛行士？」

矢代飛行士と顔を見合わせてから、惣社左門を睨む。

「モグラはどこにでもいるということです。とにかく頼み事があります」

「な、何でそれを」

応じないでいると彼は続ける。

「もうすぐここに、あなたたちが呼んだ応援部隊が到着します。さすがにもう僕の生け捕りなんてことは諦めちゃってると思うんです、害悪にしかならないってね。そこで、本気で殺しに来る特殊部隊を返り討ちにするために必要な物が何か、わかりますか？」

何を言っているんだ。

「それは壊れない盾です。あなたのことですよ、矢代飛行士。自衛隊はあなたを絶対に撃てないので僕の盾になってください。そうすれば小谷ちゃんは見逃してあげ――」

バン！

構えた筒から放たれた銃声が、その馬鹿げた要求を吹き飛ばした。

あんな重かったトリガーが羽毛のように軽く、何発でも撃てる。狙い定めた銃弾は彼の足下に正確に飛んでいき、床に突き刺さる。当たらないけれど、彼も前に出られない。

「矢代飛行士、今の内に逃げて下さい！　ここは自分が食い止めます！」

しかし矢代飛行士はその場から動こうとしない。信号弾での自爆戦法を実行した彼がまさか怖じ気づいているのかと思ったが、どうも違いそうだ。何か考えている様子。

「俺一人で逃げることはできません」

「何言ってるんですか！　気を遣わずに行ってください！」

「いや、心情的にあなたを置いていけないというんじゃなく、作戦として欠陥があるということです。あいつは盾として使える者が欲しいんです。そんな俺が行ってしまったら、あいつはあなたを殺して追ってくるだけ。俺自身、たいして足も速くないですし」

「でも今はそうするしか。そうだ、ボディアーマーをクイック・リリースすれば――」

待って、と矢代飛行士に遮られる。

「俺に考えがあります。思い出していたんです、要塞島のマップを」

「え？」

「学校です」

「学校？　何が学校なんですか」

「隣の小中学校に飛び移るんですよ」

「と、飛び……」

報主寮東棟の屋上保育園の隣は小中学校の屋上。

距離の実測値はわからないけれど、図書室を見たときの感じだと５ｍ前後、報主寮の方が高さがあるから飛び移れるかもしれない。着地時の衝撃はボディアーマーやプロテクターがあれば緩和できる。北から吹いているこの風向きも追い風になる、か？

逃げられる可能性はある、少なくとも小谷の作戦よりは。

「わかりました！　やってみましょう！」

小谷は銃撃を続けながら、二人で東棟まで後退する。

ほどなく屋上保育園まで戻ると、小谷は縁から顔を出して隣の小中学校を見た。距離はやはりそれほど離れてはいないものの、何しろ九階の高度なので地面は遥か下だ。

「た、高いな。でも、やらなきゃいけませんよね。まず自分が飛びます。はあはあ、大丈夫、行けますよ、きっと。無事に着地できたら合図を送るので、そうしたら――」

ろうろうと口から出る小谷の言葉はまだ途中だった。

けれど矢代飛行士は屋上の縁に足をかけ、躊躇いなく縁を蹴ったのだ。

矢代飛行士！　と小谷は声を上げ、単独フライトに臨んだ宇宙飛行士の姿を目で追う。

彼はすでに小中学校の屋上。戦闘靴の裏で着地して、綺麗に受け身を取って転がる。宇宙まで行ったパイロットは、このくらいの高さに臆することはないらしい。

「小谷三曹！　いけます、飛んで！」

「い、あ、はい！」

小谷は両足で縁に上がった。体が硬くなっているのがわかる。

「膝と肘が棒になっています！　柔らかくして！」

「わ、わかりました！　いきます！」

宇宙飛行士じゃない小谷にとっては恐怖しかない高さだけれど、後ろから迫ってくる恐怖を考えれば、飛ばないわけにはいかない。生きるチャンスは前にある。

飛べ。

小谷は息を止めて縁を蹴った。

闇の中に全身が躍り出る。わずかな上昇感の後で強烈な落下感が来た。

景色がスローモーションで流れる中、学校の屋上が迫る。

バゴン！　とボディアーマーの鈍い衝突音を響かせて小谷は左膝から着地、そのまま受け身も取れずに床面を滑る。ニーパッドと帯のマガジンポーチが外れて飛んでいった。

届いた、ギリギリ。小谷の体は屋上の床にある。

ただ左足に激痛がある。折れたか。

「小谷三曹、大丈夫ですか！　早くここから離れ――」

言いかけた矢代飛行士の視線が、報主寮を見たまま停止する。

目を向けると、報主寮屋上の縁に惣社左門が立っている。左手には拳銃――この小中学校の屋上にはついたてのような物はないから、撃たれたら防ぐ術はない。

小谷はその場に座ったまま銃を構える。

惣社左門は不適な笑みを浮かべている。撃たない。その銃口は完全に小谷を捉えているけれど、小谷を殺したら矢代飛行士が逃げてしまうと考えているのだろうか。

その口が開いた。

「僕は断然、エドガーさんよりあなた派です。矢代飛行士、サインください」

「来るな！」

小谷が言った瞬間、惣社左門の体が闇の中に舞った。

月を背負って飛んだその様は悪魔そのもの。

ボディアーマーを着ていないから飛距離は十分、その高い身体能力ならば受け身を取らずに着地できるかもしれない。そしてそうなれば立場は一気に逆転する。小谷は即座に殺され、矢代飛行士は壊れない盾（人質）とされて、再び自衛隊員の虐殺が始まってしまう。

だから……やむを得ない。

小谷は狙いを定めて、一度だけトリガーを引いた。発射された銃弾は、宙に浮かぶ惣社左門の胴体を正確に捕らえた。体が報主寮と小中学校の狭間で弾かれる。

その反動で跳躍力が打ち消された。翼を失った悪魔が墜ちていく。

しかし悪魔はしぶとい。その手が屋上の縁を摑んでいた。這い上がってこようとしている。這い上がってくれれば同じことが始まる。小谷は縁を摑んだ手に銃口を向ける。

トリガーが重い。引くことができない。

小谷は使い物にならない拳銃を捨て、縁に急ぎ這い寄る。

惣社左門の手を押さえて縁から顔を出した。

「上がれ！」

そこにあったのは、惣社左門のにっこりとした笑顔。

一名追加、とその口が動いた後で、サプレッサー付きの銃口が向けられた。

その照準が、小谷の眉間に合っている。

パス。

小谷は顔を反らした。

「小谷三曹！　大丈夫ですか！」

という矢代飛行士の呼びかけで我に返ったときには、押さえていた重みが無くなっていた。縁から顔を覗かせると、遥か下の地面で惣社左門が動かなくなっている。

小谷は空虚な両手を握りしめ、一度だけ床を打った。

「曹長……」

田淵量子　脱柵者

「田淵！　田淵量子！」

呼ばれる声で量子は目を開けた。

「めっ、目を開けた、田淵量子が目を開けたぞ！」

マグライトの光を当てられる。その眩しさに目を細めながら、状況を確認する。

壁に寄り掛かって床に座る格好。手足はあまり自由には動かない。気絶する前のことははっきりと覚えている。撃たれた背中に痛みはあるものの痛覚は鈍くなっている。

投与されているのは鎮痛剤だけ？　身体に負担のかかる自白剤は避けたか。

周りを取り囲んだ者たちが矢継ぎ早に質問してくる。

「田淵量子！　しゃべれるか！」

「治療薬をどこに隠した！」

「衛星兵器はお前が実行したのか！」

……なるほど、治療薬を奪った犯人は衛星兵器を使ったのね。

量子は質問には答えず、錆びた機械のような首を動かして辺りを見回す。室内には医療班も来ているけれど、量子の治療をせずに観客のように立ち見している状態。ずらりと並んだ隊員全員が軍用ガスマスクを被っているのに、量子にはそれを着けようとしない。

それで、状況把握は十分。

思わず微笑む。これはかえって都合がいいかもしれない。

量子は薄く口を開いて言った。

「榎並一尉は来ている？　ここに呼びなさい」

矢代相太　炭疽菌災害調査委員

矢代相太と小谷三曹はまず榎並一尉と護衛隊員の二人、そして惣社左門の死を無線で司令部に報告した。惣社左門が話していた対戦車ロケット兵器を図書室に撃ち込む計画のことも伝え（嘘の可能性も高いけれど）、念のため報主寮を再調査するよう言っておく。

そして足の骨を折った小谷三曹に肩を貸しながら階下へ。

黒沢一派の指揮官・須藤政務官が使っていた六階に降りると、そこかしこに自衛隊員が走り回り、特に図書室と音楽室らしき二つの部屋には人だかりができている。医療チームも六階に来ているので小谷三曹を彼らに任せて、相太は人だかりの方へ向かった。

そこで、

「矢代飛行士！　どこですか、矢代飛行士！」

という声が聞こえて、ここです、と挙手をすると自衛隊員の一人が駆け寄ってきた。ガスマスクは外すわけにはいかないけれど、ＪＡＸＡマークの付いた腕章を見せた。

「矢代飛行士ですね、来て下さい。皆さん、通して下さい！　矢代飛行士です！」

その呼びかけで隊員たちが道を開ける。

「どうなったんですか、遺体が見つかったと聞きましたが」

「ええ、須藤浩三の遺体です。すでに射殺されていたようです。同室内に田淵量子も倒れていたのですが、彼女も撃たれていました。二人で争ったものと思われます」

「量子は、生きているんですか」

「生きています。第七分隊が図書室に入ったときには気を失っていましたが、つい先ほど目を覚ましました。それ以降、榎並一尉を呼べ、と要求してきているんです」

榎並一尉、と相太はつぶやく。

「彼はもう……」

「そうなんです、その報告を受けて大混乱です。田淵量子の要求の意図が摑めないので、事実を知られるわけにもいきません。そこで調査委員会・特命班の矢代飛行士を探していたんです。矢代飛行士、何とか彼女を説得して治療薬の場所を聞き出して下さい」

「治療薬はまだ見つかっていないんですか？」

「現時点で校内をくまなく探し終えているわけではありませんが、須藤浩三と田淵量子は持っていませんでした。田淵量子が何らかの情報を握っていると思われます」

相太は顔を歪めて尋ねる。

「新谷七穂はどうなりました？」

「六階の音楽室に拘束されていたところを確保し、慎重に話を聞いています」

「彼女も治療薬を持ってなかったんですか？」

「はい」

どういう状況なんだ。指揮官である須藤浩三が死亡し、新谷七穂が確保されたなら、黒沢一派はどうもできない。それなら量子は無駄な抵抗をしたりはしない。

相太は開いたままの入り口を抜け、自衛隊が持ち込んだ照明器具に照らされている図書室に入った。狙撃対策のために棚や机が林立している室内を進むと、その奥に自衛隊員に囲まれた女性がいる。うつむき加減、壁に背を預けた格好で座っている。

「量子」

周囲には夥しい血。彼女は×印に墨を塗った顔を上げた。

相太は続けて、わかるか、と言う。

「マスクは取らないけど、俺だ、矢代相太だ」

「わかるわよ。やっと話ができる人間が来たわね」

背後から撃たれた、のか。

出血量からも、今すぐヘリコプターで長崎の病院に運んだとしても命はもたない。傍に待機している医療チームもすでに治療を施していない。武器の類は取り上げられているようだが、仮に拳銃があったとしてもそれを持ち上げる力は残されていないだろう。

相太はその傍に行ってしゃがんで、大丈夫か、と言っていた。

考えていた、ずっと。特命班としても、個人としても、量子に会ったときにどんな言葉をかけようかと。彼女が関与していた合成炭疽菌に聡美が感染したのだ、押さえがたい怒りがあったのは間違いない。たとえ友人だろうとも許せることじゃない。

しかし瀕死の彼女を前にして出てきた言葉はそれだった。

量子は痙攣する口の端を上げて笑顔を作る。

「ふっふ、大丈夫に見える？　見ての通り……死にかけよ」

相太は静かな息と共に言葉を出す。

「自業自得だ」

「そうね」

「榎並一尉は今は来られない。代わりに俺がお前の要求を聞く」

「ええ、あなたでもいい。私が知ることを、話す」

その言葉で、周囲の自衛隊員に安堵の空気が流れたとき——

ただし、と彼女はぴしゃりと言う。

「私と相太の、二人だけにして」

馬鹿な、とすぐに反応を示したのは司令部の一佐だった。

「そんなこと、許可できるわけ無かろう」

「そう、なら仕方ない。私は何も言わずに、死んでいくわ」

その言葉が圧力となって室内にのしかかる。

期限（死）付きの情報という盾を持っているから、自衛隊も量子に手出しができず、膠着状態になっているのか。彼女の命を繋いで尋問することができないこの状況下で、自衛隊と政府が最も欲しているのは彼女が持つ情報。ならば、要求を飲まざるを得ない。

相太は司令部の一佐に顔を向ける。

「二人にして下さい」

「し、しかし」

「私が必ず情報を聞き出します」

司令部としても難しい判断。けれど量子には何より時間が残されていない。

一佐は苦い顔でうなずく。

「……わかりました。矢代飛行士、よろしくお願いします」

その言葉と共に自衛隊員たちが室内から出ていった。


「さあ、これで俺たちだけだぞ」

「いいえ、去り際、一佐の陰で不自然に揺れている者がいたわ。おそらく、そのデスクの裏に録音機が仕掛けられている。相太、それを取って窓から捨てて」

「考えすぎだ」

いいから、と言われた通り探すと、確かにデスクの裏に録音機が貼り付けられていた。

瀕死とは思えない洞察力。それを剥がした相太は、棚の隙間から窓の外に出した。

位置的に量子から見えない。このまま隠し持つこともできる。

けれど相太はそれを窓外に放り、友人だった女性と向き合う。

「量子、何でこんなことに関わった」

「宇宙飛行士になって忘れた？　軍人に、何で、なんて言葉はないのよ」

いつの時代の軍人だ、とは思ったけれど口には出さなかった。自衛隊時代に相太がいた世界と、量子がいる世界はまるで違ったのかもしれない。質問を変える。

「誰に撃たれた。須藤政務官か――」

量子が割り込み、相太、と呼びかけてきた。

「私の言葉が先。あなたの質問は後」

「……わかった」

と言わざるを得なかった。

「まず、新谷七穂のこと。彼女は音楽室に拘束されていたでしょう」

「ああ、俺はまだ会ってないけど、そうらしいな」

「合成炭疽菌は、彼女たちの対生物兵器研究の中で、偶然、生まれた細菌よ」

量子は〝偶然〟という言葉を強調した気がする。

「新谷七穂はその治療薬を完成させた後、すぐに政府に投降してその製造法を伝えるつもりだったけれど、須藤政務官の嘘で惑わされてこの逃走に参加した。私たちの目的を知った彼女は脱走を図ったわ。でも彼女の存在は私たちに必須だから、私が拘束した」

「何の話だ」

「いいから聞いて。……この逃走に参加した部下たちも、未だ自衛隊内部に潜んでいる部下たちも、元々、この計画がどういうものかを把握した上で荷担していたわけじゃない。ただ自衛隊の一員として、私や黒沢陸将の上官命令に従っていただけよ」

「都合の良いコマだった、ということか」

と言うと、彼女は薄く笑みを浮かべる。

「今も部下たちは、自衛隊に応戦しているでしょう？」

「ああ。俺もさっき黒沢一派の男に襲われた」

彼女は一瞬痛みに耐えるように顔を歪めて、そう、と言った。

「それは私が命令したからよ。自衛隊を島内に入れないよう全力で迎え撃て、と。私は須藤政務官を誘惑して、この隊の全権を握っていたから」

「……なぜそんな命令を？　応戦しても無駄な状況だったはず」

「理由なんて問題じゃないの。すべての面において、私が命令し、部下たちが疑問を持たずに実行した、という〝事実〟が重要なのよ」

そう言った量子の意図は明らかだった。量子は、死に逝く自分が〝命令を下した首魁〟に成ることで、新谷七穂や部下たちを死刑から免れさせようとしている。

確かに彼女の話は、軍隊という組織にあり得そうな筋書きとして構成されている。量子の人となりを知らない世界の人々が――戦争・紛争に参加したことがない自衛隊という軍隊を知らない世界の人々が、この〝事実〟とやらを信じることはあり得るだろう。

「量子、お前は歴史に名を残す悪魔になるつもりか？」

「しっ。録音機がまだあるかもしれないのよ」

「だけど――」

「残り時間は少ないわ。ここで浪費するわけにはいかない。相太、今の話を尋問で引き出したことにして司令部に伝えるなら、私が知っていることはすべて偽りなく話す」

「……いいんだな」

と聞いても、量子は何も言わなかった。一度決めたことは変えない頑固者だということはわかっている。納得はとてもできない、が、応じるしかない。

「わかった、お前の遺志を汲む」

自分の言うべきことを言って、意識を繋ぎとめていたものが緩んだのか、量子の表情は一気に死者に近づいた。本当にもう、残された時間はわずかだろう。

「まず合成炭疽菌の治療薬について」

と言って彼女はゲホ、ゲホと血の混じった咳をした。

相太が、大丈夫か、と声をかけても意に介さず言葉を続ける。

「たぶん、須藤政務官を殺した者が持っているわ」

「量子が殺したんじゃないのか」

「私がここに来たときにはすでに殺されていた。水陸機動団の要塞島接近後、間もなく殺されたんだと思う。その者はこの図書室内に隠れていて、私も撃たれた」

「顔は見たのか？」

「見てない」

だとすると、その犯人を捜し出さなければならない。

「須藤政務官が殺された時刻はわかるか」

「推測はできる。観光船に擬態した自衛隊の偵察船が来て、私たち全員が配置についた後も須藤政務官は無線に応じていた。だから事件はほんの短い間——偵察部隊上陸前から、私が学校に行くまでの間に起こったはず。おそらく、一八二〇（ヒトハチフタマル）～四〇（ヨンマル）の間よ」

　十八時二十分～四十分、と頭の中にメモをする。

「そのとき島内には黒沢一派以外に誰かいたのか」

「ううん、私たちだけよ」

「つまり、犯人はお前たちの中にいるってことか」

「その可能性はある。ただ、私は学校に行くまでの間ずっと、同じアルファチームの部下二人と行動を共にしていたから、彼らに犯行は不可能のはずよ」

「わかった」

　少しの沈黙の後、量子は、私は、とつぶやいた。

「治療薬があることを知ってたの。でも、私には私のやらなきゃいけないことがあって……この部隊を壊さずに、それを手に入れることがどうしても、できなかった」

「大丈夫だ、治療薬は俺が必ず見つけ出す。必ず間に合わせる」

　そう言うと、量子はうなずきを返した。


　そして、順を追って話を聞いた。コード・レッドの連絡を受けて集まったこと、須藤政務官の指揮の下、海を渡って要塞島までやって来たこと、その際に鮫に襲われて二名の犠牲が出たこと、島内潜伏者を警戒していたけれどそんな者はいなかったことなど。

　そもそも、と相太は質問する。

「黒沢一派は何のためにこの要塞島に来た？」

私たちは、ここで、どこぞの組織を、待っていた、と一つ一つ言葉を発する度に量子の目の光は小さくなっていくけれど、彼女は休みなく続ける。

「フレンズ、という、組織」

それが惣社左門が言っていた組織だろうか。

「過激派組織か？」

「正体、須藤政務官しか、知らない」

惣社左門は本当にフレンズのメンバーだったのか、と聞こうと思ってやめた。余計な言葉は彼女の魂を削るだけだ、吟味した上で質問をした方がいい。

「そのフレンズと要塞島で何をするつもりだったんだ」

惣社左門は取引相手と言っていたが、本当か？

「私たちが、新谷七穂と薬、渡す、代わりに、フレンズが私たち、護る」

世界中から狙われている黒沢一派を護るなど一組織にできるのか、と考えていたところで、入り口の方から足音がして相太は振り返った。

ガスマスクをした小谷三曹と新谷七穂らしき女性が近づいてくる。

状況は読める。要するに、自衛隊が仕掛けた録音機が相太に捨てられたから、この二人を投入して録音機を持ち込もうという作戦。小谷三曹は録音機を持たされているだろう。

ただ、量子が秘匿したかった内容はすでに終わっているので、問題はないはずだ。

量子さん！　と新谷七穂が駆け寄ってきて彼女の傍にしゃがんだ。

ゴーグルから覗く目に涙を浮かべた新谷七穂の態度は真に迫っている。なぜ拉致された彼女が、拉致した相手にこんな態度を取る？　量子、話とずいぶん違うんじゃないか。

　相太は新谷七穂に尋ねる。

「あなたは、黒沢一派に捕まっていたんじゃないんですか」

「ええ。でも量子さんは私を助けようと、逃がそうとしてくれていたんです」

　そうだったのか、それは確かに量子らしい。ただ、録音機がある状況でその発言はまずい。彼女が命を賭してやろうとしていることが、すべて無駄になってしまう。

　新谷七穂が涙を流して、量子さんが何でこんなことに、と声を漏らしたとき、量子が相太の方に、じっと視線を向けていることに気がついた。意識が朦朧としているのか目は虚ろではあるものの、それでも視線を向け続けている。言いたいことはわかる。

　相太は奥歯を噛んで言葉を押し出す。自業自得です、と。

「犯した罪から逃げようとする悪女に罰が下った、それだけのことです」

　違うんです！　と新谷七穂の声が大きくなった。

「量子さんは自分が逃げるために、この部隊に参加したんじゃないんです！」

「な、何を……」

　まさか、新谷七穂は量子の本当の目的に気づいているのか？

「量子さんは自分を犠牲にして、この部隊にいる隊員たちを護るために――」

　とっさに相太は、新谷七穂のガスマスクの上からその口を抑えた。

　彼女はすぐに振りほどく。

「やめて！　何するんですか！」

「田淵量子は計算高い女です。あなたを助けようと見せかけたのも、心理的にあなたにつけ入るためだったのでしょう。あなたは田淵量子を頼るようになり、彼女の協力無くしては逃げようとしなくなったはずです。事実……あなたは今まで捕まり続けていた……」

新谷七穂が睨む視線の中でそこまで言って、相太は言葉を止めた。

できない。

いくら量子の願いを叶えるためとは言え、こんな根も葉もないことまで言う必要があるのか。相太は首を横に振って、そんなわけない、と言った。

「そんなわけがないだろ、量子」

相太は量子の冷たくなった手を、両手で包んだ。

「お前は根回しができるほど器用じゃない。自分が思っているほど徹しきれていない。みんな知ってる。新谷さんにもバレてるじゃないかよ。バレバレなんだよ、量子は」

相太の突然の変わりように、新谷七穂は目を白黒させている。

相太は量子の手を強く握って言う。

「心配するな。俺が何とかするから」

彼女の左目から涙がこぼれる。

「そう、た……」

「量子、俺に任せろ」

新谷七穂は理由がわかっていないだろうに、量子の手を包む相太の手を包む。

量子がこの逃走生活でどれだけのことに耐えてきたのかはわからない。少なくとも自分が〝すべての命令を下した首魁〟になる、と考えるまで追い詰められていたことは間違いない。しかし、この最期の時間だけは彼女を想う者たちで看取ることができる。

「大丈夫だ」

水分を失った量子の口が開く。

「押しつけ、ちゃって……ごめんね」

それで最後だった。

量子さん！　と新谷七穂が息を失った体に抱き着く。

近くに寄ってきた小谷三曹が、耳打ちするように言ってきた。

「途中から、録音機は切っています」

お咎め覚悟の上で、ということか。小谷三曹は厳罰をもらうだろうけれど、助かった。

そして彼は、量子の上に一枚の手紙を置く。

「忘れ物です、隊長」

相太はそれに目を向ける。

クレヨンで〝いつもまちを守ってくれてありがとうございます。とてもかっこいいと思います。わたしは大きくなったら、あなたとけっこんします〟と書かれた手紙だった。

「これは？」

「災派のときにもらったんです、みんなで笑った、最後の日に」

「そうですか……ありがとうございます」

「いえ」

と首を振り、量子の左目からこぼれた涙を拭った彼の所作が、優しさに溢れている。そして彼は持っていたビーズの指輪を、爪の剝がれた量子の左手薬指に通した。

口では『裏切られた』だの『絶対に許せない』だの言っていたけれど、その実はやはり量子のことを尊敬し、この手紙を渡して説得したかったのかもしれない。

相太はその手紙を量子のポケットにしまい、そっと言葉をかける。

「お疲れ様」


その後、図書室に入ってきた司令部の一佐に、相太は必要な情報を伝えた。

彼の反応は疑い半分という感じだったが、問題はその向こうにいる日本政府がどう判断するかということと、世界の人々がどう思うか。黒沢一派の処分について納得できないことがあれば、相太は会議やメディアを通じて自分の考えを主張していくつもりだ。

新谷七穂は炭疽菌研究者対応チームに連れられて図書室から出て行った。この後、彼女はモバイル端末を介し、研究所で待機している科学者を含めた有識者たちに合成炭疽菌治療薬の製造法を伝えることになる。世界にとってもっとも優先度が高いのがその薬の製造なので、彼女に対する詳しい事情聴取については有識者会議の後に回す、とのこと。

そして新谷七穂が図書室を出ていってから間もなく、

『黒沢一派を全員捕らえました』

との連絡が司令部から全隊員に通達された。

自衛隊員は島に散り、更なる潜伏者がいないか人海戦術で調査を開始した。自衛隊上陸以降、要塞島から海に逃げた者はいない。島を囲んでいた日米合同軍は離島者の有無を隙無く視ていたから、それは間違いない。潜伏者がいるなら島内ということになる。

　田淵量子と須藤政務官の遺体が横たわる図書室には自衛隊員に代わり、炭疽菌災害調査委員会の警察官がやってきて事件の現場検証を始める。

　捕らえた黒沢一派全員がこの図書室に連行されるようだ。

　自衛隊が事前に彼らの所持物を調べ上げたが、七個の治療薬は誰も持っていなかった。もし彼らの中に須藤政務官を殺して治療薬を奪った者がいるなら、それを島のどこかに隠した可能性がある。その犯人を何としても捜し出して、治療薬の在処を聞き出す。

神崎重則　脱柵者

「ほら、歩け」

　ガスマスクをつけた神崎重則たち九名は後ろ手に手錠をかけられて、倍の数の警察官に連行されて小中学校六階の図書室（指揮官室）に入る。皆、須藤政務官（指揮官）と田淵量子隊長が撃たれたなどとは知らなかった。知る間もなく制圧作戦が始まってそれどころじゃなくなったから。田淵隊長と連絡が取れないことも、戦闘の最中だから仕方がないことと考えていた。

　図書室内に横たわる田淵隊長の遺体の前に隊員たちは膝をつき、悲しみや苦悶の表情を浮かべて涙を流す者さえある。佐藤杏子と藤堂諭吉は遺体を見ても眉一つ動かさなかったが、そもそも二人は惣社左門の訃報が伝えられたときから放心状態だったらしい。

神崎の中にあるのは、この部隊を率いていた二人の長を討たれたことへの怒り。しかも指揮官に関しては額を一発で撃ち抜かれている、即死だっただろう。

神崎は顔を歪め、

「誰がやった」

と言って、指揮官の巨体に目を向けた。

彼は図書室最奥のデスクに座った状態で亡くなっている。体の向きは正面、両手を降ろしてデスクに突っ伏している。争った形跡はない、拳銃も腰のホルスターに収めたままになっている。自衛隊との交戦で殺されたんじゃない、戦闘準備さえできていない。

神崎たち脱柵部隊が指揮官室として使っていたこの図書室内は、防衛のための対応を成している。通路側からの狙撃防止用に棚や机を設置しているので、外部から室内を盗み見られることはなく、また、最奥のデスクにいても侵入者が入ってくれば気がつく。

何者かが室内に入ったことは当然、指揮官も気づいたはず。にもかかわらず彼は拳銃を抜いていない。侵入者が自衛隊なら銃も抜かずに迎えることはあり得ない。考えたくないことではあるが、犯人が顔見知り＝脱柵部隊の誰かだった可能性はある。

一見すると田淵隊長が出会い頭に指揮官を射殺したように見える。が、それなら田淵隊長はいったい誰が撃ったのかという疑問が生まれるし、この脱柵部隊を生かすことを誰より考えていた彼女が指揮官を殺さないことを、神崎含め隊員たちはわかっている。

となると最も考えられるのは部隊に属さなかった者——新谷七穂。

あの女は逃走当初この部隊から逃げようとした。警察に行くと自分で言っていた。そのときに彼女を拘束した指揮官や田淵隊長を今でも憎んでいたはず。信用できない。

しかし鎖と手錠をどうやって外したんだ？　それに自力で音楽室から抜け出せたなら、どうしてそのまま小中学校から逃げなかった？　どうしてまた音楽室に戻った？

計画を主導する指揮官を隊員が殺すなど、絶対に許されない。

指揮官たちとの僅かな面会が終わると、脱柵部隊員は一人ずつ、校舎内四〜五階の荒れ果てた教室に移動させられる。隊員九名に対して捜査員九名が事情聴取に当たるという。三人の警察官が見張りに立つ中で、神崎は刑事課の捜査員と向かい合って座った。

風だけが通り過ぎるがらんどうの教室。

持ち込まれた照明器具は二つ、暗視装置を装着しなくても相手の顔は見えるが、やはり闇は濃い。スポットライトを浴びた舞台のような机上にモバイル端末が置かれた。

捜査員が画面に要塞島の地図を映し出して、さて、と言った。

「さっそく質問させていただきます。観光船にカモフラージュさせた自衛隊の偵察船を確認した後、あなたたちチャーリーチームはどこを見張っていたので――」

待て、と神崎は捜査員の言葉を遮った。

「その前に教えろ。須藤政務官・田淵隊長殺しで今一番疑われているのは誰だ？」

「誰が一番と決められる段階ではありません」

「新谷七穂が銃を撃ってたら、その服から硝煙反応が出るはず。必ず調べてくれ」

うなずいて、ですからまだ捜査中です、と言った彼の表情から捜査の進行具合をうかがい知ることはできない。やはり犯罪者には何も教えられないか。

だったらお願いだ、と言って神崎は頭を下げる。

「質問にはすべて答える、だから俺たちの中にいる裏切り者を見つけ出してくれ」

「もちろん捜査します、それが私たちの仕事ですから」

淡々と応じた彼に意志は感じなかったが、彼ら警察に任せるしかないのだ。

神崎は先の質問に答える。

「チャーリーチームの初期戦闘配置は西〜北西方面だ。高台に展開していたスナイパーチーム・デルタへのバックアタックを防ぐのが、チャーリーの役割だった」

捜査員は地図の西〜北西を大きく○で囲う。

「ずっと三人で固まっていたのですか？」

「いや、すぐに散開した。何しろチャーリーの持ち場は広範囲だから、三人が一カ所に固まってたらカバーできない。俺は児童遊園地の辺りに潜伏していた」

言ったことの証拠はない。つまりチャーリーチームの他の二人は、この単独行動時に須藤政務官を射殺しに小中学校まで行くこともできたことになる。

「散開したのは自衛隊の偵察船がホエール栈橋に着く前でしょうか」

「ああ……確か十分くらい前だ」

「十分前、と。その後はずっと児童遊園地にいたのですか」

「いや、デルタが射撃を開始したときに高台の神社近くまで上った」

「どういうルートで神社に行きました？」

「そのでかい建物を北の方から回り込んで行った」

捜査員はモバイル端末画面をなぞって地図に線を引いた。

「その後はメンバーと合流したのですか」

「ああ、確か、この町役場の辺りで合流した」

「合流時に他の二人に変わった様子はありませんでしたか」

「何言ってる。こんな状況で変わった様子がない方がおかしいだろ」

「と言うと？」

「二人とも形相が変わってたよ。もちろん俺もなんだろうがな」

「ふむ、その後は三人で一緒だったのですか」

「制圧作戦が始まるまではな。落下傘部隊が降ってきてからはもうチームの形は取らなかった。目立つことを避け、単独で行動することにした。その後――」

報主寮に潜んでいるときに榎並教官の部隊に確保された、と言おうとしたところで捜査員に、今は制圧作戦開始まででけっこうですよ、と止められた。

一礼して席を立った彼に、神崎は気になっていたことを聞く。

「……嘘かどうか疑わないのか」

「嘘だったんですか？」

「いや、俺は嘘はついてない。けど犯人は嘘をつくはずだろ。単独行動中に小中学校に行った、なんてことを自分から言うはずないんだからな」

「大丈夫ですよ、嘘かどうかはこちらで判断しますから。これから、今のあなたの言葉も含めて、皆さんの発言が真実だったかどうかを検証する作業を行います」

なるほど、と思った。犯罪者の言葉など初めからびた一文信用されていないか。

小谷武史　炭疽菌災害調査委員

田淵量子二尉と須藤政務官の遺体を見た黒沢一派九名の反応は、隠し撮りしていた。その映像を心理学者に見せて演技かどうかを調べた結果がつい先ほど届いた。〝彼らの悲嘆に偽りは無さそうに見えた。どの者も演技とは思えない〟とのこと。

本当に演技じゃないのか、それとも嘘が上手いのか。

とにかく小谷武史は今わかっている情報について確認をしておく。

黒沢一派は四チームから成る。アルファチーム二名、ブラボーチーム二名、チャーリーチーム三名、デルタチーム二名。数がバラバラなのは、死者が欠員になっているから。

田淵量子二尉と須藤政務官の体内にある銃弾を取り出して線状痕などの調査をしていた捜査班が、二つの銃弾が同じ拳銃から発射された物と突き止めた。これによって二人を撃ったのが同一人物とほぼ確定。須藤政務官死亡推定時刻（十八時二十分～四十分）に田淵量子二尉と一緒にいたらしいアルファの二人に犯行は無理だった、ということになる。

一方、ブラボーとチャーリーの五人はその時刻の現場不在証明（アリバイ）がない。

最もアリバイがしっかりしているのは惣社左門を含めたデルタチームの面々。彼らは最初の狙撃以降ずっと高台とホエール桟橋付近で自衛隊員を攻撃していたから、小中学校で須藤政務官を殺しにいくことは不可能。交戦していた自衛隊員たちが証人になる。

いったい誰が犯人なんだ……

考えている内にも、捜査員たちが黒沢一派に対して行っている聴取の結果が続々と上がってくる。今回は奪われた治療薬を取り戻すための、須藤政務官殺害のみについての聴取らしい。逃走過程や逃走動機なんかは問わずに、須藤政務官の死亡推定時刻の前後にどこで何をしていたのか、ということに焦点を絞って聴取をしているらしい。

およそ一時間で全員の聴取が出揃うと、一つの教室に捜査員が集まった。いくつもの照明器具に照らされる机に、九つの地図が表示されたモバイル端末がずらりと並ぶ。

これから行われるのは聴取内容の矛盾探し。黒沢一派九名から聞き出した行動ルートに矛盾がないかを皆で調べるのだ。

それを検証するための材料は、自衛隊が持っている。

要塞島を包囲していた監視ドローンや戦闘ヘリコプター（アパッチ）、制圧作戦時に降下した落下傘部隊が空撮していた映像が数多ある。黒沢一派九名も交戦中に自分がどこで撮られたかなんて把握していないはずだから、彼らが語ったルートに虚偽があれば必ずボロが出る。

「さあ皆やるぞ！　作業開始！」

無数にある空撮映像に映し出されている人影は辛うじて顔が判別できるものもあるけれど、基本的には遠過ぎたりブレたりで誰かはわからない。なので九名それぞれの行動ルートが書き込まれたモバイル端末の地図と照らし合わせて、判別を行っていくのだ。

手慣れた警察官たちは声を掛け合って作業を進めている。

「この二つの人影はブラボーだ」

「こっちはアルファですね」

「この時点で公民館にいたなら、十分後にこっちに映ってることと矛盾しないな」

「あ、そのd5の空撮映像は裏が取れてます」

「c3も裏取りオーケーだ」

「あいつ、態度は反抗的だったが嘘は言っていなかったか」

捜査権を持たない小谷や矢代相太宇宙飛行士などの炭疽菌災害調査委員も、こういったことならば戦力になれる、ということで矛盾探し作業を手伝わせてもらった。

犯人を暴き出す――

田淵量子二尉のために、そして矢代飛行士の奥さんのために。


何度も何度も聴取の録音を聞き返しながら、二時間を越える地道な作業の末、須藤政務官死亡推定時刻前後で空撮映像に映り込んでいる人影をすべて特定し終えた。

黒沢一派九名が語ったルートに矛盾はなかった。

つまり九名の誰も小中学校には行っていなかった、ということになったのだ。すっかり会議室と化した教室には、捜査員たちの怒声が無秩序に飛び交っている。

なぜだ！　どうなってる！　もう一度だ、皆で映像を洗い直すぞ！　人影が小中学校付近にある映像だけかき集めろ！　黒沢一派以外の潜伏者がいたって報告はないのか！　全軍に通達！　要塞島から誰も出すんじゃねぇぞ！　誰かが治療薬を持ってるはずだ！

その喧噪の外にいる人もいる。

矢代飛行士は他人の声なんてまったく耳に入らないかのように今も矛盾探しを継続している。これが宇宙飛行士、異常とも言えるほどの集中力を持っているらしい。

そんな矢代飛行士が、これは、とつぶやくのが聞こえた。

「どうしました？」

と小谷が尋ねると、彼はモバイル端末に目を留めたまま言う。

「この映像は照合しましたか？　識別ナンバーが振られてないですけど」

画面を見る。要塞島上空でホバリングするヘリコプターからの空撮映像だった。北側から暗視カメラで撮っているようで、小中学校や報主寮の廃墟群が映っている。

矢代飛行士は一時停止を押して画面を指す。

「ここを見てください。誰かいます」

場所は報主寮北棟付近、壁と壁の間を横切る人影が映り込んでいる。ぼやけていて顔はわからないけれど、体格から男性とわかる。黒沢一派九名のルートと空撮ポイントを見直してみるも、やはりどれにも当てはまらない。

近くにいた捜査員たちが集まってくる。

画面を覗いていた一人が、なるほど、と言った。

「これは照合対象外の映像です。制圧作戦開始から十分も経っていますし」

行動ルートと空撮映像の照合によって、制圧作戦開始時点での黒沢一派の在所ははっきりしていて、〝小中学校付近にいた者はいない〟と結論が出ている。ましてや制圧作戦開始から十分が経過している段階だと、黒沢一派はすでに自衛隊との交戦に入っている。

それなら、こんなところでふらふらしているこの人はいったい……？

「自衛隊員なら部隊で行動しているはずです、よね？」

さざ波のようにざわめきが広がる中、捜査員たちから声が上がる。

「誰だ？　こんな場所で単独行動なんて」

「自衛隊員たちのGPS情報も確認しとけ！」

「制圧作戦直後に島内にいた者は限られてるだろ」

「こいつの服、自衛隊の物でも、黒沢一派の物でもないぞ」

「ああ、戦闘服じゃないな。軽装だ」

「見ろ、武器も持ってないんじゃないか」

……武器も持たない、軽装？

はっとして小谷は一つの可能性に思い当たる。すっかり忘れていた、意識の外にいっていた者がいる。要塞島内にいたにもかかわらず黒沢一派とは見なされなかった者。

「黒沢一派に食料などを届けていた人が、二人いましたよね？」

「協力者、ですか」

「はい。この人影はその男性の方なんじゃないですか」

あまりにも影が薄かった協力者が犯人、という可能性を考えていなかった。

ただ、もしもあの協力者が犯人だったなら、いくら黒沢一派九名の話と映像を照合しても見当違い、ボロは出ない。顎に手を当てている捜査員に小谷は尋ねる。

「協力者は島内のどこで確保されたんですか」

ええと確か、と彼は地図北部に指を向ける。

「この廃墟病院の中ですね」

「協力者がその場所で確保されるまでの行動ルートも聞いてるんですか」

「はい、聴取した捜査員がいたはずです」

と言った彼がモバイル端末を操作して、その聴取した協力者の行動ルートを映し出して机の上に置いた。小谷と捜査員一同、顔をつきあわせてその画面を覗き込む。

協力者の漁船が停められていた〝とがり〟という外海側の船着き場からスタートしたルートは北部のほぼ最短距離を辿り、彼らが自衛隊に確保された病院に至っている。

それを確認した捜査員たちが溜息と声を漏らす。

「ああ、やっぱり空撮映像の地点を行動ルートがちゃんと通ってますね」

「つまり彼らが病院へ向かう途中に空撮されたってことか」

いい線いっているかと思ったけれど、それなら協力者の言葉に嘘はないことになる。

ベテランらしい警察官が両手を叩いた。

「さあ皆、作業に戻れ。初めからもう一度やるぞ。見落としを探せ」

その言葉と共に捜査員たちの興味と足が離れていく。

そこで——

「待ってください。この〝協力者のルート〟、おかしいですよ」

異を唱えたのは矢代飛行士だった。

「おかしい？　何がですか」

捜査員たちが再び寄ってくる。小谷にも何がおかしいのかわからない。

矢代飛行士は画面を指でなぞりながら説明する。

「私が特命班として自分の足で報主寮北棟付近を歩いたからこそ、この矛盾に気が付いたのかもしれません。協力者が語ったルートだと、ほら、彼は画面の北側から現れないといけません。けど、この映像だと人影は東の方角から来ていますよね」

小谷は彼の言葉と指の動きを追う。

「ああ、本当だ。北と東、微妙に矛盾してますね」

「微妙なんてとんでもない、これは大きな矛盾です。この男がもし協力者の一人なら、彼の語ったルートは嘘。東のどこかに寄っていたことになりますから」

——寄っていた。はっとする。

「まさか」

と小谷が言うと、矢代飛行士はうなずいて地図の一点を指す。

「東側には、小中学校があるんです」

「この男は小中学校から映像の地点に来たってことですか」

「はい。おそらく協力者たちは、自衛隊の偵察船着岸時、須藤政務官によって小中学校内に匿われていたんじゃないでしょうか。そしてその校内で須藤政務官を殺した。須藤政務官も、自分が匿った者たちだからこそ不意を突かれ、正面から頭を撃ち抜かれた」

確かに、考えられる。

矢代飛行士は協力者から聴取したルートの上に、新しいルートを書き込んだ。〝とがり〟から小中学校に行き、空撮映像の報主寮北棟付近の地点を経て、病院を結ぶルート。

捜査員たちが画面をなぞりながら、その行動ルートと空撮映像を見比べている。

「これならこの映り方でもおかしくない」

「奴らめ、嘘つきやがって！　協力者の二人は今どこにいる？」

「どっかの船かヘリコプターだろ！　すぐに連れてこさせろ！」

「待て待て、連れてきてから全然違う人でした、じゃ済まされんぞ」

「奴らに実際に会った者はいないのか！」

「とにかくこの空撮映像を司令部に送るんだ、確認急げ！」

動く人数が大きいと確認だけでもひと手間。これは時間がかかるかもしれない、と考えていたとき、矢代飛行士が突然、モバイル端末を持って教室から出て行った。

「あ、待って、どこ行くんですか！」

小谷は折れた足を杖で補いながら追う。

彼が入った隣の教室には、報主寮で確保した神崎重則がいる。引き続き警察官に見張られながら聴取を受けている彼の前に、矢代飛行士は端末をドンと置いた。

「確認してほしいんです。ここに映っているのは協力者の男性ですか？」

ガスマスクの向こうで眉を寄せた神崎重則が言った。

「協力者の男性、だって？」

「制圧作戦時、ドローンが撮っていた暗視カメラ映像に映っていた人影です。顔はほとんど見えませんけど、背格好や服装から協力者の男性かどうかを教え――」

神崎重則は映像も見ずに、いや、と言った。

「違う」

「ちゃんと見てください！　庇うつもりですか！」

「そういうことじゃない。今日は女性一人しか来ていなかった。だから〝協力者の男性〟のはずないいんだよ。俺のチームが今日の物資受け取りを担当したから間違いない」

え？

吹き付けた風が穴だらけの教室内を抜ける。

眉を寄せている矢代飛行士の前で、神崎重則は映像に目をやった。

「……ああ、やっぱり違う。俺たちが知ってる〝協力者の男性〟ヤヅール氏はこんなに肉付きが良くない。もっと枯れ木のように細くて浅黒く焼けた初老の男だ」

ようやく二人の元に辿り着いた小谷は、だったら、と言って画面を指した。

「ここに映っている男性はいったい誰なんですか」

制圧作戦の時点で要塞島の中にいたのは、黒沢一派と自衛隊、そして協力者しかありえない。それ以外の者がカメラに映っているはずがないのに……

矢代飛行士がつぶやいた。

「まだ誰かいるんだ、黒沢一派、自衛隊、協力者の中で……盲点に隠れた者」

言った彼は再び教室のドアに向かって走る。

「ちょっと矢代飛行士、今度はどこに行くつもりですか！」

「校庭です！」

「校庭、って何でですか！」

「確認したいことがあります！　待っていてください！　後で説明します！」


小谷が杖を突きながら割れた窓際まで行くと、丁度、矢代飛行士が校舎から飛び出してきたところだった。校庭を横切った彼は、その隅の人だかりに向かって駆けていく。あそこは確か、鮫に襲われたという尾形篤志が埋められている場所だったはずだ。

矢代飛行士は人をかき分けて中に入り、その中心に掘られた穴へ向かっていく。ここからは見えないけれど、その穴の中に尾形篤志の遺体があるのだろう。

そのとき、なあ、と神崎重則に声をかけられた。

「あんた、陸自隊員か」

「……はい」

神崎重則は元は准陸尉。一応、敬語を使う。

「自衛隊はフレンズの正体をつきとめているのか」

フレンズというのは黒沢一派の取引相手だったという組織らしい。須藤政務官が呼び名を決めたというその組織についての考察は今は後回しになっている。

小谷が首を横に振ると、神崎重則は続けて言う。

「フレンズは過激派組織なんかじゃない。在日米軍だ」

「在日、米軍？」

「根拠がある。まあ聞けよ」

突然の言葉に面食らったけれど、どうやらただの憶測らしい。捜査員はその話の内容を書き留めたけれど、彼がそう考えるに至った根拠の説明はどれも確証がない。

だから小谷は、あり得ません、と返す。

「この要塞島制圧作戦には在日米軍も参加しています」

「それは〝あり得ない〟理由にはならないんじゃないか？」

確かに、在日米軍のこの作戦参加に前後して不自然なことはあった。黒沢一派が要塞島に潜伏していることなど、あまりにも突然に情報がもたらされた。あれは在日米軍からの情報提供だったとも考えられる。そして在日米軍なら〝惣社左門の暗殺〟も可能かも。

頼む、と彼は言った。

「俺たちの逃走の裏で何が起こっていたのか、陸自の手で解き明かしてくれ」

神崎重則は要塞島に放たれたあの生物剤衛星兵器によって、高濃度の合成炭疽菌に晒され、感染している。新谷七穂がこれから造る治療薬も間に合わずに、死ぬだろう。そんな自分の結末を理解しているかのような元自衛隊員の言葉に、小谷は無言でうなずいた。

「約束はできませんけど、検討はしてみます」

「ありがとう」

そこで矢代飛行士からの無線が入り、小谷は再び校庭に目をやる。

『小谷三曹、確認が取れました』

『何の確認だったんですか』

『亡くなった尾形篤志三尉の遺体の確認です。量子の言葉通り、右足がない遺体が校庭の隅に埋められていました。鮫に食いちぎられたという話でしたよね』

『はい。だけどそれが何なんですか』

『意識は朦朧としていましたけど量子の言葉は正確だった、ということです』

『ええ、まあ』

『それなら、空撮された映像の条件を満たした上で、協力者に自然に近づくことができ、かつ、須藤政務官にも怪しまれない者は、一人しか考えられません』

『ほ、本当ですか』

『小谷三曹、犯人がわかったかもしれません』

麻木秀雄　財務大臣

今回の要塞島制圧作戦に先立って行われた極秘の日米会議がある。

作戦に際して在日米軍の戦力を貸す代わりに、確保した新谷七穂の身柄はアメリカが取る、そして、両国は合成炭疽菌治療薬を共同で生産して世界に行き渡らせる、ということで合意に至った。麻木としては合成炭疽菌研究者を渡したくはなかったけれど、日本が少しでもこの事態のダメージを軽減させるためには、この取引に乗るしかなかった。

それに関しては、故総理大臣や故防衛大臣に感謝している部分はある。彼らの死が事故か、それとも自責の念からの故意か知らないけれど、日本がこの死に救われたのは事実。もしも彼らが生きていて、もしも炭疽菌への関与が明らかになっていたなら、日本は決して〝合成炭疽菌治療薬の共同生産国〟なんていう立場を得ることはできなかった。

ただ、腑に落ちない。

要塞島制圧作戦を組み立てる基となった、例の〝黒沢一派の詳細情報〟のこと。内閣府の専用回線を使って行われたその情報提供を指示した者は、まあ予想できる。問題はその目的。どうして危険を冒してそんなことをしたか、背後関係が見えない。

なんて考えていると、秘書が、大臣、と呼びかけてきた。

「協力者の男女が小中学校に到着したようです。映像をご覧になりますか？」

「うん、見る」

麻木は老眼鏡を上げて目頭を指で揉み、老眼鏡を下げてパソコン画面に目を向ける。画面の中には二人並んだガスマスクと、それに向かい合う三人のガスマスク、その横に一人のガスマスクが見える。要塞島の状況確認を任せていた秘書がすぐに説明をする。

「この二人が協力者で、こちらの三人が警察官、警視庁捜査一課に所属している捜査員たちです。そしてこの横に立っているのが、例の宇宙飛行士です」

「何で矢代飛行士がここにいるの？」

「それが、どうも犯人の正体を特定したのが矢代飛行士だったらしくて」

「ふーん、いいねぇ。で、協力者の情報は？」

「男は島田正治、女はタリン・ヤヅールと名乗っているようです。共に二十八歳。彼ら協力者は過去のPKO活動において自衛隊と交流を持ち、黒沢陸将に対して恩を感じています。そんな事情もあり、今回、黒沢一派の逃走にも協力していたようで――」

「しっ、始まるみたいだよ」

麻木は流れてくる音声に耳を澄ませる。

協力者に向かい合った捜査員が、彼らにモバイル端末の画面を見せた。

『ここに映っているのは島田さんですね』

島田正治は目線を下に向けたまま黙っている。タリンも同様。

『しっかり見て下さい。それとも見たくない理由でもあるんですか』

島田正治は顔を上げて画面を見はした、けれど無言。

『我々は黒沢一派全員の行動ルートを空撮映像と照合して特定し、彼らがこの映像の時刻に報主寮にいなかったことをつきとめています。自衛隊員もこのような軽装で単独行動をすることはありません。体格からしても、これはあなたのはずです』

攻撃が早いね、と麻木は言った。

「警察の落としって、もっと迂遠に攻めていくものじゃないの」

「慎重に攻めるように、と指示を出しますか」

「ううん、いい」

ただ麻木の心配通り、島田正治は首をかしげて再び顔をそむけた。

『あなたは先の聴取では〝とがり〟から直接、病院に行ったと言っていたそうですね。しかしこの映像では、小中学校校舎の方角から病院に向かっているように見えます』

不快そうに眉を寄せる反応を見せた島田正治に、捜査員は続ける。

『島田さん、なぜ学校に行ったんですか』

返事はない。

三人の捜査員たちは構わず次々と質問を投げかける。

『どうして黙っているんですか』

『あなたが須藤政務官を殺したんですね』

『答えろ、治療薬をどこに隠した？』

島田正治はやはり何も答えない。捜査員に囲まれている状況、会話を録音されている状況で口を滑らせないよう、何も言わないという戦略を取っているに違いない。

そこで、島田正治さん、と画面内で矢代飛行士が動いた。

『いや、あなたは貞島春馬さんですよね』

麻木は秘書に目を向けた。

「貞島春馬、って誰？」

「ええと、黒沢一派の斥候のようです。例の惣社左門がリーダーを務めるデルタチームのメンバーだった男で、逃走行動途中で鮫に襲われた者の一人……だったはずです」

「ん、あー、〝しまだまさはる〟は〝さだしまはるま〟のアナグラムなのね」

「えっ？　あ、確かに」

「しっ、矢代飛行士が何か言ってる」

麻木は再び音声に耳を傾ける。

『――を暴くきっかけになったのは田淵量子から聞いた〝黒沢一派が要塞島に海を渡って来る際、鮫に襲われて二名の犠牲が出た〟という情報です。その一人、尾形篤志さんの遺体は実際に小中学校の校庭で見つかったけど、もう一人の貞島春馬さんの遺体はありませんでした。それも当然です、あなたは鮫に海に引きずり込まれたんですから』

貞島春馬は何も言わず、こめかみを指で掻いた。

しかし、と矢代飛行士は構わず続ける。

『それはただの演技。あなたは鮫の襲来に合わせて海中に潜り、潜水で逃げたんです』

三人の捜査員が貞島春馬を取り囲んだ。

『黙ってても無駄だ。お前の顔写真を黒沢一派に見せて確認を取っている。死んだはずのお前に奴ら驚いていたぞ。タリンもグルか？　じゃなきゃ成立しない犯行だ――』

そこで官邸職員からの電話が入る。

『麻木財務大臣、米国国家安全保障局(NSA)との会議の準備が整いました』

『うん、今行くよ』

麻木は映像をそのままにして秘書に、結果がわかったら教えて、と言って席を立った。

老眼鏡の下の目頭を揉んでいると、秘書が耳打ちするように聞いてくる。

「貞島春馬は、潜伏工作員の一人ですかね？」

惣社左門という男が〝取引相手組織のメンバー〟を自称し、任務に失敗したから潜伏工作員(モグラ)に殺されるとか言ったらしい。麻木が一掃したいのは、その潜伏工作員たち。

ただ麻木は老眼鏡の下から秘書を見て、違うよ、と言う。

「モグラたちは黒沢一派じゃなくて、こっち側に潜ってるんだからねぇ」

貞島春馬　脱柵者

強くなりたいという理由で自衛隊の門を叩く者は多い。貞島春馬もそうだった。

生まれてすぐに捨てられ、親の顔を知らずに育ったことを言うと、皆が哀れみの目を向けてくる。が、貞島自身、見たこともない親に情はない、可哀想などと言われる意味もわからない。強くなればそんなうっとうしい哀れみも受けないと思い、自衛隊に入った。

それを足掛かりにこの哀れみの国を出てフランス外国人部隊へ行きたい——自分のことを誰も知らないその場所で強さを追い求めたい、と当時はそればかり考えていた。

二曹になった頃に、属していた中隊の上官に見込まれて特殊作戦群の選抜試験を受けたのは、ほんの気まぐれ。腕試し以上の意味はなかった。

精神力や忍耐力を試される選考に各中隊の精鋭が脱落していく中で、貞島は過酷さで知られる外国人部隊訓練に備えてトレーニングばかりしていたことが功を奏したのか、倍率一割の狭き門を通る。そこで箔をつけてフランスへ渡ろうと思い、入隊を決める。

誤算はそこにあった。

特殊作戦群が思いの外、居心地がよかったのだ。

隊員たちの強さに対する意識はとても高く、実際、心身共に強い。貞島と同じように家族がなく育った者もいるが、極秘部隊であるからなのか誰も詮索したりしない。有能であること以上に求められることは何もない、というとてもすがすがしい連中だった。

いつしかフランス外国人部隊のことは、意識に上らなくなっていった。

タリン・ヤヅールと出会ったのは、水陸機動団との合同訓練で長崎の相浦駐屯地を訪れたときだった。その売店で働いていた彼女に一目ぼれをし、長崎滞在中に何とかしなければならないと猛アタック。訓練最終日に拝み倒して、付き合うようになった。

それからの三年間は、人生で最も楽しかった日々だった。

特殊作戦群で大変ながらも充実した毎日を過ごし、休暇はタリンとゆっくり過ごす。心の底に蟠(わだかま)っていた怒りのようなものは消えていき、掲げた目標もなくなる。しかしそれでいい、人生はこうやって過ぎていくのだろう、という確信めいたものさえ感じていた。

そんな日常の中に、突然、今回の話が来たのだ。どうやら知らぬ間に何らかの計画に関わっていたようで、脱柵することを強要された。拒否することも許されない。

タリンの集落にも協力する者を出すよう要請がいったらしく、漁船を所有しているヤヅール親子が指名されたと彼女自身から聞かされた。須藤政務官が貞島とタリンの関係を知っていたのかはわからないけれど、彼女を人質に取られているようで気分は悪かった。

「ふー」

と捜査員に囲まれた教室で、貞島は息を吐いてからつぶやく。

「部隊の皆には、悪いことをしたな」

ようやく口を開いた貞島に、捜査員たちが鮫のように食いついてくる。

「お前が貞島春馬なんだな」

「そこのお利口さんが言った通りだ」

「タリンもグルか」

「そうだな」

「いつから須藤政務官を殺すことを考えていた？」

「須藤政務官が、治療薬が七個ある、と語ったときからだ」

「それらを奪う計画を考えたのはお前か」

「ああ。部隊が要塞島に向かうことはタリンから聞いて事前に知っていたから、計画も立てやすかった。長崎でタリンと合流した後、二人で細部を詰めていった」

そして中ノ島から要塞島への遠泳。

その途中で、貞島は海で鮫に襲われたと見せかけて姿をくらまし、あらかじめ決めてあった海上ポイントまで泳いで漁船に引き上げてもらった。脱柵部隊に物資を運ぶ船内に潜んで、要塞島に物資を運びに行く度に、島に潜入する機会を狙っていた。

チャンスは今日訪れた。自衛隊の偵察船が来たことで脱柵部隊の四チームが小中学校から離れ、須藤政務官が孤立状態になった。学校内に匿われたタリンからその連絡を受けた貞島春馬は漁船から出て島に入り、学校六階にいる須藤政務官の元へ行ったのだ。

「須藤政務官を殺した目的は治療薬か？」

「ああ」

それのみ。別に須藤政務官に恨みがあったわけじゃない。

田淵量子の爪剝ぎに関しても、申し訳ないと思っている。ただ、治療薬が無くなる可能性を1％でも減らすために、あの時点で彼女を排除しておきたかった。心配は結果的には杞憂となったが、彼女には治療薬を奪うつもりがあったと今でも思っている。

「だったら何のために衛星兵器を使ったのか」

完落ちしたなら、衛星兵器の使用をもついでに自白させてしまおう、という捜査員の魂胆は見え見え。ただ、貞島にはその辺りのことを隠すつもりはない。

「自衛隊を島に入れさせないためだ。治療薬を隠すための時間が欲しかった」

「なら失敗だったな。自衛隊は衛星兵器の使用を読んで島に攻め入った」

「ああ。だが、治療薬は隠せた」

「それで、その治療薬はどこにある」

その質問に、貞島は一転して口を引き結ぶ。

「貞島、答えろ！」

捜査員の一人が、タリンの方に目を向ける。

「タリン、七個の治療薬はどこだ？」

「私は知りません」

その言葉は嘘じゃない。拷問などでタリンから隠し場所が漏れないよう、貞島があえて一人で治療薬を隠した。そして貞島は、特殊作戦群で拷問耐久訓練を受けている。

こうして捕まった後のことも想定している。捜査員がすごんだ声で貞島に圧力をかけてくるが、そんなものは時間の無駄だ。治療薬の隠し場所を教えることはない。

そこで、例の〝お利口さん〟がふらりとして、机に倒れかかった。

……何だ？

「私の妻が……合成炭疽菌に感染したんです」

静まりかえった室内で、彼は独り言のように訴える。

「妻に誓ったんです、必ず治療薬を届けると」

だからどうした？　泣き落としは通じない。

黙っていると、彼は崩れ落ちるように貞島の前に跪いた。

「今も妻の命は削られていってます。何でもします、何でも言って下さい。お金が欲しいなら一生かかってでも払います。だから治療薬を、一つでいいから妻にください」

何を言っているんだ。薬を一つだけ渡すことなど不可能。すべて渡すか、一つも渡さないかだ。ただ、いくら出されても一つとして譲るつもりはない。

七個すべてが必要なのだ。

ドン、と彼が床を手で叩きつけた。

「お願いです、薬をください、妻を助けて、お願いだ、聡美を」

彼はつぶやきながら立ち上がった。自分のガスマスクを外して床に叩きつけ、摑みかかってくる。貞島のガスマスクも引っぺがされて、襟元を捻り上げられる。

「薬を渡せ！　どこに隠した！　この殺人鬼が！」

貞島は静かに相手を見返す。ニュースで見覚えのある顔、宇宙飛行士の矢代相太か。妻が感染し、全世界に向けて〝妻のためにＩＳＳに行った〟と言い放った男だ。

「矢代さん！　何してるんですか！」

彼はすぐに捜査員たちに羽交い締めにされ、ガスマスクを着けられた。

捜査員が続いて貞島のガスマスクを装着する――その手が、ふと止まった。

無線が入ったようだ。

時間が止まったような一拍の後、室内にいる捜査員たちから、おおおお！という歓声が上がった。矢代飛行士も憑き物が落ちたようにその場にへたり込んでいる。

……空気が変わった。

貞島にガスマスクを着けた捜査員の一人が、残念だったな、と言ってきた。

「たった今、治療薬が発見されたぞ」

「何？」

と貞島はタリンと顔を見合わせる。

「お前らは小中学校で須藤政務官を殺害して治療薬を奪った。そんなお前らが確保されたときに治療薬を持ってなかったんだから、お前らが辿ったルート――小中学校、報主寮北棟付近、病院を結ぶルートのどこかにそれが隠されていることは間違いない」

別の捜査員が、そこで、と続けて言う。

「あなたたちに対する取り調べと並行して、自衛隊員総出でそのルート上の治療薬探索をしてもらっていたのですよ。確固たる証拠のない段階での人海戦術、見当外れなことに貴重な時間を費やしてしまう可能性もあり得ましたが、自衛隊はやってくれました」

「……嘘だな」

貞島が言うと、捜査員が首をかしげた。

「ほう」

「俺をハメて、情報を引き出すつもりだろう。その手には乗らない――」

「報主寮北棟の軒下、で合っていますか」

合っている。

何てこと、本当に人海戦術で見つけたのか。

隠し場所はあらかじめ決めてあった。そこに隠した治療薬を、後でタリンの集落の者に回収してもらうつもりだった。だから空から落下傘で自衛隊員が降ってくる状況でも、こちらの都合で勝手に隠し場所を変えることはできなかったのだ。

「治療薬が入れられた袋には、衛星兵器の端末と拳銃も入っていたそうです。全部一緒に隠してくれてこちらも助かります。拳銃に指紋が付着していて、須藤政務官と田淵量子の命を奪った弾丸と線状痕が一致すれば、確度の高い物的証拠になるはずです」

つまり、ともう一人の捜査員が言った。

「お前らは終わり、ってことだ」

天啓が舞い降りた。まさかこんな短時間で見つけてくれるなんて。

絶望の淵で取り乱していた相太は、すぐに立ち上がって出口に向かう。治療薬を手に入れたなら、次は間に合うかどうか。廃墟の一室でへたり込んでいる場合じゃない。

急げ、間に合わなかったら、すべて台無し――

「待って！」

と背後にタリンの声。

立場は逆転した。今や、協力者と話す理由も時間もない。

「七個すべてが必要なんです！」

ずんずんと出口に向かう相太の背に、タリンの訴えが飛んでくる。

「銃を撃ったのは私です！　どうしても薬が欲しくて気づいたら撃っていました。長崎は炭疽菌濃度が低いはずなのに、五島列島にある私たちの集落で感染者が出てしまったんです。その中で七人だけは治療薬で助けたい。だから七個すべてが必要なんです！」

更に貞島春馬の声が続く。

「タリンも合成炭疽菌に感染している。だが、タリンに治療薬を使うつもりはなかった。その七人は全員子供だ。俺とタリンの子供もそのうちの一人だ」

その告白に相太は思わず足を止めた。貞島春馬とタリンの、子供……？　だからこの二人は新谷七穂には目もくれず、七個の治療薬だけを奪ったのか。

「俺たちとお前で何が違う」

という彼の声に、相太は無言で拳を握った。

「何が違うんだ！　答えろっ！」

その通りだ、この二人は相太と同じなのだ。だから気持ちはよくわかる。今の相太がもしも彼らの立場だったら、同じことをしてしまうかもしれない。

お願いです！　とタリンの悲痛な訴えが続いた。

「丁度七個、丁度七人、運命なんです！　子供たちを助けさせてください！」

ただ……立場が同じなら、譲れない気持ちも同じだ。それに——

「量子を撃つ理由がどこにあった？」

「それは、申し訳なかったと思っています。でも、あそこで治療薬を取り返されるわけにはいかなかったから、仕方なかったんです！　どうか、どうか」

相太は振り返らずに、それなら、と言った。

「同じ言葉を俺はあなたたちに言います」

同時に小谷三曹が室内に入ってきた。彼は自分が取り調べに加わっても何もできないからと言い、骨折している足で自衛隊の治療薬探索の方に参加してくれていた。

「矢代飛行士、さあ早く！　準備はできてます！」

相太がうなずいて出入り口に走ると、声が背中を追ってくる。

「お願いします！　どうか子供たちを！」

ふと、慶太の顔が頭をよぎる。

もし仮に、聡美と慶太が感染していて、治療薬が一つしかなかったら、相太と聡美は迷わずにその薬を慶太に使う。慶太に薬を使えることに喜びすら感じるだろう。

だけど、貞島春馬とタリンの子は慶太じゃない。

慶太じゃない。


相太は小谷三曹に肩を貸して廃校の廊下を進み、数多いる自衛隊員たちに道を空けてもらって校舎から出ると、校庭に停まっているヘリコプターに乗り込んだ。

「薬！　治療薬はどこですか！」

と言って相太が機内を見回すと、待機していた自衛隊員に透明な袋を渡された。その中には一つ、カプセルタイプの錠剤が封入されているのが見える。

これが夢にまで見た物、名前すら付けられていない合成炭疽菌治療薬……

「真空パックされているようです。使用直前まで開かないで下さい」

「わかりました。私が持っていてもいいんですか」

「ええ、代わりはないので決してなくさないで下さい」

「もちろんです」

相太は左胸のポケットに薬を入れ、その上から右手で押さえる。このまま聡美のいる病院に着くまで手を離さないつもりだけれど、治療薬が体温で変質したりしないだろうか。

ドアが閉まると、すぐにヘリコプターは校庭から飛び立った。

要塞島から目達原(めたばる)駐屯地まで飛び、その飛行場で固定翼の航空機に乗り換えて、都内の立川駐屯地に向かう。そこからまたヘリコプターに乗り換えて聡美の病院まで飛ぶ、という予定。ここからはもう座して待つしかない、間に合うことを願うしかない。

相太は右手を胸に当てたまま、震える左手で病院に電話をかける。

『もしもし矢代さんですか！　丁度今、電話をしようと思っていたんです！』

『妻は、聡美は！』

『たった今、意識を取り戻されました！』

『ほ、本当ですか、繋いで下さい！』

『はい、すぐに！』

少し待っていると聡美の声が聞こえてきた。

『相太君』

『ああ、聡美、体は大丈夫か！　苦しくないか！』

『うん、平気』

と言うけど、声は弱々しい。

『聡美、やったぞ！　薬だ！　炭疽菌の治療薬を手に入れたんだ！』

『え、本当？』

『ああ、ああ、こんなときに嘘ついてどうするんだよ。こんなに待たせてごめんな。でも手に入れた、やっと手に入れたぞ。もう大丈夫だ、聡美は大丈夫だ』

安堵からか自分の声が震える。

『本当の本当に？　気休めなんでしょ？』

相太は痙攣する口の端を上げて笑顔になる。

『本当だって。気休めなんかじゃない、薬はここに、今、俺の右手の下にある。試作段階の物らしいけど、天才だっていう研究者が造った物だから間違いないはずだ』

『じゃあ……わたしは、生きられるの？』

『バッカ！　当たり前だ、当たり前なんだよ、そんなこと。今からそっちに向かう。もうヘリコプターの中だ。早いぞ、すぐに都内だ。だから俺が着くまで――』

言葉が詰まった。死ぬな――

死、という言葉は、使いたくない。

『俺が着くまで、待っていてくれ！』

『うん……』

『聡美、これからも一緒だ。慶太と、ずっと一緒だ！』

うん、でも、と聡美は言った。

『じゃあ相太君、何で声が暗いの？』

『声？　別に暗くないだろ』

『暗いよ。だから気休めだと思ったんだから』

……何で、気づかれた？

普通にしていたのに。普通に治療薬を得たことを喜んでいたつもりだったのに。心の中にわだかまっているものがほんの少し、無意識に話し方に出てしまったのか。

時間が停まったような機内で、

『ねぇ』

と聡美の追及が来た。

『話して。何かあったんでしょ』

本当に察しがいい、それとも妻というのはこういうものなんだろうか。そして聡美は追及モードになると、相太が真実を話すまで口をきいてくれなくなる。

……話すしかないか。

相太は溜息を吐いて、実は、と言った。

『今日、自衛隊と在日米軍の大規模な作戦があって、俺もそれに参加してたんだ。合成炭疽菌の治療薬があるかもしれないって話が出てたから』

『うん、それは何となくわかってた』

『事前の情報通り治療薬は本当にあった、たったの七個だけど。ただそこでさ、その治療薬を、殺人を犯してまで手に入れようとした人たちがいるんだ』

『人を、殺してまで……何で？』

『彼らが住んでる集落で合成炭疽菌の被害があって、治療薬を奪った彼らは感染した七人の子供たちに薬を使おうとしていた。何か、それを聞いたらさ――』

『七個の薬を、七人の子供たちに？』

『ああ』

『じゃあ、その内の一つをわたしが使ったら、子供の一人が亡くなるってこと？』

……え？

『そうじゃない、そうじゃないだろ。薬の一つは聡美がもらう権利がある。聡美の物なんだよ。前々から政府と約束していたんだから』

『政府なんて関係ない。薬の前に大人と子供がいるだけでしょ』

待て、と相太はつぶやく。

『聡美、な、何を言っているんだ？』

『薬はその子にあげて』

さらりと出てきたその言葉に、一瞬、頭の中が真っ白になる。

『あ……う』

喉が詰まって、言葉も詰まる。

『子供を殺して生きることは、わたしはできない』

『こ、子供を殺す、なんてことじゃないだろ……』

『同じことでしょ』

『同じわけない、馬鹿なことを言うな！』

けれど聡美は黙っている。

返事を待てずに相太は、だめだ、と言った。

『こ、この薬は聡美の物なんだ。そのために俺は……』

『心配しなくても大丈夫だよ、相太君。わたしは長かったこの入院中に覚悟はちゃんとできてるから。でも子供にはそんな覚悟ができるはずがないでしょ？』

嘘だ、聡美だって覚悟なんてできているはずがない。

「矢代飛行士、ちょっといいですか」

と声をかけてきたのは、隣に座っている小谷三曹だった。

「通話が聞こえました。奥さんが薬を使う権利を放棄したとしても、助けられる子供は七人の中のたった一人です。残りの六個は政府関係者の元に行きます」

確かに――

相太は小谷三曹から出された助け舟を電話口で話す。

『聡美、治療薬の他の六個はもう政府関係者に予約されている。聡美が一つを子供に渡したとしても、他の六人はどうやったって助けられないんだ。そんな状況で、七人の中の誰に薬を渡すか、誰の命を助けるかなんて選べないだろう？』

あの料亭ではおぞましく思った〝治療薬の優先順位〟の話だったけれど、気が付くと相太は、あのときの大臣たちと同じような口調になっていた。

返ってきたのは、ふーん、という反応。

『その政府関係者の中に子供はいるの？』

『子供……は、いなかったはずだ。閣僚自身か、その奥さんだ』

『良かった、それならわたしに考えがあるよ』

『え、考え？』

『今は言えない。すぐに準備に取りかかるからもう切るね』

子供を助ける準備――いや、自分が死ぬための準備。

『ちょ、ちょっと待て！』

『ん？』

『そもそもここで子供を救えたとしても、世界には合成炭疽菌に感染している子供はたくさんいる！　そのすべてを助けられるわけじゃないんだ！』

『子供みたいなこと言わないでよ、相太君。どうしようもないことはどうしようもないでしょ。合成炭疽菌以外でも貧困に苦しんでいる世界の子供たちを全員助けるなんてことは誰にもできないんだから。でも、目の前にいる助けられる子たちは助けたい』

『……慶太には、慶太は、どうする。目の前にいる、俺たちの子供は』

『慶太には、お父さんがいる』

『母親も必要だ』

あのね、と静かに諭すような声。

『もしもわたしがその七人の子供を見殺しにしたら、もうわたしは慶太の母親ではいられない、母親でいる資格なんてない。だから、お別れしなくちゃいけなくなる。……そんなことは絶対嫌だから、死ぬより嫌だから、わたしを慶太の母親のままでいさせて』

『どんなことがあったって聡美は慶太の母親だ！』

『でもわたしはもう、そうは思えないから。七人を見捨てたら――』

そこで、あ、そうだ、と聡美は何かを思い出したようだ。

『ほら命の席だよ、相太君。覚えてる？』

『命の席……』

結婚してからぱったりと無くなったけれど、結婚する前、違う人生を歩んできたお互いの考え方を照らし合わせるかのように聡美といろいろなことを話した時期があった。その会話の一つ、確か〝人はいつから大人になるんだろう〟という話題のときだった。

自分がどう言ったかは覚えていないけれど、聡美の言葉は頭に残っている。

わたしは、命の席を譲れるようになったら、だと思うの。

聡美はそのとき、そう言った。

命の席？　何だそれ。

例えば、そうだな〜、崩れるビルからの脱出かな。ビルの中には自分と知らない子供の二人がいて、救助に来たクレーン車に乗れるのは一人だけ、っていう状況ね。

クレーン車にはもっと乗れるだろ、と反論した。

いいの、そこは例えばの話だから。とにかくどっちかしか助からない状況なの。でさ、その子が自分の子供だったら当然クレーン車に乗せるでしょ？

まあ、そうだろうね。

でも、そこにいるのは知らない他人の子供なのよ。その知らない子のために、自分の命の席を譲ることができるのが大人なんじゃないかって、私は思うの。

それはちょっと、譲れるかわからないな。俺まだやりたいことあるし。

そう言うと思った、宇宙に行きたいんだもんね。

じゃあ聡美はどうなんだよ？

わたしも今はちょっとわからないな。譲れないかもな〜。

じゃあ俺らはまだ子供ってことか。

そうね、特に相太君は、と言って聡美はケタケタ笑っていた。

そのときの聡美が子供か大人かはわからないけれど、聡美は自分に子供ができたことで明らかに大人へと成長した。だから、実際にそのたとえ話と同じ状況になってしまった今も、あんなにも簡単にあっけらかんと『薬はその子にあげて』なんて言えたのだ。

だったら……

子供を産めない男という生物は、どうやって大人になればいい？


すぐに準備に取りかかる、と言った聡美が実行したのは伝言ゲームだった。

炭疽菌対応病院で聡美と同室にいた女性が実は厚労大臣の妻だったらしく、聡美の考えに同調した彼女から夫の厚労大臣に、更に厚労大臣から麻木財務大臣に、聡美のメッセージを伝言ゲームのように伝えてもらった、という話だった。

聡美が撮ったそのメッセージ映像を相太が見せてもらったのは、病院に向かう車の中。

病院のベッドに座る聡美はまず自己紹介をしてから、画面を見据えて口を開いた。

『私は二週間前、合成炭疽菌に感染しました』

画面の中で聡美は袖をめくって、腕にできた炭のような瘡蓋を見せた。

『そして今日、わたしにはどういうことがあったのか詳しくはわからないのですけれど、自衛隊と在日米軍による大規模な作戦が実行されたそうです。わたしの夫も参加したその作戦によって、この炭疽症を治療できる試作段階の薬が七個発見されました』

「や、やめろ、やめてくれ……」

と相太は声を出していた。

『わたしは優先的にこの七個の内の一つをいただけることになっていました。それはとてもとても幸運なことなのですが、わたしはこれを使う権利を放棄します』

相太はモバイル端末の画面を睨みながら、やめろ、やめろ、と声を漏らす。すでに麻木財務大臣に届けられたメッセージ映像とわかっていても、認めることはできない。

『殺人を犯してまで、この治療薬を手に入れようとした人がいるそうです。その人が住んでいる集落でも合成炭疽菌による被害があって、七人の子供たちが感染してしまったと聞きました。その七人の一人に、わたしが使う予定だった薬をあげて欲しいんです』

「違う、嘘だ、薬は聡美の物だ」

相太は頭を抱えた。

ただ、隣にいる小谷三曹の口からは、すごい、という言葉が聞こえてきた。

「格好いいです、奥さん」

格好いいことなんて望んでいない。生きていて欲しいだけだ。

一つ咳をした聡美は画面を見据えて訴える。

『殺人はもちろん、許されることじゃありません。でも、子を持つ親としては、その人の気持ちは理解できます。どうか、その子供たちに薬をあげて下さい』

このメッセージ映像は、厚労大臣や麻木財務大臣に宛てた物じゃない。

治療薬権利者の〝他の六人〟に宛てた物だ。

聡美は七人の子供全員を救おうとしている。それだって世界中で合成炭疽菌に苦しんでいる子供たちの中のたった七人に過ぎない。だけど、相太のいない病院内で合成炭疽菌と独り戦ってきた聡美は、その七人を救うことを自分の最後の戦いとしたのだ。

病院にいなかった夫に、止められるわけがない。

それから一時間後には官房長官が官邸会見室に登壇し、黒沢一派を確保する作戦の結果、合成炭疽菌研究者（新谷七穂）を保護したことや七個の治療薬が見つかったことを正式に発表。そして、聡美のメッセージ映像については一切言及しないものの、七個の薬を〝現場付近にいた七人の感染した子供〟に対して使うという決断を下した、と明言した。

これは、伝言ゲームの終着点で麻木財務大臣からメッセージ映像を受け取った〝他の六人〟が、治療薬使用権を放棄した、ということを意味している。

このニュースを見た聡美は満足そうだった。

病院に到着した後、死に瀕しているとは思えないその嬉しそうな笑顔を見ていたら、相太は何も言えなくなってしまった。子供のために最後の最後まで戦う、女性の強さ。子供という存在に対する本能の深さに、相太が口を出せることなんて何一つないのだ。

「治療薬は僕が責任を持って七人の子に届けます」

と言った小谷三曹に、聡美が使わなかった治療薬を渡す（相太はどうしても渡せなかったので、相太から聡美に渡し、聡美から小谷三曹に渡してもらった）。

聡美が電話口で薬を使わないと宣言してからも、拘束して無理矢理にでも使わせるつもりで病院まで持ってきたけれど、聡美の笑顔を見て……できなくなってしまった。

聡美はベッドの上から小谷三曹に言う。

「小谷さん、主人を警護してくれていたんですってね。お世話になりました」

「い、いいえ、自分の方が助けられてばかりでした」

「あら、そうなんですね、主人が役に立てたならよかったです。お疲れだとは思いますけど、今度はこのお薬を警護して子供たちに届けて下さい。よろしくお願いします」

目礼した聡美に、小谷三曹は敬礼をしてうなずいた。

「はっ、必ず！」

病室から出て行こうとする小谷三曹の肩を、相太は摑む。

「待って、ください、小谷三曹」

小谷三曹は振り返った。防護服のグローブの上に治療薬が載っている。

取りやすいようになっている薬に、相太は手を伸ばした。

……渡さない、渡さない、これは聡美の物だぞ。

誰も何も言わない。

相太には薬を摑み取る権利がある。強引にでも聡美に使う権利がある。

しかし……

メッセージ映像の中で『どうか、その子供たちに薬をあげて下さい』と訴えていた聡美の顔が頭に浮かび、それで、相太は薬をどうしても摑み取ることができなかった。

掌を握り、代わりに、言葉を押し出す。

「薬を……頼みます」

「必ず」

と小谷三曹はもう一度言って、治療薬と共に病室から出て行った。

それを見送ってから、相太はベッド脇のイスにふらりと腰を落とした。

頭の中は空っぽだった。

「相太君、ごめんね。せっかくここまで持ってきてくれたのに」

相太は防護服の顔を両手で覆った。

「聡美がいなくて……どうやって生きたらいいんだ、俺は」

そう言うと、聡美は、じゃ〜ん、と言って葉書を取り出した。

「これに、ちゃんと書いておいたよ」

聡美にはすこぶる不評だった、土産のＩＳＳ葉書だ。

「相太君、わたしがいないと手帳の場所もわからないみたいだから」

地球の写真がある葉書には、手帳や箸の場所から幼児のオムツの替え方なんかについても書き記されているようだけれど、今は文字を読むことができないので机に置く。

聡美は続けて言った。

「文字じゃなくて、言葉で伝えたかったこともあるの。聞いてくれる？」

相太は何も言わない。何も言えない。

「ねぇ、お願い。聞いて？」

もう時間がどれくらいあるかわからないから、という言葉が聞こえた気がした。

「……ああ」

「慶太がね、将来ふて腐れたりしないように子供のときは思い切り甘やかして育てて欲しいの。ちゃんと相太君とわたしに愛されて育ったんだって、大きくなってからもわかるように。子供はちゃんと親を見てるから相太君大変だよ～、覚悟しておいてね」

「……ああ」

「それからもしね、慶太をちゃんと愛してくれる女の人がいて、相太君もその人をいいなって思うことがあったら、わたしに気を遣わずに再婚して」

そんな、と相太はつぶやいて妻を見る。

「聡美以外となんて、考えられない」

「ううん、わたしは慶太の中にいるから。慶太のために一番いいと思ったことをして。それがわたしのためにもなる。辛いのに一人で耐えて、慶太にあたったらダメだよ」

相太は頭を横に振る。

「先のことなんて、考えられない、何も」

「今はね。でもいい人が現れたとき、わたしが邪魔をしたくないの」

相太は拳を握って、ごめん、と言った。

「幸せに、してあげられなくて」

「ううん、わたしは幸せだよ～、相太君と一緒にいられて。慶太を産めて。他の子供に命の席を譲ることができたことも後悔してない。そんな選択ができる人生を送ってこられたってことが、今、本当にうれしいの」

「もっと、慶太と一緒にいたかっただろ」

「そりゃあね。慶太がわたしの背を越えて、相太君の背を越えて、大人になっていくのを見届けたかったよ。反抗期はどんな感じだろうとか、初めて連れてくる彼女はどんな人だろうとか、その頃には相太君も白髪だらけになってるのかなとか、考えちゃうよ」

相太は、どうすれば、とつぶやく。

「どうすれば良かったんだ、俺は……何が正解だったんだ」

「これでいいのよ」

「黙っていれば、よかったんだ」

「え」

「俺が七人の子供のことを言わなければ、こんなことには……」

違うよ、と聡美。

「相太君は黙ってなんていなかったよ、絶対。わたしに選ばせてくれた」

「そんなこと……俺は、聡美の」

言葉がまとまらない。

あのとき、ここに向かうヘリコプターの中、選んだつもりなんてない、聡美の命か、七人の子供の命か。そんな重大な覚悟を決めて、聡美にあの話をしたわけじゃない。

ただ、ただ、わからなかったんだ。

「もしもね、一人の子供を犠牲にしてわたしを助けたら、そのことをわたしが後で知ったら、わたしは相太君とも慶太ともお別れしなきゃいけなかった。でも相太君はちゃんとわたしに事情を話してくれた、ちゃんとわたしに選ばせてくれたの。さすが旦那様」

「それでも、俺は……」

「七人の子たちも、きっと慶太と同じように幸せに育つよ。だから後悔しないで」

後悔はする、と相太は声を絞り出した。

「絶対に後悔はする、聡美が死んでも、七人の子供が死んでも」

その言葉に、聡美は微笑んだ。

「相太君、大好き」


それから十六時間頑張って、聡美は息を引き取った。

両親や友人たちと一人ずつ言葉を交わし、最後は相太と慶太と三人で過ごした。慶太はわかっていないようだったけれど、最後まで聡美の指を摑んでいた。

ある日テレビを見ていたらスポーツ選手たちがみんな年下だって気づいて、ある日授業参観に行ったら先生たちがみんな年下だって気づいて、ある日投票に行ったら政治家たちがみんな年下だって気づいて、ある日みんなに看取られるの。そんな人生を送りたい。

幸せだった日の聡美の言葉を思いながら、相太はその場に頽(くずお)れた。

新谷七穂　生物剤研究者

コッコッコッコッコ——

壁一面の窓から木漏れ日が差し込む白い通路に靴音が響く。アイスピックとしても使えそうな鋭いヒールが、案内人の細い足によく合っている。彼女はいざとなったらこれをぶん回して男を撃退するのだろう。一方の七穂はペタんこスニーカー。歩きやすさ重視。

セキュリティチェックのために荷物をすべて取り上げられ、衣類を剝かれ、やっと広大な敷地内に通された。あまりにも検査項目が多すぎて、最後の方、半分寝ていた。

一定の間隔で並んでいるドアの一つの前で案内人が止まった。

「どうぞ。皆さん、お待ちです」

「どうもありがとうございます」

七穂は丁寧に一礼をして、ノックの返事を待ってから会議室に入った。

庭に面した巨大な窓がある室内で、花畑のように様々な髪色の者たちが話しているところだった。ブロンド、赤毛、栗毛、黒髪もいるけれどアジア人じゃない。皆、世界的に有名な研究者でそれぞれの専門分野で名を成した人たち。何人かとは二ヶ月前、あの要塞島制圧作戦の直後に米日の研究者間で開かれたネット会議の中で話をしている。

　合成生物研究の権威である一人の研究者が、微笑んで口を開いた。

「やあやあ、ようやく会えたね。おかえりドクター・シィスイ」

　室内の者たちに次々と、おかえり、おかえり、と声をかけられる。

　ここは米国国防総省（ペンタゴン）管轄の極秘施設の研究棟。七穂（シィスイ）の古巣となる場所だった。今回の仕事で日本にいる期間が長かったけれど、帰巣本能はまだ残っている。

　七穂は空いている席に座って、風船がしぼむようにテーブルに突っ伏した。

「どうした、シィスイ」

　声をかけられたから、七穂は顔だけを上げて体を揺する。

「どうなってるの、死にかけたよー」

　当然の文句に、応じたのは軍関係の研究者。

「あの男のことは申し訳ない。サイモン・G・ソーサー、日本での名前は確かシモン、いやサモン・ソウザか、発音が難しいな。あの男の本質を我々も知らなかったんだ」

「わたし、あいつに銃でグリグリされたんだよ。おしっこ漏らすとこだった」

　その言葉に続いて研究者たちが次々と声を飛ばす。要塞島制圧作戦の調査資料を読んだが、奴はどうやら戦闘狂だったようだな。こっちにいるときは任務に忠実な男だったんだよ。そう演じていただけだったのだろうね。護衛要員の育成プログラムも見直さねばな。本当に悪かったね、シィスイ。奴を君の護衛に選んだのはこっちのミスだ。

「そりゃそうでしょ」

と七穂は頬を膨らませた。

有事に際して、七穂は護衛に護られてここに戻ってくることになっていた。

ただ、誰がその護衛担当かはトラブルを避けるために研究者には知らされないことになっている。今回も、惣社左門がそうだということを本人から聞かされたのは、要塞島に到着してから。それまではもしかすると田淵量子が護衛かもしれないと思っていた。

「本当に過激派組織に連れていかれるかと思ったんだから。わたしが死んだら、わたしの研究がすべて世界に流れるようにしてあるんだよ。ちゃんと護ってよー」

もちろん七穂は最高レベルの機密取り扱い資格(セキュリティ・クリアランス)を持っている。ただ、そういった〝準備〟によって自分の身を効率的に護る・護らせることは必要だと思っていた。実際にその研究が世界に流れたら、関係各国やら組織が拭えないダメージを受けることになる。

「まあ最も重要な情報は漏れなかったし、良しとしてくれ」

と言った研究者に、七穂は伸びをしながらうなずく。確かにそれはその通り。その証拠に世界的にも〝合成炭疽菌は偶然できたもの〟という情報が流れている。

あれは嘘。

今回使用された合成炭疽菌はここにいる研究者たちで開発して、日本に渡った七穂が偶然に見せかけて作り出したもの。そのノウハウは完璧に頭の中にあったので、作成を偶然に見せかけることも可能だった。事情を知らない者たちには、あれが偶然か必然かは見破れなかっただろう。そしてその後、追加注文を受けて治療薬を作成したのだった。

七穂たちは米国国防総省の深部にいるけれど、そこに属しているわけじゃない。

兵器開発コンサルタント。

依頼を受けて兵器開発の専門家である研究者・技術者を派遣、国家や組織に寄生して新型兵器開発を指導する。時代によって取扱う商品は様々変わるけれど、現在はCBRNE（シーバーン）（化学剤・生物剤・放射性物質・核・爆発物）兵器なんかの需要が高くなっている。お得意様は当然アメリカで、その国内拠点（国防総省）に潜り込んでいることが多い。

欲する兵器をただ売るのみ。干渉は一切しない。

通常、軍需産業系企業は契約した国や組織につくものだけれど、研究者の集合体である兵器開発コンサルタントは違う。バラバラになって世界に散り、ときには争っている二国内にそれぞれ入って、その裏から兵器開発を指導するという状況も生まれる。

始まりについては七穂も詳しくは知らないけれど、旧ソビエト連邦の政府組織バイオプレパラトに端を発するらしい。そこに所属していた研究者集団が冷戦終結時に一斉廃棄された兵器情報の一部を持ち逃げして、売りさばいたことから始まった、とされる。

以降歴史の闇の中にあるから正式な組織名はなく、アメリカに亡命したその研究者集団がロシア人〝Ｅｆｒｅｍ〟さんのチームだったことから通称エフレムと呼ばれた。

彼らは旧ソ連バイオプレパラト時代の生物剤技術をアメリカに売って力を蓄え、老齢だったＥｆｒｅｍの死後に、各国の研究者を雇ってＣＢＲＮＥ技術を扱い始めた。その新旧を区別して、今はセカンド・エフレムやエフレム２なんて呼ばれる。

中国東部の街で生まれた七穂は、飛び級をしながら大学の学士課程を首席で卒業、イギリスの大学で博士号を取得した。そして中国科学院の研究所で実習員から研究員まで順調に上り、生物剤研究に没頭しているときに、室長に声をかけられた。エフレム2に属していた彼に才能を見込まれたのだ。以来、各国に飛びながら生物剤を研究している。

今回は自衛隊にお呼ばれして日本に潜っていた。依頼主は七穂が作った合成炭疽菌を防衛用の生物剤衛星兵器として使いたかったみたいだけれど、干渉（目的を探るとかのスパイ行為）はしない、というルールがあるから、七穂にも事態の全容は摑めていない。

「ねぇ、須藤っていう日本の政務官はわたしたちのことを知ってたの？」

と七穂は尋ねる。Ｅｆｒｅｍ2のＥｆをＦ、2をｚと見るとＦｒｅｍｚ——フレンズと読めなくもないことに、さっきトイレにいるとき、はっと気が付いた。

「さあ、日本国内の誰が把握していたかは私らにもわからんよ」

「ふーん」

須藤政務官は計画を把握しないまでも、誰かから聞いてエフレム2の名前だけは知っていたのかもしれない。それならフレンズなんて暗号めいた呼び方にしないで、勘が鈍い子にもわかるようにエフとかレムとかわかりやすく言ってくれればよかった。

もっとも懇切丁寧に教えられたとしても、彼らといるより政府経由でここに戻った方が安全なのは間違いないから、抜け出そうとはしただろうけれど。

七穂はもう一つ、気になっていたことを尋ねる。

「ＩＳＳからの炭疽菌漏出って、あれ、ホントにただの事故？」

「事故は事故だろう。ＩＳＳが使えなくなったことは、低コストで衛星兵器を宇宙に射出したい者たちには、百害あって一利無し。お粗末な話だよ」

「そもそも日本が衛星兵器を持とうとするなんて、どこの国の指示なの」

それは俺が話そう、という声が入り口から聞こえてきた。いつの間にかドアが開いていて、そこに短髪ブロンドに碧眼の男が立っている。

エドガー・クロフォード。

戦闘機乗りから宇宙飛行士になって、三十九歳にしてＩＳＳ長期滞在を二度も経験している才人だってことはアメリカ人なら誰でも知っている。妻は大学の同級生、子供は二人。シミのない非常にクリーンな経歴を持つこの男は、大統領とも親交があるらしい。けど、そんなヤンキー・ホワイトがこの場にいるというのは、裏を返せば彼がアメリカの最も深い闇の中にいるということ、強力に政府に護られていることを意味している。本当の出身はデルタ・フォースか、あるいはネイビー・シールズのＤＥＶＧＲＵか。

ステップでも踏みそうな軽い足取りでエドガーは空いているイスに座った。

「１００％、日本の独断だ」

「……嘘でしょ？」

「それが本当なんだよ、シィスイ。俺も初めは半信半疑。当初は、俺の知らないアメリカの極秘計画の可能性や、旧ソ連関係組織の可能性もあると思っていた。実際に日本製のキューブサットから炭疽菌が出るまでは、ロシアサイドも同様の考えを持っていたはず」

「アメリカやロシアの指示だったら、ＩＳＳ調査の前にわかったはずってこと？」

「もちろん。仮にアメリカ・ロシア以外の国家・組織の関与があったとしても、ISS調査任務前の世界会議の段階で判明しただろう。ところが、なーんにも出なかったわけ」

「じゃあ本当に日本の独断なの」

エドガーは肩をすくめて、まあ、と言った。

「アメリカのマネをしようとしたんだろうね。いや参考にしたと言っておこうか。我が国の衛星兵器情報をどこぞで入手した日本は、合成炭疽菌で同様のことをしようとした」

アメリカは極秘裏に、地球軌道を周回させている小型衛星の中に生物剤や化学剤を封入したCBRNE衛星兵器を現在、五機所有している。それらはエフレム2に属する研究者が開発を指導した物で、〃隠密性の高い衛星兵器〃なんて呼ばれている。

核が表の力なら、こっちは裏の力。

大気圏に突入させて、テロ組織とかの拠点上空で燃え尽きさせて、極秘裏に組織を壊滅させる制裁兵器。もちろんまだ使用したことはないけれど、〃アメリカが壊滅させた〃と世界に示す必要がない場合には、こういった隠密性の高い手段も選択肢に入ってくる。

いかな制裁も、準備できる・している、のがアメリカの軍事力。二位以下の軍事力をすべて合わせたとしてもアメリカには勝てない、と言われる所以だと七穂は考えている。

そんな大国の庇護のもとにいる研究者(おじさん)たちが次々と言葉を発する。

「今回の事故は、独断で過ぎたる力を手に入れようとした日本の末路だ」

「確か、あちらは〃隠密性の高い抑止力〃と称していたか」

「名前まで似せているのか」

「マネをし、洗練させることがあちらさんの特性だからな」

「洗練できず、失敗しているではないか、ハッハ」

「見せる兵器ではなく隠す兵器を望んだのは、日本の進歩とも言えるがねぇ」

「しかし所詮は突貫工事よな。薄っぺらい瘡蓋の上に要塞は築けん」

炭疽菌を瘡蓋に喩えたことで、室内のあちこちで笑い声が起こる。

「そう言えば、日本は内閣府を一新したらしいな」

「すげ替えた頭はヒデオ・アサギか……」

「良くないな、あの男は厄介だ」

「ああ。今回の合成炭疽菌計画の裏を探り続けていると聞いた。ドクター・シィスイをこちらに引き渡すことに最後まで反対していたのもあの男だった」

「アサギは頭の切れる男だよ。今の日本を立て直すかもしれん」

んー、おじさんたちのお話、長くなりそう。

七穂は炭疽菌研究者の常識を言う。

「剝がれた瘡蓋の後には、より強い皮膚ができるよね」

そして手をひらひらと振って会議室から出る。白い通路をスニーカーでぺたぺたと歩いて、ガラス張りのドアから庭に出ていく。風は強く、空には黒雲が広がっている。

ベンチでうとうとしていると、いつの間にかエドガーが隣にいた。

この人、音を立てないで行動する癖があるみたいで苦手。

七穂はあくびをしながら言う。

「あなたなんでしょ？　例の〝黒沢一派の詳細情報〟を政府に送ったの」

「……鋭いね」

「鋭くないよ。アサギの秘書さんから聞いただけ。彼も潜伏工作員（モグラ）の一人なんだってさ」

「ああ、彼か。おしゃべりだな」

「それはともかく、あなたって親日家？　何で日本を護ろうとしたの？」

もしも七穂がすんなりとエフレムの元に戻ってくることができていたら、日本は合成炭疽菌を世界にばらまいた根源も見つけられず、治療薬も造れなかった（対応もできなかった）国になっていた。けれどエドガーが黒沢一派の詳細情報を潜伏工作員たちを使って政府に流し、それによって日米合同の要塞島制圧作戦を導いたからこそ、日本はアメリカと共同で〝敵〟を撃つことができ、更に〝治療薬の共同生産国〟という称号までも手に入れることができた。

　このことは間違いなく、日本の世界復帰への一助になるはず。

　だけど――

「干渉しない、っていうのがエフレムのルールだよ。兵器開発コンサルタントとしての安全は、そのルールによって辛うじて護られているのに」

「やっぱり鋭いよ、シィスイは」

「ねぇ何で？」

「日本にここで潰れてもらうわけにはいかない――というのは、NASAの意向だ。俺はアメリカ政府側の考えも汲まないといけないからね。先を見越した采配だよ」

「先？」

「有人で月の裏側を調べる月面探査だよ、二年後から開始されるNASAの大規模計画。これに日本も参加していてね、莫大な出資をしてくれることになってるんだ」

「あー、お金の話」

「かつてアポロ計画を成功させたときのように、アメリカの輝かしい未来はすでに動き出している。ここで日本を欠くわけにはいかない。だからやむを得ず、今回、死者数を想定した上で日本には要塞島制圧作戦を買ってもらった。要はアメリカは今の世界のバランスを崩したくない、日本にはまだ〝金払いの良い子供〟のままでいてほしいってさ」

「ふーん」

「ちなみにその月面探査計画の第三回目には、俺とソウタもアサインされてるんだ。俺はキャプテンとしてこれを必ず成功に導く！　そしたら俺は英雄だ！」

「アメリカ人は開拓が好きね。あなた、そのとき歳いくつよ？」

「ロマンに歳は関係ないんだぜ、シィスイ」

「あっそ。まあ、今回は特別にエフレムには報告しないでおいてあげる」

「それは助かる。英雄たるもの表にも裏にもシミがあってはいけないからね」

すっかり英雄気取り。割と単純な人なのかも。

「おっと、雨が降ってきたみたいだ。シィスイ、中に入っていよう。この雨の中にも炭疽菌がいるかもしれない」

フハハハハハ！　と笑いながらエドガーは出入り口に向かうけれど、七穂はベンチでごろんと横になった。

空を見て深呼吸する。今にも嵐が来そうな、良いお天気。

矢代相太　元宇宙飛行士

春に向けて暖かくなり始めた風が、矢代相太の髪を穏やかに揺らす。潮の匂いの中、抱っこ紐で抱えた慶太が、あぅあー、と空を飛ぶカモメに手を伸ばして言った。

「そうだなぁ、あれは、あぅあ、だ」

相太は言って目を閉じる。


聡美がいなくなって、およそ半年が経った。

あれから間もなく家にやって来た小谷三曹から、七人の子供に七つの治療薬がきちんと渡されて、数日後には彼らの体内から合成炭疽菌が消え、全員が完治したと聞いた。刑務所にいる貞島春馬から手紙が来たけど、それを開くことは一生ないと思う。

七人の子供の完治についてはニュースでも流れたが、それはあくまで治療薬の効能を伝えるための報道で、七人の所在地特定などを防ぐため情報は制限されていた。

そして〝日本とアメリカが共同開発した合成炭疽菌治療薬〟は大量生産された。

薬はたった数日で世界中に行き渡り、ネットなどで感染者の快復が報告されるようになっていき、先日ついに、WHOが合成炭疽菌災害の終息宣言を発表した。

世界から合成炭疽菌が消えていく中、治療薬開発の中心にあったであろう新谷七穂の存在は伏せられた。彼女の存在について明かすことには様々な問題が付きまとうので仕方ないだろう。当人から聡美のことを悔やみ称える電話が一度だけ来て、それきりだ。

合成炭疽菌災害が終息した今でも日本への追及は収まっていない。

当初は合成炭疽菌を世界に振り撒いた元凶と思われていた柿崎健太郎宇宙飛行士は無実だった可能性が高く、黒沢陸将と自衛隊内の不穏分子による計画だったと見られている。世界中で調査が進むにつれ、元凶は黒沢陸将や須藤政務官を始めとする上層部とされ、田淵量子を含めた隊員たちは何も知らずに従っていただけ、と見る向きも出ている。

この真相を探る会議が日夜行われ、日本政府には毎日何万という抗議が寄せられている状態。尽きない追及に、正式に総理に就任した麻木大臣が対応している。

そんな麻木総理大臣が多忙なスケジュールの合間を縫って、お忍びで聡美の追悼に来てくれたときには、さすがに驚きを通り越して裏があるんじゃないのかと勘ぐった。

「残念だ、本当に。けど、彼女は素晴らしいことをしたよ」

と言った麻木総理大臣に、相太は一礼した。

聡美が〝他の六人〟に宛てたあのメッセージ映像は、今ではなぜか公になっている（アフター炭疽で分裂した与党関係者が流布させたとの噂）。これによって日本政府は、治療薬の使用権に優先順位を設けていたことについて世界中から激しい叱責を受けている。

ただ、治療薬提供者の七人は今は英雄視されている。

冷静に考えられるようになって思い返すと、あのときすごいことが起きていた。聡美のメッセージ映像を受け取った六人全員が、すぐに自分の治療薬権利を放棄した。命の危機が迫っていた者たちが、誰一人欠けることなく、しかも瞬時に決断を下したのだ。

日本人にはそんなこともできると世界が知った。

このことは麻木総理大臣の日本復興計画にとってはプラスに働くのだろう。とにかくそうやって、日本は、世の中は、喪失と獲得を繰り返しながらどんどん動いていく。

ちなみに小谷三曹は、惣社左門との実戦を経験した者として特殊作戦群から勧誘があったらしいけれど、その千載一遇のオファーは受けずに、自衛隊内警察官とも言うべき〝警務隊〟に入ることを目指して勉強中とのこと。今回の事件の裏を暴きたいらしい。

相太はと言えば、宇宙飛行士を辞めた。

引き留めてくれる声はあったものの、愛する女性のためにＩＳＳに行く、という経験をしたことで、宇宙飛行士としての自分の役割がすべて達成されたような気がした。

アサインされていた第三回月面探査計画（オリオン計画という名前になるらしい）の席は、日本のＪＡＸＡで育っている優秀な後輩に託すことにした。エドガーは寂しそうにしていたけれど、彼のことだ、後輩ともすぐに打ち解けてやる気を取り戻すだろう。

今は色々なことをあまり考え込まないようにしている。情報を求められて様々な場所に出向くことも多いが、保留にしている活動はまだ始めてはいない。

代わりに、家を空けていた新米パパとしての役割に悪戦苦闘している。

気分はこれ以上ないくらい沈んでいるけれど、オムツすら自分では替えられない小さな慶太の手前、沈み続けているわけにもいかない。だから向き合うことにした。

今日は海に来ている。

「慶太、ほら、ちょうどあの辺だよ」

この海は相太が聡美にプロポーズをした場所だった。

風が強い日で、サプライズで用意した花束が飛ばされてしまった。ああ、ああ、と慌てふためく、どうにも締まらないプロポーズだったけれど聡美は喜んでくれた。

花のない花束を海にかざして、

「じゃあ、この海が私の花束なのね」

と言って笑っていた。

何でも前向きに考えてくれる聡美が好きだった。

そんな聡美との思い出の地を、慶太と一緒に辿っていくと決めた。言葉のわからない慶太に、恥ずかしい思い出を話して聞かせる。どの場所も一人では来られないけれど、慶太となら来られる。相太が流す涙の意味も、慶太にはわかっていない。それでいい。

慶太に自分をさらけ出すことから新米パパを始めてみるつもりだ。

そしてそれを終えたら、前に進もうと思う。

相太は持ってきていた聡美の遺灰を取り出した。家の隅に飾られているのは嫌だから、という聡美の遺言を叶える決心が、ようやく今日の朝についた。

躊躇(ためら)うな。

想いを遂げて逝った聡美に笑われるぞ。

強い風が吹き抜けたとき、相太は遺灰を思い切り海に放った。あー、と慶太が手を伸ばした先で、遺灰はプロポーズの日の花束のように、風に乗って飛んでいった。

主要参考文献

北里英郎、原和矢、中村正樹『ウイルス・細菌の図鑑　感染症がよくわかる重要微生物ガイド』（技術評論社、二〇一六年）
須田桃子『合成生物学の衝撃』（文藝春秋、二〇一八年）
杉山隆男『兵士に聞け』（小学館文庫、二〇〇七年）
杉山隆男『兵士に聞け　最終章』（新潮文庫、二〇一九年）
『完全密着！　これが本当の陸上自衛隊』（メディアソフト、二〇一五年）
荒木肇　編著『東日本大震災と自衛隊　自衛隊は、なぜ頑張れたか？』（並木書房、二〇一二年）
『陸上自衛隊装備百科　2019-2021』（イカロス出版、二〇一九年）
上田信『COMBAT BIBLE　コンバット・バイブル　アメリカ陸軍教本完全図解マニュアル　増補改訂版』（コスミック出版、二〇一五年）
マーティン・J・ドハティ著、坂崎竜訳『SAS・特殊部隊式　図解　実戦武器格闘術マニュアル』（原書房、二〇一四年）
坂本明『最強　世界の歩兵装備パーフェクトガイド』（学研プラス、二〇一九年）
志方俊之　監修『面白いほどよくわかる自衛隊　最新装備から防衛システムまで、本当の実力を検証！　改訂新版』（日本文芸社、二〇〇七年）
黒沢永紀『軍艦島入門　A GUIDE TO GUNKANJIMA』（実業之日本社、二〇一三年）
栗原亨　監修『廃墟の歩き方　探索篇』（イースト・プレス、二〇〇二年）

この物語はフィクションであり、実在の人物・団体とは一切関係ありません。

売国（ばいこく）のテロル

二〇二〇年九月二十日　印刷
二〇二〇年九月二十五日　発行

著者　穂波（ほなみ）了（りょう）
発行者　早川浩
発行所　株式会社　早川書房
郵便番号　一〇一 - 〇〇四六
東京都千代田区神田多町二ノ二
電話　〇三 - 三二五二 - 三一一一
振替　〇〇一六〇 - 三 - 四七七九九
https://www.hayakawa-online.co.jp

定価はカバーに表示してあります

印刷・株式会社亨有堂印刷所　製本・大口製本印刷株式会社

ISBN978-4-15-209968-6 C0093